CB120582

9

DAS ANDERE
DAS ANDERE
DAS ANDERE
DAS ANDERE
DAS ANDERE

EDITORA ÂYINÉ
Belo Horizonte | Veneza

Zbigniew Herbert

UM BÁRBARO NO JARDIM

TRADUÇÃO | Henryk Siewierski
PREPARAÇÃO | Silvia Massimini Felix
REVISÃO | Ana Martini, Fernanda Alvares

SUMÁRIO

DO AUTOR

O que este livro significa para mim? Uma coleção de apontamentos. Um relato de viagens.

A primeira é uma viagem real pelas cidades, seus museus, suas ruínas. A segunda, uma viagem através dos livros sobre os lugares visitados. São dois modos de ver ou dois métodos que se entrelaçam.

Não optei por uma forma mais fácil, ou seja, um diário de impressões, porque resultaria em uma ladainha de adjetivos e uma exaltação estética. Achei que era preciso transmitir certo conjunto de informações sobre civilizações distantes, e como não sou um especialista, mas só amador, abri mão de todos os encantos da erudição, ou seja, da bibliografia, das notas ao pé da página, dos índices. Minha intenção foi escrever um livro destinado aos leitores em geral, e não apenas aos estudiosos. O que me interessa na arte é o valor atemporal da obra (a eternidade de Piero della Francesca), sua estrutura técnica (como a pedra é assentada sobre a pedra na catedral gótica) e sua relação com a história. Como a maior parte do livro é dedicada à Idade Média, decidi incluir dois ensaios históricos: um sobre os albigenses e outro sobre os templários, que falam a respeito da confusão e da ira daquela época.

Se eu tivesse de escolher uma epígrafe para este livro, copiaria a seguinte frase de Malraux:

> No entardecer, enquanto Rembrandt ainda está desenhando, todas as sombras dos famosos e as sombras dos desenhistas de cavernas seguem com o olhar a mão vacilante que lhes prepara uma nova vida além da morte ou um novo sono.

LASCAUX

«Si Altamira est la Capitale de l'art pariétal,
Lascaux en est le Versailles.»
Henri Breuil

Lascaux não aparece em nenhum mapa oficial. Pode-se dizer que não existe, pelo menos não no mesmo sentido que Londres ou Radom. Foi preciso perguntar no Museu do Homem, em Paris, como chegar até lá.

Fui a Lascaux no início da primavera. O vale do rio Vézère levantava-se em seu verde fresco e inacabado. Os fragmentos da paisagem vistos da janela do ônibus lembravam telas de Bissière. Uma textura de um verde terno e delicado.

Montignac. Uma vila em que não há nada para ver além da placa comemorativa em homenagem a uma benemérita parteira:

Ici vécut Madame Marie Martel — sage-femme — officier d'Académie. Sa vie a été de faire le bien. Sa joie d'accomplir son devoir.

Mais bonito, impossível.

Café da manhã num pequeno restaurante, mas que

café! Uma omelete com trufas. As trufas fazem parte da história das loucuras dos homens e, portanto, da história da arte. Falemos então de trufas.

Trata-se de uma espécie de cogumelo subterrâneo que vive como parasita nas raízes de outras plantas, das quais suga a seiva. Para descobri-lo, usam-se cães ou porcos que se distinguem, como bem se sabe, por um excelente faro. Também certo tipo de mosca indica onde se encontram esses tesouros gastronômicos.

O preço das trufas atinge valores bem altos no mercado, por isso os habitantes dos lugares vizinhos sucumbiam a uma busca febril. Cavava-se a terra, destruíam-se florestas, que agora estão secas e tristes. Grandes extensões de terra foram atingidas pela desgraça da infertilidade, uma vez que esse cogumelo produz uma substância venenosa que torna a terra estéril. E, além disso, é muito quimérico e bem mais difícil de plantar do que o cogumelo comum. Porém, a omelete com trufas é deliciosa e seu aroma, já que não tem um sabor muito acentuado, é incomparável.

De Montignac sai-se por uma autoestrada que sobe, faz a curva, adentra uma floresta e, de repente, acaba. Um estacionamento. Um quiosque com coca-cola e cartões-postais coloridos. Aqueles que não se contentam com as reproduções são levados a uma espécie de quintal e depois a um subsolo de cimento parecido com um bunker. Portões de metal, como numa tesouraria, se fecham e por um momento ficamos na escuridão aguardando a iniciação. Finalmente se abre a outra porta, a que leva ao interior. Estamos numa gruta.

A fria luz elétrica é repugnante, então só nos resta imaginar como era a caverna de Lascaux quando a luz viva das tochas e lamparinas punha em movimento as manadas de touros, bisões e veados pintados nas paredes e na abóbada. A voz do guia gagueja explicações, uma voz de sargento lendo a Escritura Sagrada.

As cores: preto, bronze, ocre, vermelho cinabre, carmesim, malva e branco calcário. São tão vivas e intensas como em nenhum dos afrescos renascentistas. As cores da terra, do sangue e da fuligem.

Imagens de animais, a maioria de perfil, são captadas em movimento e desenhadas com grande desenvoltura e, ao mesmo tempo, com a ternura das mulheres cálidas de Modigliani. Tudo aparentemente desordenado, como se tivesse sido pintado às pressas por um gênio louco, com a técnica cinematográfica de aproximações e planos distantes. Ao mesmo tempo, sua composição apresenta-se homogênea e panorâmica, embora tudo indique que os artistas de Lascaux zombaram das regras. As imagens têm diferentes tamanhos: de cinco centímetros até mais de cinco metros. Não faltam também palimpsestos, ou seja, pinturas sobre pinturas. Em resumo, uma desordem clássica que, não obstante, proporciona uma sensação de harmonia.

O primeiro espaço, chamado de sala dos touros, tem uma bela abóbada natural, que parece feita de nuvens congeladas. Tem dez metros de largura por trinta de comprimento e pode acolher cem pessoas. O zoológico de Lascaux se abre com a imagem de um bicorne.

Essa fantástica criatura de corpo monumental, pescoço curto e cabeça pequena igual à de um rinoceronte, de onde saem dois enormes cornos retos, não se parece com nenhum animal vivo ou fóssil. Sua misteriosa presença, logo na entrada, anuncia que não veremos um atlas de história natural, mas que estamos num lugar de culto, de conjuros e magia. Os estudiosos dos tempos pré-históricos concordam que a gruta de Lascaux não era uma caverna habitável, mas um santuário, uma Capela Sistina subterrânea de nossos antepassados.

O rio Vézère serpenteia por entre colinas calcárias cobertas de floresta. Em seu curso inferior, antes de seu encontro com o rio Dordogne, foi descoberto o maior número de grutas habitadas por homens do Paleolítico. Seu esqueleto, encontrado em Cro-Magnon, se assemelha ao esqueleto do homem de hoje. O homem de Cro-Magnon provavelmente veio da Ásia, e depois da última época glacial, ou seja, cerca de 30 mil a 40 mil anos antes de Cristo, começou sua invasão da Europa. Ele exterminou impiedosamente o homem de Neandertal — que era inferior na escala da evolução — e ocupou suas cavernas e seus terrenos de caça. A história da humanidade começou sob o signo de Caim.

O Sul da França e o Norte da Espanha eram o território em que o novo conquistador, o *Homo sapiens*, criou uma civilização que os historiadores denominam franco-cantábrica. Ela se desenvolveu no Paleolítico Inferior, período chamado também de época das renas. Já desde o Paleolítico Médio, a região de Lascaux era uma verdadeira terra prometida que manava não tanto leite e mel quanto sangue quente dos animais. Assim como depois as cidades surgiam nos cruzamentos das estradas do comércio, na Idade da Pedra os povoados humanos se agrupavam ao longo das rotas migratórias dos quadrúpedes. Toda primavera manadas de renas, cavalos selvagens, vacas, touros, bisões e rinocerontes atravessavam essas terras rumo aos pastos verdes de Auvergne. A misteriosa regularidade e a abençoada falta de memória dos animais, que todos os anos seguiam o mesmo caminho para o massacre certeiro, eram para o homem paleolítico algo tão milagroso como o transbordamento do Nilo para os antigos egípcios. Nas paredes da gruta de Lascaux podemos ler uma fervorosa súplica para que essa ordem no mundo durasse para sempre. Talvez por isso os pintores da gruta sejam os maiores pintores de animais de todos os tempos. Para eles, o animal não era um fragmento de paisagem pastoral como para os mestres holandeses, mas era visto como que num relâmpago, num pânico, vivo mas já marcado pela morte. Seus olhos não contemplam o objeto, mas, com a precisão de um assassino perfeito, o apanham nos laços dos contornos negros.

A primeira sala, que provavelmente era o lugar dos rituais da magia de caça (eles vinham aqui com lamparinas de pedra para praticar seus ritos barulhentos), deve seu nome a quatro touros imensos, o maior de 5,5 metros de comprimento. Esses formidáveis animais dominam uma manada de cavalos pintados e veados frágeis com chifres fantásticos. Seu galope faz estremecer a gruta. Nas narinas dilatadas, uma respiração ofegante condensada.

A sala conduz a um estreito corredor sem saída. Aqui reina *l'heureux désordre des figures*, como dizem os franceses. Vacas vermelhas, cavalinhos de criança e cabritos correm em direções opostas, numa indescritível confusão. Um cavalo caído sobre as costas, com os cascos erguidos para o céu calcário, demonstra um método de caça praticado ainda hoje por tribos primitivas de caçadores: animais perseguidos com fogo e gritos em direção a um precipício caem e morrem.

Um dos mais belos retratos de animais, e não só da arte do Paleolítico, mas de todos os tempos, é o chamado *Cavalo chinês*. O nome não indica a raça, mas homenageia a perfeição do desenho do mestre de Lascaux. Um contorno negro e suave, uma vez saturado, outra vez quase apagado, não só representa a silhueta, como também modela a massa do corpo. A crina curta como nos cavalos de circo, os cascos retumbantes em galope. O ocre não preenche o corpo todo, a barriga e as pernas são brancas.

Percebo que nenhum inventário, nenhuma descrição serão capazes de dar conta do que representa essa obra-prima que possui uma harmonia tão ofuscante e real. Somente a poesia e as fábulas têm o poder de criação instantânea das coisas. Assim, dá vontade de dizer: «Era uma vez um belo cavalo de Lascaux».

Como conciliar essa arte refinada com a brutalidade praticada pelos caçadores pré-históricos? Como aceitar as flechas perfurando o corpo do animal, esse assassinato imaginário cometido pelo artista?

Os povos de caçadores, que antes da Revolução habitavam a Sibéria, viviam em condições similares às do homem da época das renas. Lot-Falck, em seu livro *Les Rittes de chasse chez les peoples sibériens* [Ritos de caça dos povos da Sibéria], diz:

> O caçador tratava o animal como um ser no mínimo igual a ele. Ao ver que também caçava para se alimentar, pensava que o animal tinha o mesmo modelo de organização social. A superioridade do homem manifesta-se apenas no campo da técnica, pela introdução das ferramentas; no campo da magia, o homem atribui ao animal uma força não menor do que a sua. Por outro lado, o animal é superior ao homem em vários aspectos: por sua força física, sua agilidade, a perfeição da audição e do olfato,

> portanto, todas as qualidades valorizadas pelos caçadores. No domínio espiritual, ao animal atribui-se ainda mais qualidades — o animal tem uma ligação mais direta com o divino, é mais próximo às forças da natureza que ele mesmo encarna.

Tudo isso ainda pode ser compreensível para o homem contemporâneo. Os abismos da paleopsicologia começam onde a relação entre o assassino e a vítima entra em questão:

> A morte do animal depende, pelo menos em parte, dele mesmo: para poder ser morto, precisa concordar, entrar em acordo com seu assassino. Por isso o caçador vela pelo animal e faz questão de estabelecer com ele a melhor relação possível. Se a rena não amar o caçador, não se deixará matar.

Assim, nosso pecado original e nossa força é a hipocrisia. Somente um amor possessivo e mortal pode explicar o encanto do bestiário de Lascaux.

À direita da grande sala, um corredor estreito, como se fosse uma passagem para os gatos, leva à parte chamada nave ou abside. Na parede da esquerda, uma enorme vaca preta chama a atenção, não só pela perfeição do desenho, mas também por causa de dois misteriosos e bem visíveis sinais debaixo das patas. E não são os únicos sinais que nos deixam perplexos.

O significado das flechas furando animais é claro para nós, pois essa prática de magia, a de matar a imagem, conhecida pelas bruxas medievais, é comum nas cortes renascentistas, e perdura até mesmo em nossos tempos racionais. Mas o que são esses quadriláteros com um padrão xadrez de cores que encontramos debaixo dos pés da vaca preta? O abade Breuil, o papa dos pré-historiadores e um grande conhecedor de grutas, inclusive a de Lascaux, vê neles os signos de clãs de caçadores, as longínquas origens de brasões. Há também hipóteses de que são os modelos de armadilhas para animais; outros veem neles os planos de cabanas. Para Raymond Vaufray, são mantas de pele, semelhantes às que também hoje podem ser encontradas na Rodésia. Cada uma dessas suposições é provável, mas nenhuma é certa. Tampouco conseguimos interpretar outros signos simples: pontos, traços, quadrados, círculos, esboços de figuras geométricas que se encontram em outras grutas como a de El Castillo, na Espanha. Alguns estudiosos supõem timidamente que seriam as primeiras tentativas de escrita. Assim, apenas as imagens concretas nos falam. Entre a respiração roncante dos animais galopando em Lascaux, os sinais geométricos permanecem em silêncio e talvez fiquem assim para sempre. Nosso conhecimento sobre o proto-homem é definido por um grito violento e um silêncio sepulcral.

Na parte esquerda da nave há um belo friso de veados. O artista retratou apenas pescoços, cabeças e chifres, de modo que parecem flutuar pelo rio na direção dos caçadores escondidos no mato.

Os dois bisões negros, virados de nádegas um para o outro, são uma composição de expressão inigualável, diante da qual a impetuosidade dos mestres contemporâneos parece infantil. O da esquerda parece ter uma parte do couro arrancada no lombo, revelando assim sua carne. As cabeças erguidas, o pelo eriçado, as patas dianteiras saltando no galope. É uma pintura que explode com uma força primitiva e cega. Até as touradas de Goya são apenas um eco tímido desse furor.

A abside leva a um abismo, chamado o poço, ao encontro do segredo dos segredos.

É uma cena ou, antes, um drama que, como deve ser um drama da Antiguidade, se desenrola entre poucos protagonistas: o bisão atravessado por uma lança, o homem caído no chão, um pássaro e um rinoceronte se afastando, num esboço de contornos vagos. O bisão está de perfil, mas com a cabeça virada para o espectador. De sua barriga saem entranhas. O homem é apresentado de forma esquemática como em desenhos infantis, tem uma cabeça de pássaro com um bico reto, as mãos de quatro dedos espalhados e pernas estiradas. O pássaro é como se fosse recortado em cartolina e colocado em cima de um pauzinho reto. Tudo desenhado com traço grosso e negro, sem ser preenchido pela cor, apenas com um fundo ocre dourado que se diferencia das pinturas da grande sala e da abside por sua textura severa e desajeitada. Mesmo assim, chama a atenção dos pré-historiadores, não tanto por motivos artísticos quanto por seu significado iconográfico.

Quase toda a arte franco-cantábrica é não anedótica. Para compor uma cena de caça, a figura do homem é necessária. Apesar de conhecermos traços e estatuetas humanos, na pintura paleolítica a figura humana é praticamente ausente.

Na cena do poço, o abade Breuil vê uma espécie de placa de comemoração de uma morte acidental durante a caça. O bisão matou o homem, mas a ferida mortal do animal parece ter sido obra do rinoceronte que aderiu ao duelo. A lança atirada no dorso do bisão — supõe o estudioso — não poderia rasgar a barriga de tal modo; a causa da ferida poderia ter sido um instrumento simples de arremessar pedras, cujo traço meio apagado está debaixo dos pés do animal. Por fim, aquele pássaro desenhado de modo esquemático, sem bico e quase sem pés, é, segundo Breuil, uma espécie de poste funerário, usado ainda hoje pelos esquimós no Alasca.

Essa não é a única exegese e, como os pré-historiadores acharam-na demasiado simples, deixaram-se levar pela fantasia. Há uma explicação que parece interessante e digna de resumo. Seu autor é o antropólogo alemão Kirchner, que apresentou a hipótese bastante ousada de que toda a cena não tem nada a ver com a caça. O homem estendido na terra não é uma vítima dos chifres do animal, mas um xamã em transe. Em sua explicação, Breuil omitiu a presença do pássaro, difícil de ser justificada (a analogia com o poste de cemitério dos esquimós no Alasca parece pouco convincente), como também a cabeça de pássaro do homem estendido na terra. Foram esses detalhes a chave da interpretação de Kirchner. Ele se baseia na analogia entre a civilização das tribos de caçadores da Sibéria e a civilização paleolítica, e lembra o rito de sacrifício da vaca, descrito na obra de Sieroszewski sobre os iacutos. De fato, como se pode inferir da ilustração que está no livro, nessa cena de sacrifício foram erguidos três postes com esculturas de pássaros no topo que lembram o pássaro de Lascaux. Pela descrição, sabemos que os sacrifícios desse tipo geralmente eram feitos pelos iacutos na presença do xamã que entrava em êxtase. Falta explicar agora que significado tinha o pássaro nesse rito.

A tarefa do xamã era levar a alma do animal sacrificado ao céu. Depois de uma dança extática, ele caía feito morto no chão, e precisava de ajuda de um espírito auxiliador, justamente de um pássaro, de cuja natureza, aliás, compartilhava o que realçava seu traje de penas e a máscara de pássaro.

A hipótese de Kirchner é interessante, mas não explica o significado do rinoceronte (ele sem dúvida faz parte da cena) que se afasta calmamente como se tivesse orgulho do crime cometido.

Mais um motivo torna a cena no poço tão importante e fora do comum: ela representa uma das primeiras imagens do homem na arte paleolítica. Que diferença chocante entre o tratamento do corpo do animal e o corpo do homem. O bisão é sugestivo e concreto. Sente-se não somente a massa de seu corpo, mas também o *páthos* de sua agonia. A figura do homem — um tronco retangular alongado, alguns traços dos membros — é o extremo da simplificação, um símbolo quase irreconhecível do homem. É como se o pintor de Aurignac tivesse vergonha de seu corpo, com saudades da família animal que abandonou. Lascaux é a apoteose dos seres que a evolução não obrigou a mudar de forma, e que podiam conservá-la inalterada.

O homem destruiu a ordem da natureza com pensamento e trabalho. Tentou criar uma nova ordem, impondo a si mesmo uma série de proibições. Tinha vergonha de seu rosto, sinal da incontestável diferença. Gostava de vestir máscaras, sobretudo a máscara de animal, como se quisesse pedir perdão por sua traição. Quando queria parecer belo e poderoso, fantasiava-se de animal. Voltava à origem, mergulhava com deleite no seio acolhedor da natureza.

Na época Aurignaciana, as imagens do homem tinham uma forma híbrida, com cabeças de pássaros, macacos e veados, como a figura humana da caverna de Trois-Frères, vestida de pele e chifres. Ela tem olhos grandes e fascinantes, e por isso os pré-historiadores chamam-na de deus da caverna ou de bruxo. Um dos mais belos desenhos dessa mesma gruta representa uma cena feérica de carnaval dos animais: uma multidão de cavalos, cabritos, bisões e um homem de cabeça de bisão tocando um instrumento musical.

O ideal da imitação absolutamente perfeita dos animais, imprescindível para os fins da magia, deve ter sido a causa do início do uso de pigmentos. A palheta de cores é simples e se resume ao vermelho e seus derivados, além de preto e branco. Parece que o homem pré-histórico não era sensível a outras cores, assim como os africanos da tribo Bantu hoje em dia. De qualquer modo, os antigos livros da humanidade, como os Vedas, o Avesta, o Antigo Testamento e os poemas de Homero, mantêm-se fiéis a essa visão limitada de cores.

A cor especialmente procurada era o ocre. Nas grutas de La Roche e Des Eyzies foram encontrados armazéns pré-históricos desse pigmento, e nas proximidades de Nontron foram descobertos vestígios de sua exploração em grande escala nas areias do terciário. As tinturas eram então minerais. A base do preto era o manganês e a do vermelho, o óxido de ferro. Pedaços dos minerais eram triturados em tábuas de pedra ou de osso, por exemplo a omoplata de bisão, como comprova a descoberta de Pair-non-Pair. Esse pó colorido era guardado em ossos ocos ou pequenas bolsas amarradas no cinto, como as usadas pelos artistas boxímanes exterminados no século XIX pelos bôeres.

Misturava-se o pigmento com gordura animal, tutano ou água. Os contornos eram desenhados com um cinzel de pedra, mas pintava-se com o dedo, com um pincel de pelo de animais ou com um molho de ramos secos. Usavam-se também canudos para soprar a tinta pulverizada, como demonstram as pinturas de Lascaux — grandes superfícies cobertas de cor de modo irregular. Esse procedimento dava um efeito de contornos macios, superfície granulada, textura orgânica.

A surpreendente capacidade de manejar todas as técnicas de pintura e desenho nas épocas Aurignaciana, Solutrense e Magdalenense levou os pré-historiadores a supor que naqueles tempos, há dezenas de milhares de anos, existiam escolas artísticas. É o que parece confirmar a evolução da arte paleolítica, desde os simples esboços das mãos nas grutas de El Castillo até as obras-primas de Altamira e Lascaux.

Determinar a evolução da arte paleolítica não é fácil; por conseguinte, datar as gravações na pedra e as pinturas dessa época é uma tarefa árdua. O desenvolvimento das ferramentas representa a base mais sólida da periodização. Nessa rarefeita esfera da história do homem (rarefeita, evidentemente, para nós, sobretudo por falta de material escrito e do pequeno número de monumentos de arte em relação à imensidade do tempo de duração do período), os relógios não marcam horas nem séculos, mas as dezenas de milhares de anos.

O Paleolítico Inferior, ou seja, a época das renas e do homem racional, durou entre 15 mil e 25 mil anos, terminando aproximadamente no décimo quinto milênio antes de Cristo. Divide-se nos períodos Aurignaciano, Solutrense e Magdalenense. Naquele tempo as condições climáticas se estabilizaram, o que possibilitou o nascimento da civilização franco-cantábrica. Desapareceu o pesadelo das catástrofes glaciais, pois as massas de frio, geladas e brancas vindas do norte, eram mais devastadoras do que a lava dos vulcões. Porém, o que derrotou essa civilização foi o aquecimento climático. No fim do período Magdalenense as renas migraram para o norte. O homem ficou sozinho, abandonado pelos deuses e pelos animais.

Qual é o lugar de Lascaux na pré-história? Sabemos que a gruta não foi decorada de uma só vez e que contém pinturas, muitas vezes sobrepostas, procedentes de diferentes épocas. Baseando-se na análise de estilo, Breuil defende a tese da origem das principais pinturas na época Aurignaciana. Seu traço característico era um certo tipo de perspectiva. Obviamente, não se trata de uma perspectiva convergente que exige conhecimento de geometria, mas de uma perspectiva que podemos chamar de «torcida». Em geral, os animais eram pintados de perfil, mas certas partes suas, como a cabeça, as orelhas e as pernas, se voltavam para o espectador. Os chifres do bisão na cena do poço têm a forma de uma lira inclinada.[1]

A história da descoberta. Setembro de 1940. A França caiu. A batalha aérea sobre a Grã-Bretanha chega à fase decisiva. Longe, à margem desses acontecimentos, num bosque perto de Montignac, tem lugar uma cena, como que de um romance juvenil, que dará ao mundo uma das mais maravilhosas descobertas pré-históricas.

Não se sabe exatamente quando a tempestade derrubou a árvore, abrindo um buraco que despertou a imaginação de Marcel Ravidat, um jovem de dezoito anos, e de seus companheiros de aventura. Os meninos pensavam que era uma entrada de um corredor subterrâneo que levava às ruínas de um castelo próximo. Jornalistas inventaram uma história de um cachorro que caiu nesse buraco e que foi ele que descobriu Lascaux. Mas o mais provável é que Ravidat fosse um explorador nato, embora não fizesse questão da fama, e sim da descoberta de um tesouro.

1 Existe ainda outro método de datação dos achados arqueológicos, baseado não na análise do estilo, mas na medição da quantidade do isótopo C^{14} nos restos de plantas e fósseis dos animais. A análise do carbono encontrado na gruta de Lascaux permitiu determinar a data de surgimento das pinturas murais há 3 mil anos antes de Cristo. Porém, os arqueólogos recuam essa data para alguns mil anos antes.

A abertura tinha cerca de oitenta centímetros de largura e parecia ter a mesma profundidade. Mas a pedra lançada demorou demais até chegar ao fundo para não levantar suspeitas. Os meninos alargaram a entrada. Ravidat foi o primeiro a descer para a gruta. Trouxeram a lanterna, e as pinturas encerradas havia 20 mil anos embaixo da terra apareceram aos olhos humanos. «Nossa felicidade foi indescritível. Fizemos uma dança selvagem de guerra.»

Felizmente, os jovens não começaram a explorar o tesouro descoberto por sua conta, mas avisaram o professor, o sr. Laval, que por sua vez avisou Breuil, que naquele tempo morava perto dali e veio a Lascaux nove dias depois. O mundo científico tomou conhecimento da descoberta só cinco anos mais tarde, ou seja, quando acabou a guerra.

Os meninos de Lascaux merecem, se não um monumento, ao menos uma placa comemorativa de dimensão no mínimo igual àquela em honra da sra. Maria Martel, a «parteira — oficial da Academia». Montignac, a cidade natal dos meninos, tornou-se famosa. Com a fama, vieram os benefícios. A cidade ganhou as melhores conexões de ônibus, multiplicaram-se diferentes estabelecimentos, como «O Bisão», «O Touro», «O Quaternário», e ao menos dezenas de famílias vivem da venda de suvenires. Talvez Ravidat tenha aberto um restaurante e, na velhice, contava aos turistas, sentados à volta da lareira, sobre sua descoberta. Pode ser também que tenha se formado em arqueologia, porém é pouco provável conseguir a mesma façanha pela segunda vez. Para falar a verdade, nada se sabe sobre ele.

A uma centena de metros da gruta de Lascaux surgiu um tipo de empresa privada do ramo pré-histórico. Os donos de pastos da redondeza descobriram algo que poderia ser a entrada para outra gruta, e acharam alguns fósseis bastante comuns. Construíram um barracão onde puseram aquelas «amostras», e, para dar um aspecto científico a seu «museu», penduraram nas paredes alguns gráficos, pelos quais o visitante fica sabendo da existência de quatro épocas glaciais: *Günz, Mindel, Riss* e *Würm*. Por um franco, um camponês esperto cheirando a queijo de ovelha oferece explicações mais detalhadas sobre a paleologia.

Como vivemos numa época de desconfiança, a autenticidade das pinturas das cavernas lançou suspeitas, que começaram ainda em 1879, depois da descoberta de Altamira por Marcelino Sanz de Sautuola. Acusavam-se os padres jesuítas de enfeitarem às escondidas as cavernas, colocarem-nas à vista dos cientistas e aguardarem até que se desencadeasse uma discussão. Depois revelariam a falsificação, para comprometer os pré-historiadores que situavam a existência do homem ignorando a cronologia bíblica, ou seja, sua compreensão ingênua. Os cientistas levaram vinte anos para confirmar a autenticidade de Altamira.

Aliás, seu ceticismo está plenamente justificado. Basta lembrar a famosa história do crânio de Piltdown, sobre o qual os mais respeitados arqueólogos e antropólogos escreveram, ao longo de 24 anos, muitos estudos eruditos, até que se soube que foi uma falsificação. Aliás, uma falsificação genial, pois foi elaborada durante muito tempo por alguém que tinha acesso à coleção e dominava os métodos de pesquisa laboratorial.

Contudo, transformar um fragmento de osso comum em «paleolítico» é muito mais fácil do que pintar uma superfície enorme de uma gruta, o que exige o trabalho de uma equipe de homens dotados não só de conhecimento, mas também de um extraordinário talento artístico. Além disso, o custo de tais falsificações em relação ao lucro seria desproporcional.

O que aos olhos dos profissionais desperta a maior desconfiança é frequentemente o fato de que algumas reproduções, em geral publicadas imediatamente depois da descoberta, não coincidem em seus detalhes com o que se pode verificar *in loco*. Portanto, há suspeita de que os achados arqueológicos ganham, nas mãos dos pré-historiadores, alguns detalhes, segundo eles imprescindíveis. Numa cena de poço, reproduzida na imprensa popular, o homem nu estendido no chão não tem falo. Esse detalhe foi simplesmente apagado pelos redatores ciosos da moral de seus leitores. Se acrescentarmos que muitas estatuetas e ritos paleolíticos estão ligados à magia da fertilidade, em que o aumento dos órgãos sexuais é comum, tudo fica esclarecido.

Visitando as grutas de Lascaux, eu mesmo fiquei por um instante cético ao ver o frescor das cores e o estado impecável daquele monumento de mais de 15 mil anos de idade. A explicação desse fato surpreendente é simples. Durante milênios, as grutas estavam soterradas e por isso tiveram condições atmosféricas estáveis. Graças à umidade, surgiram sais calcários cristalizados nas paredes, protegendo as pinturas como um verniz.

No verão de 1952, o famoso poeta André Breton, em visita às grutas de Pech-Merle, decidiu resolver o problema de autenticidade das obras pré-históricas com um método experimental. Simplesmente esfregou a pintura com o dedo e, vendo que o dedo ficou tingido, chegou à conclusão de que era uma falsificação, e bem recente. Foi exemplarmente multado (por tocar a obra de arte e não pelas convicções), mas o problema não terminou aí. A União Francesa dos Escritores exigiu uma investigação sobre a autenticidade das grutas pintadas. O abade Breuil, no relatório apresentado à Comissão Superior de Monumentos Históricos, considerou aquelas *démarches* inaceitáveis.

Assim, o método de esfregar o dedo não entrou no arsenal dos métodos cientificamente legitimados da pesquisa arqueológica.

Eu voltei de Lascaux pelo mesmo caminho que havia chegado. Apesar de ter encarado, como se diz, o abismo da história, não tinha a sensação de voltar do outro mundo. Nunca antes tive uma convicção tão forte e reconfortante de que sou cidadão da Terra, herdeiro não só dos gregos e dos romanos, mas quase do infinito.

Esse é de fato o orgulho da condição humana e o desafio lançado à imensidão do céu, do espaço e do tempo.

> Pobres corpos que passais sem deixar vestígios — que a humanidade seja para vós o nada; frágeis mãos tiram da terra repleta de vestígios de semibesta aurignaciana e dos reinos extintos certas imagens que, suscitando a indiferença ou compreensão, dão o mesmo testemunho de vossa dignidade. Nenhuma grandeza pode ser separada do que a sustenta. O resto são criaturas submissas e insetos irracionais.

O caminho se abria rumo aos templos gregos e catedrais góticas. Dirigi-me a eles sentindo um toque cálido do pintor de Lascaux em minha mão.

ENTRE OS DÓRIOS

«A única harmonia capaz de dar à alma uma paz perfeita é a harmonia dórica.»
Aristóteles

Tentava convencer Nápoles de que o silêncio tem valor artístico. Em vão. Existem estéticas baseadas em ruído. Usei, então, um argumento terrorista. «Escuta, Nápoles, o Vesúvio não dorme. Se um dia o trovão subterrâneo anunciar uma catástrofe, ninguém ouvirá. Pensa no destino de Pompeia. Não digo, obviamente, que deves imitar seu silêncio sepulcral, o que seria um exagero, mas um pouco de moderação, como recomendava Péricles, não te faria mal. Não é por acaso que cito o nome dele. Tu sabes que és cidade fronteiriça da Magna Grécia».

Havia só dois lugares relativamente silenciosos: o Museu de Capodimonte e o elevador no Albergo Fiore. O museu está situado numa colina de um grande parque, aonde o barulho da cidade chega como o som de um velho disco de vinil.

Foi junto ao retrato do jovem Francesco Gonzaga, feito pelo pincel de Mantegna, que me demorei mais. O menino veste um *lucco* rosa pálido e um gorro da mesma cor, debaixo do qual sobressai uma grinalda de cabelos cortados em linha reta. A infância e a maturidade disputam-lhe o rosto. O olho perspicaz, o nariz enérgico, másculo, e os lábios inchados de criança. O pano de fundo é um verde belíssimo, profundo e atraente que nem a água debaixo da ponte.

O elevador no Albergo Fiore também era uma obra de arte. Amplo como um salão de casa burguesa, com detalhes dourados sofisticados e um espelho. Um sofá revestido, obrigatoriamente, com pelúcia vermelha. Eu subia nesse salão bem devagar e a caminho suspirava, sentindo saudades do século XIX.

Alojei-me no Albergo por patriotismo (o dono era patrício) e conveniência (era mais barato). O proprietário chamava-se *Signor* Kowalczyk. Tinha cabelos claros e o rosto aberto, bem eslavo. À noite, tomando vinho, falamos sobre as complicações dos destinos de guerra, os defeitos dos italianos, as virtudes dos poloneses e sobre a influência do macarrão na alma. Logo no primeiro dia lhe confiei meu sonho de conhecer a Sicília. O *Signor* Kowalczyk mexeu numa gaveta, tirou um bilhete a Paestum deixado por um turista e me ofereceu magnanimamente.

Paestum não é Siracusa, mas não deixa de ser a Magna Grécia. Desisti sem dó da possibilidade de visitar a Gruta Azul. Conhecia Capri, «a ilha dos amantes», muito bem, de uma bela canção de antes da guerra, e não quis estragar essa imagem num confronto do ideal com a realidade. E logo percebi que vale a pena peregrinar a Paestum, mesmo a pé.

No domingo, o trem chega lá quase vazio. A maioria dos turistas desce entre Sorrento e Salerno, onde os esperam pequenos carros puxados por burros, enfeitados com flores.

De uma pequena estação sai um antigo caminho reto entre ciprestes e através da Porta da Sereia se entra no território da cidade habitada por grama alta e pedra.

Uma muralha imponente, de sete metros de grossura, logo no início, diz que as colônias gregas na Itália não eram de modo algum oásis da paz. Os gregos chegavam de sua pátria pedregosa e estéril a esse país aquecido pelas fogueiras de muitas gerações, de suas naves velozes pelo mar «escuro feito vinho». É o que testemunham as necrópoles que remontam ao paleolítico.

A grande colonização grega aconteceu entre os séculos VIII e VI antes de Cristo e tinha um caráter econômico. Foi diferente da onda de expansão grega que alguns séculos antes alcançava a costa da Ásia Menor e cujos motivos eram políticos, ou seja, a pressão dos dórios procedentes do Norte.

Inicialmente, as conquistas dos gregos não eram incursões sistemáticas e tinham caráter de pilhagem e pirataria; uma lenda logo se seguiu, reivindicando as terras antes de as primeiras cidades gregas terem sido edificadas sobre elas. Para Homero, os países a oeste do mar Jônico eram domínio do maravilhoso. Porém, já naquele tempo, com a intervenção dos poetas, os heróis, as sereias e os deuses gregos se apropriaram das grutas, das ilhas, dos rios e dos litorais não gregos.

Odisseu, destruidor de cidades, não é um colonizador, mas uma figura característica daquela época pré-colonial. Ao retornar de Troia devasta Ismara, cidade dos cicones, e só o interessa o que pode levar no navio — escravas e tesouros. Nenhum encanto dos países estrangeiros é capaz de detê-lo em sua obstinada viagem de volta à sua pátria rochosa.

A poesia de Hesíodo é um exemplo ainda mais contundente dessa atitude própria dos gregos da época arcaica, daqueles nobres apegados a seu torrão natal, para quem os cantos dos aedos substituíam as viagens.

Alguns autores da Antiguidade explicavam o fenômeno de colonização a partir de fatos da vida pessoal, como briga familiar ou disputas pela herança. Não é preciso ignorar essa explicação, uma vez que ela mostra as importantes transformações sociais, o relaxamento das organizações familiares, tão fortes na época da expedição a Troia. Tucídides e Platão oferecem ainda outra interpretação, simples e convincente: a escassez da terra. A Sicília e o sul da península Apenina eram um terreno atraente para a colonização agrária e comercial.

Portanto, como se disse, aquelas terras não eram de ninguém. Os gregos as conquistavam dos bárbaros com a astúcia ou a força, é verdade que sem a crueldade dos prussianos ou dos romanos, mas também sem dispensar a violência. Interessava a eles, sobretudo, o litoral, onde fundavam portos. A população autóctone refugiava-se nas montanhas e observava com ódio as abastadas cidades dos conquistadores. Cícero diz metaforicamente que a costa grega é como uma faixa do tecido dos campos dos bárbaros. Uma barra dourada muitas vezes tingida de sangue.

Poseidonia (Paestum em latim) foi fundada em meados do século VII pelos dórios, expulsos de Síbaris pelos aqueus. As cidades gregas na Itália, assim como na própria Grécia, lutaram entre si encarnecidamente pela hegemonia. Havia também tentativas de unificação do sul da Itália através da união das cidades. Tal ideia — como supõem os cientistas com base em provas numismáticas — seria colocada em prática pelos pitagóricos de Crotona. Foram justamente eles que reduziram a ruínas a poderosa Síbaris, que no auge de seu desenvolvimento contava 100 mil habitantes. Os moradores de Poseidonia fizeram aliança com os vencedores e saíram ganhando. A fonte de sua riqueza tornou-se o comércio de cereais e azeite. Em pouco tempo, construíram dez templos na cidade.

Eles não eram apenas uma manifestação do espírito religioso ou, como se costuma repetir até a exaustão, da necessidade grega do belo. A arte, e a arquitetura em particular, desempenhava nas colônias um importante papel de enfatizar, diante dos povos vizinhos, sua especificidade nacional. O templo grego numa colina era como um estandarte cravado na terra conquistada.

Os séculos VI e V a.C. foram o auge da civilização grega na Itália, seu período pericleico. As cidades dos comerciantes tornaram-se também os ancoradouros de cientistas, poetas e filósofos. Estes últimos chegaram até a ganhar grande influência na política. Em Crotona e em Metaponto governavam os pitagóricos. Os que leram a *República* de Platão não vão estranhar o fato de que, cerca de 450 anos antes de Cristo, o povo se rebelou contra os filósofos que, sob o pretexto de adoração dos números, ordenaram o registro dos homens, encarcerando, na ocasião, os suspeitos de serem contrários ao pitagorismo. O que fazer se os cidadãos comuns não apreciam muito a abstração e preferem uma burocracia obtusa e corrupta aos sábios?

Perto de Paestum se encontrava Eleia, onde no limiar dos séculos VI e V a.C. apareceu uma escola filosófica fundada por Parmênides. Foi o segundo centro mais importante na história do pensamento grego, depois da Escola Jônica. Assim, os filósofos das colônias representam o período pré-clássico da filosofia grega.

Talvez seja ingênuo demais, embora não deixe de ser verossímil, afirmar que a constante ameaça da *polis* grega fez os eleatas propagarem a verdade consoladora da imutabilidade do mundo e da permanência do ser. Porém, a flecha imóvel de Zenão de Eleia não passou no teste da história.

No ano de 400 a.C., a Poseidonia foi conquistada pelos montanheses da região, os lucanos. Setenta anos depois, o rei Alexandre de Epiro, sobrinho de Alexandre, o Grande, solidário com os helênicos, vence os lucanos, mas depois de sua morte eles voltam a dominar a cidade. A ocupação deve ter sido dura, pois nem sequer se permitia falar em grego.

Os novos libertadores serão os romanos. Com eles os gregos entendem-se facilmente. Paestum torna-se uma colônia romana, fornecendo os navios e os marinheiros a Roma. Nos momentos difíceis para a República (depois da batalha de Canas), os habitantes da Poseidonia ofereceram todos os vasos de ouro de seus templos para os fins da guerra. Os romanos não aceitaram, magnanimamente, essa oferenda, e em reconhecimento à lealdade dos doadores deram à cidade o raro privilégio de cunhar sua própria moeda.

Finalmente, o deus do mar, a quem Paestum estava consagrada, deu as costas aos seus adoradores. Levantou o litoral. Um rio próximo, o Silarus, perdeu sua foz e começou a se desintegrar. Estrabão se queixa do mau cheiro dos arredores. O que os bárbaros não conseguiram, a malária consegue.

No início da Idade Média, Paestum já não é uma cidade, mas uma caricatura da cidade habitada por uma pequena comunidade cristã. Um pequeno aglomerado de casas toscas, construídas dos restos de edifícios antigos, se concentrava ao redor do templo de Deméter, transformado em igreja.

Por fim, no século XI, os dizimados moradores da cidade malárica cedem à pressão dos sarracenos. Fogem ao leste, para as montanhas, pelo mesmo caminho que os lucanos haviam atravessado escapando dos gregos.

Em Capaccio Vecchio, onde se refugiarão os poseidonianos, construiu-se uma igreja consagrada à Virgem de Granada que tem o rosto de Hera. Em maio e agosto, os habitantes das redondezas saem numa procissão solene para a igreja antiga. Eles levam pequenos barcos decorados com flores e com uma vela no meio, idênticos àqueles que os gregos levaram à Hera de Argos há 26 séculos.

Em meados do século XVIII, nas redondezas de Paestum, não existente naquele tempo, construiu-se uma estrada. Por coincidência, foram descobertos três templos dóricos, um dos quais está entre os mais preservados no mundo. Foram chamados: a Basílica, o templo de Poseidon e o templo de Deméter. Em seu interior havia uma multidão de carvalhos piedosos.

Uma refeição na varanda de uma modesta *trattoria*, cara a cara com a arte dos dóricos. Para não espantar esse momento, é preciso comer e beber de maneira moderada, ou seja, não homérica. Nada de carne ou crateras de vinho. Basta um prato de salada com alho, pão e um quarto de vinho. O vinho lembra o *gragnano* vesuviano, mas é apenas um pobre parente dessa nobre cepa. Em vez de um aedo, um tenor napolitano, no rádio, tenta convencer sua amada a voltar a Sorrento.

Agora vejo os templos pela primeira vez na vida, com meus próprios olhos: são reais. Daqui a pouco poderei ir até lá, aproximar meu rosto das pedras, examinar seu cheiro, passar a mão nos sulcos da coluna. É preciso se libertar, purificar, esquecer todas as fotografias vistas, gráficos e informações dos guias. E esquecer também o que me haviam falado repetidas vezes, sobre a pureza e a grandiosidade dos gregos.

A primeira impressão é quase decepcionante: os templos gregos são menores, ou seja, mais baixos do que eu esperava. É verdade, aqueles guardados em meus olhos ficam numa campina plana que nem uma mesa, sob um enorme céu que os achata ainda mais. É uma situação topográfica bastante incomum, uma vez que a maioria das construções sacras dos gregos foi erguida em lugares elevados. Incorporavam assim as linhas da paisagem montanhosa que lhes dava asas.

Em Paestum, onde a natureza não ajudou, pode-se estudar os dórios com frieza e sem exaltação. Assim como se deve tratar esse estilo, o mais viril de todos os estilos de arquitetura. Ele é austero como a história de seus criadores vindos do Norte. Robusto, sólido e, por dizer assim, atlético, digno da época dos heróis que corriam com uma clava atrás de um animal selvagem. O desenho da coluna se destaca com a musculatura realçada. Sob o peso da arquitrave, um capitel ramalhudo está inchado de tanto esforço.

A construção mais antiga de Paestum é a Basílica, de meados do século VI a.C. Inicialmente se pensava que era um edifício civil e não sacro, porque sua fachada tem um número ímpar de colunas, coisa nunca vista nos templos gregos. A característica mais visível que comprova a antiguidade do edifício é uma êntase acentuada, ou seja, um engrossamento da parte central do fuste da coluna. O enorme capitel que descansa em sua parte superior tem a forma de um travesseiro achatado. A parte superior da coluna é bem mais estreita do que a base, o que deve diminuir a impressão de peso e amontoado dos elementos verticais. E há mais um detalhe que raramente encontramos nos templos gregos: entre o fuste e o capitel corre uma discreta grinalda de folhas que, segundo os historiadores da arte, vem da tradição micênica.

As colunas, sólidas como os corpos dos titãs, agora já não carregam o telhado, mas apenas o que restou da arquitrave e do friso. O vento e as tempestades cortaram a parte superior da Basílica. Sobraram apenas alguns restos de tríglifos e um comovente vestígio dos construtores anônimos — uma estria em forma de U, feita pela corda com que foram arrastados os blocos de arenito.

Para entrar é preciso subir três degraus de escada destinados mais aos gigantes do que aos humanos. Nem tudo, então, estava à medida do homem nessa arte.

O plano do interior do templo é simples. A parte central é uma sala retangular, fechada, chamada *naos*, escura como o porão de um navio. É onde se encontrava a estátua do deus e seu raio. É um lugar destinado mais aos sacerdotes do que aos fiéis, um eco longínquo de uma gruta subterrânea.

O rito sacrificial ocorria do lado de fora, o que atestam os altares que se encontram à frente do templo. O peristilo e o *pronaos* eram estreitos demais para as grandes procissões. Para a maioria dos fiéis, o templo era o que se via de fora. Por isso, aos arquitetos gregos interessavam mais as questões como a altura e a disposição das colunas, as proporções dos blocos e a colocação dos elementos decorativos do que as buscas das novas soluções para o interior.

Ao sul da basílica se encontra um dos mais belos e mais bem conservados templos dóricos que permaneceram até nossos dias. Seus descobridores o atribuíram a Poseidon. As novas investigações, baseadas em objetos de culto encontrados, o atribuem a Hera de Argos, esposa de Zeus. Foi também corrigida a crença anterior de que se tratava da construção sacra mais antiga de Paestum. Ao contrário, ela é o mais novo de todos os templos dóricos preservados na Poseidonia e data do ano 450 a.C., aproximadamente, apenas alguns anos antes do Partenon de Atenas, pertencendo assim à época clássica do estilo dórico.

O bloco do templo é compacto e, ao mesmo tempo, mais leve do que as construções arcaicas. Tem proporções perfeitamente equilibradas; seus elementos compõem uma unidade infalivelmente clara e lógica. O artista dórico trabalhava não só a pedra, como também o espaço vazio entre as colunas, modelando de modo órfico o ar e a luz.

As linhas horizontais não são perfeitamente paralelas. Foi aplicada aqui uma correção ótica (a invenção atribuída a Ictinos de Mileto, o arquiteto do Partenon): as curvaturas, ou seja, as dobras do horizontal para dentro que provocam a sensação de densidade. Os arquitetos dóricos sabiam também que, se as colunas fossem colocadas de modo idealmente perpendicular, daria a sensação de que as linhas verticais se alargam em cima; portanto, há uma sensação de desabamento lateral do templo. Por isso as colunas externas estão inclinadas para dentro. No caso do templo de Hera, eles não seguiram essa norma e aplicaram o que um pintor contemporâneo chamaria de «ilusão de superfície». As colunas externas são perpendiculares, mas seus sulcos, chamados caneluras, dirigem a vista, de modo que temos a impressão de que as colunas se inclinam para dentro.

Apesar dessas sutilezas arquitetônicas, Hera de Argos tem o peso, a força e a austeridade crua das antigas construções dóricas, embora pertença à época clássica. A relação entre grossura e altura da coluna é de 1:5. As partes superiores dos capitéis, os ábacos quadrados, quase se tocam e não são elementos decorativos, mas carregam, de verdade, o topo triangular do templo, que equivale à metade da altura da coluna.

No extremo sul da zona sagrada da cidade encontra-se o templo de Deméter. Na realidade, era devotado a Atena, como demonstram as estatuetas e uma inscrição «Minerva», em latim arcaico, recentemente descobertas. Foi construído no final do século VI. Tem um perfil de coluna similar ao da Basílica, com a êntase saliente e o equino achatado. Aparentemente, um exemplar de pura arte dos dórios.

Porém, as configurações arquitetônicas puras aparecem raríssimas vezes, salvo nos manuais. No templo de Deméter, foram recentemente descobertos dois capitéis jônicos. Alguns historiadores da arte contrapõem radicalmente esses dois estilos, obras de tribos e mentalidades diferentes. Do primeiro dizem que era viril, pesado, e que expressava força; do segundo, que era feminino, repleto de graça oriental e leveza. Na realidade e na prática, existiram numerosas contaminações e os contrastes eram menos acentuados do que desejariam os classificadores.

Os três templos são três épocas da ordem dórica. A Basílica representa o período arcaico. Deméter, o período de transição. Hera é um exemplo maravilhoso de estilo dórico maduro. Só por isso merecem ser visitados como um dos mais importantes e mais instrutivos conjuntos da arquitetura clássica.

Meio-dia: os asfódelos, os ciprestes, os oleandros param. Um silêncio sufocante, entretecido com os grilos. Uma oferenda perpétua de perfumes ascende da terra ao céu. Estou no interior do templo, observando a passagem da sombra. Não é um vaguear da obscuridade sem rumo, casual, melancólico, mas um movimento preciso da linha cortando o ângulo reto. Daí vem a ideia da origem solar da arquitetura grega.

É mais do que provável que os arquitetos gregos dominaram a arte de medição através da sombra. O eixo norte-sul indicava a sombra mais curta que o sol projeta em seu zênite. Tratava-se, então, de encontrar a maneira que permitisse desenhar a perpendicular a essa sombra, determinando assim o eixo principal, a direção sagrada: leste-oeste.

A lenda atribui essa invenção a Pitágoras, realçando sua importância com o sacrifício de cem touros em homenagem ao inventor. A solução era genial em sua simplicidade. Um triângulo de lados três, quatro e cinco é o triângulo retângulo e possui também a propriedade de que a soma dos quadrados dos comprimentos dos catetos é igual ao quadrado do comprimento da hipotenusa. As consequências práticas do teorema com que até hoje são atormentados os alunos da escola foram colossais. Significava que, se o arquiteto tivesse uma corda com três nós e suas partes correspondessem às proporções de três, quatro e cinco, e se o estendesse entre os três vértices de modo que AC fosse a sombra norte-sul, ele imediatamente obteria o eixo leste-oeste traçado pelo segmento AB. A partir desse mesmo triângulo, chamado pitagórico, foram determinadas a altura e a disposição das colunas.

Não foi irrelevante o fato de que aquele triângulo, por assim dizer, caiu do céu e, portanto, teve um valor cósmico. Aos construtores dos templos dóricos interessava nem tanto o belo, e sim a exposição da ordem do mundo pela pedra. Eram profetas do *Logos*, como Heráclito e Parmênides.

Os inícios do estilo dórico são obscuros. O arquiteto do imperador César Augusto, Vitrúvio, baseando-se decerto na tradição grega, apresenta uma gênese fabulosa que remonta ao lendário Doro, filho de Heleno e da ninfa Orseis, que reinavam em Acaia e no Peloponeso. Ele afirma que os primeiros arquitetos não conheciam as proporções corretas e «procuravam encontrar as normas que permitissem às colunas sustentarem o peso e serem consideradas belas». Eles mediram o traço de pé de um homem e o compararam com sua altura. Comprovando que o pé representa a sexta parte da altura do homem, aplicaram a mesma proporção à coluna, contando o capitel. Desse modo, a coluna dórica passou a espelhar na arquitetura a força e a beleza do corpo do homem.

Os invasores do Norte, os dórios, aproveitaram, com certeza, as experiências dos povos que tinham conquistado: os micênicos e os cretenses. Com os avanços de nosso conhecimento, a expressão popular «o milagre grego» substituiu as buscas dos degraus da evolução, dos confrontos e influências ao longo dos séculos. É mais do que provável que o templo dórico, pelo menos em seu plano básico, provenha da sala central do palácio micênico, chamada *megaron*. Por outro lado, ele é uma transposição de alguns séculos de sucessos da construção em madeira para o outro material, o que comprova um detalhe arquitetônico, o tríglifo, na parte frontal, antigamente esculpida, da viga de laje. Evidentemente, os monumentos de madeira se perderam, e pelo menos três séculos de experimentos desapareceram de nossa vista.

A grande época de construção em pedra, que começou no início do século VII a.C., só pôde se desenvolver graças às mudanças na estrutura social e econômica.

Não só os comerciantes ricos e os proprietários das terras vizinhas habitavam a *polis* grega, mas também as massas empobrecidas e os escravos. Eram estes últimos que trabalhavam nas pedreiras. As descrições indiretas das condições de trabalho nas minas de ouro e prata no Egito e na Espanha recordam os campos de trabalho forçado. Um estudioso inglês diz que «é preciso que se lembre do sangue e das lágrimas derramados sobre a matéria-prima da arte grega». Percebeu-se que foi essa realidade que deu lugar às imagens deste e do outro mundo, da caverna de Platão, do Tártaro e do céu luminoso onde as almas liberadas do corpo alcançam a bendita paz.

A pedra não foi apenas um material. Ela possuía também um significado simbólico, era objeto de veneração e de adivinhação. Entre a pedra e o homem havia uma estreita relação. Segundo a lenda prometeica, as pedras eram ligadas aos homens pelos laços de consanguinidade. Elas conservaram até o cheiro do corpo humano. O homem e a pedra representam duas forças cósmicas, dois movimentos: para baixo e para cima. Uma pedra bruta cai do céu; submetida aos procedimentos do arquiteto, ao sofrimento dos números e das medidas, eleva-se até a morada dos deuses.

O texto órfico que segue não deixa dúvidas quanto a essa questão. É poeticamente belo e, portanto, merece que o citemos:

O sol lhe deu a pedra
falante e verdadeira
portanto os homens a chamaram o ser das montanhas

Era dura forte negra e compacta
riscada por todos os lados
com veias feito rugas

Ele lavou então a pedra culta numa fonte viva
vestiu de puro linho
alimentou como se alimenta a criança
fez oferendas como se faz aos deuses

Com os hinos poderosos lhe insuflou a vida

Depois em sua casa arrumada lhe acendeu a
[lamparina
embalava e levantava para cima
como faz a mãe com seu filho nos braços

Tu que queres ouvir a voz do deus
faz o mesmo
pergunta-lhe sobre o futuro
e terás a resposta plena e sincera

A pedra extraída da terra pelos prisioneiros de guerra secava ao sol, perdendo a água que, como disse Heráclito, é morte da alma. Depois era transportada para o canteiro de obras. E aqui começava o mais difícil, o trabalho de talhar a pedra, uma arte considerada o segredo da arquitetura em que os gregos eram mestres insuperáveis. Como não se utilizava a argamassa, as superfícies de contato deviam ser perfeitamente ajustadas. Ainda hoje o templo parece ser esculpido num único bloco. O equilíbrio da construção dependia de uma conexão cuidadosa de todos os seus elementos e do conhecimento do peso e da resistência do material. A pedra mais pesada ia para os alicerces; a mais resistente, para as partes superiores da construção. Construía-se relativamente rápido, de uma vez só. Raramente foi preciso acrescentar ou corrigir algo.

A palavra «ruína» não combina com o templo grego. Mesmo aqueles mais destroçados pelo tempo não são um conjunto de fragmentos mutilados, uma pilha desordenada de pedras. Mesmo o tambor da coluna cravado na terra ou o capitel arrancado têm a perfeição de uma escultura acabada.

É possível expressar a beleza da arquitetura clássica em números e proporções de seus componentes entre si e em relação à totalidade. Os templos gregos vivem debaixo do sol dourado da geometria. A precisão matemática faz tais obras flutuarem, feito navios, sobre as inconstâncias dos tempos e dos gostos. Parafraseando uma expressão de Kant sobre a geometria, pode-se dizer que a arte grega é uma arte apodíctica, um imperativo que se impõe à nossa consciência.

Na base da simetria, concebida não só como uma diretriz estética, mas como a expressão da ordem universal (não poderíamos falar também sobre a simetria dos destinos da tragédia grega?), havia o módulo, ou seja, a medida rigorosamente definida, comum em todos os elementos da construção. «A simetria nasce da proporção; por proporções de um edifício entendemos o cálculo tanto de sua parte como do conjunto da obra, conforme um determinado módulo», diz Vitrúvio com uma simplicidade romana. Na realidade, a questão não é tão simples.

É discutível se o módulo do templo dórico era o tríglifo ou a metade da largura da coluna. Alguns teóricos sustentam que a proporção essencial própria de determinada ordem é a relação da altura da coluna com a altura do entablamento, ou seja, o conjunto composto do friso, da cornija e da arquitrave. A dificuldade reside em que os sucessivos arquitetos fixam diferentes relações para a mesma ordem. Para o estilo jônico, encontramos em Vitrúvio a proporção 1:6, enquanto para o mesmo estilo Alberti indica a proporção 1:3,9. Para dificultar ainda mais, a análise da construção demonstrou que os autores dos cânones não os aplicavam na prática.

Uma explicação possível seria que, em virtude da imperfeição das ferramentas de medição ou da resistência do material, só se aplicavam as medidas aproximadas. Mas isso não explica tudo.

As buscas de um cânone absoluto, de uma única chave numérica capaz de abrir todas as construções de respectiva ordem, é uma diversão acadêmica estéril, alheia à realidade concreta e à história. Além disso, as ordens evoluíram, como se pode ver muito bem em Paestum, quando comparamos a Basílica arcaica com o templo de Hera, obra do estilo dórico maduro. É o que melhor ilustra a altura das colunas, que no período inicial do estilo dórico tinha oito módulos, depois onze e treze.

Outro grande erro dos exploradores do cânone que percorrem os indefesos esquemas dos templos com régua e esquadro era que não levaram em conta a altura do edifício nem o ponto de observação. Em outras palavras, interpretavam as proporções de modo linear em vez de angular. A teoria dos denominadores angulares, aplicada à investigação da arquitetura grega, explica muitos mal-entendidos e define o significado essencial do cânone na arte. Eles são grandezas variáveis e foram aplicados de modo diferente nos templos pequenos, médios e grandes. Também as proporções do entablamento da coluna são tanto maiores quanto maior for a medida da ordem e menor for a distância de observação. As construções sacras de Paestum ficavam no centro da cidade, portanto eram vistas de perto, o que explica, entre outras coisas, o enorme entablamento do templo de Hera.

Assim, a arte grega é a síntese da razão e da vista, da geometria e das leis da visão, coisa que também se manifesta nos afastamentos da norma. Onde o geômetra traçaria uma linha reta, os gregos aplicavam imperceptíveis curvaturas horizontais e curvas verticais:

as dobraduras na base do templo, o estilóbato e a inclinação centrípeta das colunas de esquina. Esses retoques estéticos davam vida à construção, e os imitadores das obras clássicas não faziam ideia disso. A Madeleine de Paris ou o Panteão de Soufflot têm tanto a ver com as obras que os inspiraram quanto um pássaro de um atlas ornitológico com o pássaro em pleno voo.

Podemos perguntar por que a ordem dórica, em nosso entender a mais perfeita da arquitetura antiga, cedeu lugar a outras. Um teórico renascentista diz: «Alguns arquitetos da Antiguidade sustentavam que os templos não deviam ser construídos segundo a ordem dórica, porque têm as proporções erradas e inadequadas». Em épocas posteriores, discutia-se exaustivamente o problema da distribuição dos tríglifos de modo que estivessem sobre cada coluna e cada intercolúnio, no eixo da coluna e no eixo do intercolúnio, e também que se encontrassem nas esquinas do friso. Porém, era mais um problema de caráter ornamental do que de construção. No entanto, foi uma prova de que os templos deixaram de ser um lugar de culto, tornando-se um ornamento da cidade.

A relação da arte dos dórios com a religião era mais natural e mais profunda do que as ordens da arquitetura clássica posterior, inclusive no que concerne ao seu material. O mármore do estilo jônico e coríntio transmitia frieza, pompa, formalidade oficial. Os deuses requintados perderam seu poder. Na oferenda a Atena, há uma diferença entre ela ser feita de ouro e marfim ou de pedra bruta. Para os dórios, essa deusa era princesa dos nômades, a moça de olhos azuis e músculos de efebo que domava os cavalos. Também Dionísio, outrora patrono de forças obscuras e das orgias, depois se converteu num bondoso e barbudo beberrão.

Para reconstruir o templo dórico em sua plenitude seria necessário pintá-lo de vermelho, azul e ocre bem vivos. Assim a mão do mais impiedoso conservador iria tremer. Queremos ver os gregos lavados pelas chuvas, brancos, sem paixão, sem crueldade.

Para que a reconstrução seja completa, seria necessário recriar também o que ocorria diante do templo. O que ele seria sem o culto? A pele arrancada de uma serpente, a superfície do mistério.

Ao amanhecer, quando prestavam homenagem aos deuses do céu, ao pôr do sol ou à noite, quando o objeto de culto eram as forças subterrâneas, uma procissão encabeçada pelo mistagogo dirigia-se ao altar sacrificial que se encontrava diante do templo.

> [...] O velho cavaleiro Nestor lavou as mãos, repartiu a cevada e, rezando longamente a Atena, cortava os pelos da cabeça do animal e os lançava ao fogo. Depois os outros, rezando, lançavam a cevada. De repente, o filho de Nestor, o valente Trasímedes, se aproximou e deu um golpe: o machado cortou os

> tendões do pescoço e tirou a vida da vaca. As filhas e os filhos entoaram uma oração [...].
>
> Levantaram a cabeça do animal e a seguraram longe do solo de largas estradas. O príncipe Pisístrato deu um golpe, jorrou o sangue rubro, e a respiração partiu os ossos [...].

Foi assim que aconteceu. Agora passam excursões, o guia recita as medidas do templo com a voz entediada e uma precisão de contador. Completa o número das colunas que faltam, como se pedindo desculpas pelas ruínas. Aponta o altar com a mão, mas aquela pedra abandonada não emociona ninguém. Se os visitantes tivessem mais imaginação, em vez das máquinas Kodak, trariam um touro e o matariam diante do altar.

Aliás, uma rápida visita durante uma excursão de ônibus não é suficiente para ter ideia do que é o templo grego. É preciso passar pelo menos um dia entre as colunas, para entender a vida das pedras ao sol. Elas se metamorfoseiam conforme a estação do ano e a hora do dia. Pela manhã, a rocha calcária de Paestum é parda; ao meio-dia, cor de mel; ao pôr do sol, chamejante. Ponho minha mão nela e sinto o calor do corpo humano. As verdes lagartixas a percorrem como um calafrio.

Fim do dia. Céu em bronze. O carro dourado de Hélio afunda no mar. Nessa hora, como diz o Arquipoeta, «escurecem todas as trilhas». Agora, na frente do templo de Hera, as rosas cantadas por Virgílio, «*hifer rosaria Paesti*», exalam um perfume embriagante. As colunas recebem o fogo vivo do poente. Logo serão como um bosque queimado no ar cada vez mais escuro.

ARLES

A Mateusz

Milhares de luzes coloridas pendentes sobre as ruas cobrem a cabeça dos transeuntes com as cores burlescas. Das portas e janelas abertas emana a música. As praças giram feito carrossel. É como entrar no meio de uma grande festa. Assim me parecia Arles em minha primeira noite na cidade.

Reservei um quarto no andar mais alto do hotel em frente ao Museu Réattu, numa rua estreita e abismal como um poço. Era impossível dormir. Não por causa do barulho, mas pela vibração penetrante da cidade.

Fui ao bulevar em direção ao Ródano. «Oh, rio veloz, vindo dos Alpes, que carregas as noites e os dias, e os meus desejos aonde te leva tua natureza e a mim o amor», cantava Petrarca. O Ródano na realidade é poderoso, escuro e pesado como búfalo. Uma noite provençal clara e fresca, mas com um ardor oculto no cume.

Volto ao centro da cidade seguindo a trilha das vozes e da música. Como descrever a cidade que não é de pedra, mas de carne? Tem uma pele quente e úmida, e o pulso de um animal acorrentado.

Tomo um vinho de Côtes du Rhône no Café de l'Alcazar. Até que uma reprodução colorida acima do balcão me faz lembrar que este é o tema de um famoso quadro de Van Gogh, *Le café de nuit*, e que ele próprio morava aqui no ano 1888, quando veio a Provença para conseguir um azul mais intenso do que o céu e o amarelo mais deslumbrante do que o sol. Será que é lembrado aqui? Será que ainda vive alguém que o tenha visto com os próprios olhos?

O barman responde a contragosto que sim, que há *un pauvre vieillard* que pode contar algo sobre Van Gogh. Mas agora não está ali; ele costuma chegar antes do meio-dia e gosta de cigarros americanos.

Assim, comecei a visitar a Arles não dos gregos e romanos, mas do *fin de siècle*.

No dia seguinte, no Café de l'Alcazar, me mostraram aquele velhinho. Apoiado numa bengala, com a barba sobre as mãos cruzadas, ele cochilava em cima de um copo de vinho.

— Me disseram que o senhor conheceu Van Gogh.

— Conheci, conheci. E quem é o senhor? Estudante ou jornalista?

— Estudante.

Vejo que fiz uma besteira, porque o velhinho fecha os olhos e deixa de se interessar por mim. Então lhe estendo um maço de cigarros americanos. A isca funciona.

O velho aspira o fumo deliciado, bebe o vinho e me olha com atenção.

— Se interessa pelo Van Gogh?

— Muito.

— Por quê?

— Foi um grande pintor.

— Assim dizem. Eu não vi nenhuma pintura dele.

Com seu dedo ossudo bate no copo vazio, que encho obediente.

— Pois é. Van Gogh. Já morreu.

— Mas o senhor o conheceu.

— Mas quem é que o conheceu. Vivia que nem um cachorro. Dava medo.

— Por quê?

— Corria pelos campos com aquelas grandes telas. Os meninos lhe atiravam pedras. Eu não. Era muito pequeno. Tinha três ou quatro anos.

— Não gostavam dele?

— Era muito engraçado. Tinha cabelos como uma cenoura.

E, de repente, o velhinho começa a rir, e seu riso contente e afetuoso se prolonga por um bom tempo.

— Era um homem muito engraçado. *Il était drôle.* Tinha cabelos como uma cenoura. Lembro-me muito bem, porque dava para ver de longe seus cabelos.

Com isso se encerram as recordações do velhinho sobre o profeta.

Jantei num pequeno restaurante perto da Place de la République. A cozinha provençal, cuja amostra eu pudera degustar anteriormente em restaurantes de terceira categoria, é formidável. Primeiro trazem uma bandeja de metal, dividida em pequenos compartimentos, com as entradas. Azeitonas verdes e pretas, cebolinhas picantes, chicória, batatas bem temperadas. Depois uma sopa deliciosa de peixe, prima da rainha das sopas, a *bouillabaisse* marselhesa, em outras palavras caldo de peixe reforçado com o sabor de alho e especiarias. Fatias de filé mignon assado com pimenta. Arroz da vizinha Camarga. Vinho e queijo.

Na parede, mais reproduções de Van Gogh: *Noite estrelada sobre o Ródano*, *O olival*, *O carteiro Roulin*. «Era gente boa», escreveu sobre ele o pintor, «e como não quis aceitar dinheiro, comíamos e bebíamos juntos, o que saía mais caro... Mas não me importava, porque posava muito bem.»

O proprietário do restaurante não conhecia o mestre, mas lembra de uma história transmitida pela mãe e contada muitas vezes em sua família. Uma tarde, o tal pintor louco foi ao vinhedo da família e, gritando, quis obrigar que comprassem um quadro. Mal conseguiram empurrá-lo para fora da cerca. «Pedia só cinquenta francos», termina o dono do restaurante com profunda melancolia.

Durante sua estadia em Arles e na próxima Saint-Rémy, Van Gogh fez centenas de quadros e desenhos.

Nenhum deles ficou na cidade, cujos habitantes escreveram às autoridades exigindo que ele fosse internado num manicômio. Esse documento saiu publicado por um jornal local e se encontra numa vitrine do Museu Arlaten para o opróbrio eterno de seus autores. Os netos poderiam perdoar seus avós pela crueldade, mas não pelo fato de que deixaram escapar uma imensa fortuna que hoje vale o menor esboço assinado com o nome Vincent.

É hora de começar uma visita metódica à cidade.

O vale fértil do Ródano há séculos atraiu os colonizadores. Os primeiros a chegar foram os gregos, que no século VI a.C. fundaram Marselha. Arles, situada num ponto estratégico e comercial no delta do Ródano, tornou-se logo uma pequena feitoria daquela poderosa colônia grega. Não é de estranhar que são poucos os monumentos que se conservaram daquela época.

O verdadeiro florescimento de Arles e de toda a Provença ocorre no período romano. Naquele tempo a cidade chamava-se Arelate e foi planejada com a desenvoltura e o talento urbanístico dos romanos. Seu desenvolvimento fulgurante data dos tempos em que Marselha, aliada com Pompeu, se incompatibilizou com Júlio César. Este toma a cidade de assalto em 49 a.C., com os navios de guerra construídos nos estaleiros de Arelate.

A Arles chegam novos colonizadores, ou seja, os pobres cidadãos de Lazio e da Campânia, assim como os veteranos da Sexta Legião. Daí o tão extenso nome oficial da cidade: Colonia Julia Arelatensium Sextanorum. As excelentes estradas, os imponentes aquedutos e as pontes unem toda essa terra conquistada num organismo político e administrativo. Depois das crueldades da conquista, a Provença recebe a graça da nova civilização.

Até hoje o culto do bom imperador Augusto perdura às margem do Ródano. As pessoas falam dele com tanta simpatia como meus avós falam da Galícia de Francisco José. A bela cabeça de César na gliptoteca de Arles está repleta de energia e de suavidade. Nesse retrato escultórico, o jovem governante é apresentado com a barba que deixava crescer feito uma faixa preta, em sinal de luto pelo pai adotivo, o divino Júlio.

A gliptoteca pagã é modesta. Não tem obras-primas nem obras relevantes, como a Vênus de Arles, uma cópia de Praxíteles achada nas ruínas do teatro em meados do século XVII e oferecida a Luís XIV. Algumas cabeças, sarcófagos, fragmentos de baixos-relevos, duas encantadoras dançarinas em cujos longos vestidos o vento se petrificou. Nas melhores esculturas se mantém ainda, em estado de hibernação, a tradição helênica, mas muitas obras têm a marca do estilo galo-romano, provinciano e um pouco pesado. Aqui se pode observar (o que é impossível nos museus com as obras de grandes mestres) a arte mediana, a produção artística e artesanal, sem gênio, porém sólida, que séculos depois renascerá na escultura romana.

Os relógios batem meio-dia. O vigilante fecha a gliptoteca, aproxima-se de mim e com um sussurro conspirativo propõe que eu visite algo que ainda não é acessível ao público, mas que, segundo sua opinião, deve me impressionar mais do que todas as esculturas aqui reunidas. Seria uma Vênus recém-descoberta? Descemos ao subsolo por uma escada em caracol. Uma lanterna ilumina um largo corredor de pedra abobadado, dividido por um baixo pórtico. Parece um pouco uma casamata, um pouco a entrada de um santuário subterrâneo.

Na verdade são os armazéns romanos de provisões, uma vez que Arles foi uma colônia militar e mercantil. As dimensões desses depósitos subterrâneos são realmente espantosas. Para me impressionar ainda mais, o vigilante acrescenta os dados sobre a distribuição dos alimentos: «Aqui, no lugar seco, se guardava o trigo. No centro, onde a temperatura era estável, os barris de vinho. Ao fundo, amadureciam os queijos». Não sei se esses dados são exatos, mas o entusiasmo daquele homem simples com a economia dos romanos é tão grande que concordo sem questionar. Agora já sei o que mais instiga a imaginação dos descendentes dos galos. Não são os arcos triunfais nem as cabeças dos imperadores, mas os aquedutos e os armazéns de trigo.

— Não esqueça de visitar Barbegal — acrescenta o vigilante na despedida. — É bem perto da cidade. Dá para ir a pé.

Na encosta da colina, os restos como que de uma colossal escadaria levam a um inexistente santuário de gigantes. Mas não há nada sacro nessas ruínas. Antigamente, era um moinho hidráulico bem sofisticado, de oito níveis, por onde escorria a água, criando uma cascata artificial que movia as rodas de pás. Apesar de sua função bem comum, a construção é considerada um dos mais interessantes monumentos de pedra do mundo romano.

A lembrança mais monumental deixada pelos romanos é o anfiteatro.

Foi construído numa colina. Dois pisos de enormes arcos com pilares dóricos na parte inferior e colunas coríntias em cima. Uma construção nua de pedras ciclópicas. Sem leveza, sem graça, como escreveu um ingênuo admirador dos romanos. É um lugar próprio para os gladiadores e os amantes das emoções fortes.

Acompanha-me um inválido que perdeu uma perna na Primeira Guerra Mundial. É o outono tardio e há poucos visitantes. Ele acabou de fechar a bilheteria e quer conversar com alguém.

— Antes os tempos eram outros. Perdi a perna nos campos de Champagne e me deram o quê? Um emprego miserável. Com os romanos ganharia a própria casa, um vinhedo, um pedaço de terra e as entradas gratuitas para o circo.

— Mas nesse circo os animais selvagens dilaceravam as pessoas — tento estragar sua visão idílica.

— Talvez tivesse sido assim em outros lugares, mas não em Arles. Vários professores estiveram aqui e não encontraram nem um ossinho humano. Nem um.

Tudo bem, tudo bem, dorme tranquilo, veterano que tão facilmente iria trocar Foch por Júlio César e De Gaulle por Augusto. Mas, falando a verdade, não esperava que os romanos, que para mim são «rasos como uma flor dentro do livro», ainda pudessem ser objeto de sentimentos tão humanos.

Os muros do anfiteatro eram tão possantes que, nos tempos da invasão dos bárbaros, foram transformados numa fortaleza. No meio dela, foram construídas cerca de duzentas casas, ruas e a igreja. Esse estranho conglomerado arquitetônico se manteve de pé até o século XVII. Hoje não há nem sequer um vestígio das casas, e o óvalo imponente da arena está coberto de areia amarela. Nessa arena, debaixo do sol ardente, assisti a uma tourada. O famoso Atonio Ordóñez «trabalhou» com um touro sem coragem e sem habilidade. Uma multidão de 30 mil pessoas, esse insubornável juiz dos imperadores e dos jogos, uivava com força por um bom tempo, manifestando sua desaprovação.

A morada das musas, um teatro antigo nas proximidades, é menor, como que de câmara, parecido com o teatro grego. Na verdade, são as lamentáveis ruínas, das quais surgem duas colunas dóricas, cantadas pelos poetas, de pureza e beleza indescritíveis.

Nossos antepassados não tiveram tanta propensão a criar museus como nós. Não transformavam os objetos antigos em objetos expostos nas vitrines fechadas, mas os utilizavam nas novas construções, incorporavam diretamente o passado no presente. Por isso, visitar cidades como Arles, onde as pedras e as épocas se entremesclam, é muito mais educativo do que um didatismo frio das coleções sistematizadas. Porque não há mais expressivo testemunho da durabilidade das obras humanas e do diálogo das civilizações do que encontrar de repente uma casa renascentista construída sobre os fundamentos romanos, e uma escultura romana em cima do portal que não aparece nos guias.

Durante longos séculos, o teatro antigo foi objeto de um tratamento pouco cerimonioso, transformado numa pedreira de fragmentos de esculturas reaproveitáveis. Chegou a se tornar até um palco de luta entre a velha e a nova religião. Certo diácono fanático levou uma multidão de cristãos a destruírem um testemunho da beleza antiga.

A época de esplendor da Arelate romana durou apenas três séculos. No ano de 308, Constantino, o Grande, chegou aqui com sua corte. Que enobrecimento da antiga feitoria grega! Foi construído um enorme palácio de César, do qual hoje sobraram apenas os banhos. A água vinha das fontes das montanhas a sessenta quilômetros da cidade.

Um século depois, o imperador Honório diz de Arles:

> Esta cidade está tão bem situada, tem um comércio tão intenso e tantos visitantes que os produtos do mundo inteiro podem ser aqui facilmente negociados. Porque tudo aquilo de sedutor que tem o rico Oriente ou a cheirosa Arábia, Assíria ou África, a atraente Espanha ou a fértil Gália, aqui se encontra em abundância, como se fossem os produtos locais.

Dezenas de anos mais tarde, os visigodos conquistam Arles e Marselha.

Porém, não foi como se a escuridão caísse de repente, ao menos para Arles, que se manteve na posição de um bastião do império já inexistente. As colunas e os muros romanos ainda se defendem. No circo os jogos continuam, no teatro os espetáculos se estendem até a época dos merovíngios. No fórum, as fontes que os escombros não cobriram jorram água. O apogeu da barbárie virá nos séculos VII e VIII.

O poder dos governadores romanos da província é usurpado pelos bispos e arcebispos (uma sucessão não tanto jurídica quanto natural), chamados *defensores civitatis* pelos gratos concidadãos. Não é de estranhar que naqueles tempos confusos a arte ficasse relegada a segundo plano. Os templos romanos tornam-se, simplesmente, lugar do novo culto. Ao templo de Diana é trazida a Mãe de Cristo.

No entanto, da época das invasões se conservaram obras de relevante valor estético: os sepulcros.

Eles provêm de uma grande necrópole chamada Alyscamps (nome deformado dos Campos Elísios: *elissi campi*), um cemitério que remontava aos tempos da Antiguidade, um imenso salão da morte em que os defuntos marcavam *rendez-vous*. A fama mundial desse lugar rodeado de lendas (dizia-se que ali fora sepultado Rolando com os doze pares que pereceram em Roncesvales) deu origem a um procedimento bastante insólito. Os caixões dos mortos que em vida expressaram o desejo de ser sepultados em Alyscamps eram lançados nas ondas do Ródano. Uma corporação especial de coveiros os pescava quando chegavam a Arles, recebendo por esse serviço o chamado *droit de mortellage*.

Desde os tempos do Renascimento, Alyscamps foi uma verdadeira mina para os amadores dos baixos-relevos com que eram incrustados os palácios e portais das igrejas. O insaciável Carlos IX mandou carregar um barco com tanta quantidade desse precioso material que acabou no fundo do Ródano, perto de Saint-Esprit.

O que se salvou está na coleção de arte cristã numa antiga igreja. A simplicidade e a beleza das antigas esculturas contrastam com o pomposo barroco jesuítico dos interiores.

Se não fossem os temas extraídos do Antigo e do Novo Testamento, e os símbolos cristãos, seria possível supor que esses baixos-relevos são da época romana tardia. *A travessia do Mar Vermelho* (hoje na catedral) poderia perfeitamente se encontrar num arco triunfal proclamando a glória das legiões romanas. A tradição antiga permanece viva até o final do século v. Depois aparecem decorações geométricas, folhas estilizadas. A arte recomeça com o abecedário de formas.

Do imenso campo dos mortos que era Alyscamps sobrou apenas uma pequena parte. Doze capelas mortuárias caíram em ruínas. Os restos dos túmulos de pedra parecem navegar pela larga avenida plantada de velhos álamos até a igreja de Saint-Honorat, construída em estilo provençal, com uma cúpula e uma grande torre octogonal de janelas arrendadas onde outrora ardia o fogo. Rumo a seu fulgor feito farol navegavam os mortos.

Dans Arles où sont les Alyscamps
Quand l'ombre est rouge sous les roses
Et clair le temps,
Prends garde à la douceur des choses.

O poeta perde completamente a atmosfera do lugar que descreve — onde é realmente impossível descobrir alguma doçura. Esse conjunto de velhas pedras e árvores é austero e patético como um volume de história marmorizado.

É curioso que a Provença, um país com uma fisionomia geográfica e civilizacional tão particular, não tenha criado uma organização política forte que lhe permitisse sobreviver como entidade política independente. Embora o domínio dos príncipes provençais se estendesse durante cinco séculos (do x ao xv), sempre foi perturbado por ingerências estrangeiras: reis franceses, imperadores alemães, príncipes de Barcelona, Borgonha e Toulouse. Esse «perpétuo prefácio» não somente da Itália, mas também da Espanha, compartilhava o destino das terras situadas nas vias de comunicação, que eram demasiado fracas para resistir aos poderosos vizinhos. Além disso, o temperamento quente e o caráter anárquico dos provençais dificultavam a união.

Arles tinha todas as condições, por assim dizer, materiais e espirituais, para se tornar a capital da Provença. A comuna era relativamente forte, e a voz dos arcebispos de Arles repercutia longe dos muros da cidade. Aqui tiveram lugar vários concílios, e na Idade Média Arles era chamada de «Roma gaulesa». As cruzadas animaram enormemente o comércio e a vida intelectual. Parecia que a época de esplendor dos Augustos e de Constantino ia voltar, quando, em 1178, Frederico Barbarossa foi coroado em Arles, na catedral de São Trófimo.

Se eu disser que essa catedral, considerada um dos tesouros da cultura europeia, é uma prova do passado grandioso de Arles, alguém poderia imaginar uma construção enorme riquíssima em ornamentos. Na verdade, a igreja de hábito pardo de pedra bruta, encaixada na fileira das casas, é tão modesta que, se não fosse seu portal esculpido, alguém poderia passar sem percebê-la. Não é uma catedral gótica que corta o horizonte feito relâmpago e se impõe sobre tudo à sua volta, mas uma construção cuja grandeza reside em suas proporções, bem ancorada na terra, achaparrada, mas não pesada. O românico, e sobretudo o românico provençal, é um filho digno da Antiguidade. Confia na geometria, nas simples regras numéricas, na sabedoria do quadrado e da estática. Nenhum malabarismo com as pedras, mas seu uso lógico e moderado. O prazer estético que proporciona a contemplação dessas construções consiste em que seus elementos são visíveis, despidos aos olhos do observador, de modo que este pode recriar claramente o processo de criação da obra, desmontar e montar de novo em sua imaginação, pedra por pedra, volume por volume, o que tem uma unidade tão convincente e incontestável.

O portal é ricamente esculpido, mas a mão forte do arquiteto segura toda a ornamentação para que harmonize com tudo. Os baixos-relevos emergem como redemoinhos de um grande rio, mas não perdem a conexão com a corrente principal.

Sobre a entrada principal há um Cristo majestático com auréola oval. Em cima dele uma grossa e semicircular trança de anjos entrelaçados. Um friso com os apóstolos. À direita uma procissão de salvos, à esquerda uma multidão densa e agachada de condenados. Entre as colunas, apoiadas nos dorsos dos leões, os santos hieráticos como que lápides levantadas. O conjunto é inspirado na escultura greco-romana e paleocristã.

Entre as cenas do Antigo e do Novo Testamento, descobrimos, atônitos, a presença de Hércules. O que faz o herói grego no portal românico? Mata o leão da Nemeia. Mas de modo algum é uma página perdida da mitologia.

A Idade Média não conhecia uma divisão rígida de épocas. A história da humanidade era um tecido compacto como um gobelino. Na imaginação e nas lendas, os heróis dos tempos antigos voltavam à Terra para dedicar-se aos novos trabalhos a serviço da nova religião. O incansável Héracles luta contra o pecado sob a forma de leão da Nemeia.

O interior da catedral é o remanso da paz. O portal foi uma canção de esperança e de medo; conduzia ao vestíbulo do silêncio eterno. A nave central e as naves laterais são estreitas, o que proporciona a ilusão de altura, mas não de fuga dos verticais ao infinito. A abóbada é um arco pleno como o arco-íris sobre o horizonte. O dia penetra pelas pequenas janelas nas paredes grossas, mas a catedral não é escura. Tem sua luz interior, como que independente da fonte externa.

No centro do mosteiro, encostado na catedral, há um pátio com um jardim de buxo, pequeno como uma piscina, rodeado de arcadas. Foi construído entre os séculos XII e XIV, por isso é metade românico, metade gótico, mas a estrutura românica se impõe tanto que num primeiro momento não se percebe a mistura de estilos.

Sobre as arcadas delicadamente perfiladas se levantam as paredes maciças da catedral e um pesado telhado escadeado do mosteiro. Segundo todas as normas, essa vizinhança deveria afogar o pátio do mosteiro, tirar-lhe o ar, transformá-lo num poço. E é incompreensível como os mestres da pedra viva conseguiram transformar esse espaço tão reduzido num jardim repleto de encanto e de uma suave leveza.

O valor artístico das esculturas que enfeitam o claustro é desigual, mas pelo menos algumas são obras-primas. Especialmente as de santo Estevão, o primeiro patrono da catedral; de Gamaliel, o descobridor de suas relíquias; e de são Trófimo. Esse apóstolo grego de rosto belo e plano e com cabelos ondulados tem boca aberta e olhos enormes e sábios que permanecem na memória para sempre.

Até o final do século XII, Arles foi a capital da Provença. A cátedra de São Trófimo é a última construção da época de esplendor. Depois, o centro político foi transferido a Aix, e Marselha passou a dominar sua antiga rival. Desde então, Arles é uma silenciosa capital rural. Do mar e da Camarga (um pantanoso delta do Ródano onde pastam manadas de cavalos selvagens e de bois), sopra para a cidade um vento úmido. Uma brisa cálida das Alpilles traz o perfume da lavanda, do calor e das amêndoas.

Não há grandes acontecimentos. O imperador já não vem visitar a cidade. Mas, em compensação, o calendário está cheio de feriados, dias festivos e tauromaquia. Então Arles se anima. O Boulevard des Lices ferve de visitantes.

No último dia de minha estadia em Arles, fui prestar um tributo a Mistral.

Os provençais se recordam dele com o mesmo carinho dedicado ao Bom Rei Renato, duque de Anjou, conde de Provença, o último monarca que defendeu a independência do país. Foi um típico representante de raça mediterrânea. Apreciava e apoiava a música, a pintura e os espetáculos, escrevia poemas, foi um bom jurista, como também o fascinavam a matemática e a geologia. Os historiadores apontam-lhe a falta de talentos políticos e militares. Mas a lenda ignora tais pormenores. Os provençais lembram e sempre lembrarão que o *bon roi* Renato introduziu a plantação de uma nova variedade de uva: a moscatel.

Mistral era filho de um camponês; seu poder sobre a Provença foi o de um rei, e mais, o de quem chegou a insuflar-lhe nova vida. O pai do poeta lia apenas dois livros: o Novo Testamento e o *Dom Quixote*. Foi preciso ter a fé de um cavaleiro andante para retomar a grande poesia dos trovadores, sufocada sete séculos antes; e, ainda que na língua banida das escolas e das repartições, transformou-se em dialeto do povo.

Os princípios do Renascimento foram modestos. Fundada por sete poetas, em 1854, a associação Félibrige, mesmo com seus objetivos elevados, podia ter facilmente se transformado numa companhia de alegres adoradores do copo e do espeto, se não fosse o gênio e a diligência de Frédéric Mistral, o felibre «de belo olhar».

Seu primeiro grande poema, *Mirèio*, publicado em 1859, foi recebido com entusiasmo não só pelos amigos, mas também pelas maiores autoridades literárias de Paris. Foi o momento decisivo de carreira do poeta e do destino do movimento. A entrada de Mistral na literatura foi incomum. Na época do declínio do Romantismo aparece um poeta que é a encarnação dos ideais românticos: um cantor popular, espontâneo, em língua da mais esplêndida poesia medieval. Se ele não tivesse existido, teria de ser inventado, como Ossian.

E é justamente pela espontaneidade, leveza e encanto natural que *Mirèio* tem um valor imperecível. «Quis tecer uma história de amor entre dois filhos da natureza provençal, de posições sociais diferentes, e deixar o novelo rolar com o vento no meio das surpresas da vida...» Esse poema, que poderia se chamar um *Pan Tadeusz* popular, é uma exuberante representação dos trabalhos e dos dias, das crenças, dos costumes e das lendas da aldeia provençal. O entusiasmo dos críticos foi tamanho que foram chamados do panteão literário os maiores nomes, como Homero, Hesíodo, Teócrito e Virgílio, para compará-los com Mistral.

O Virgílio provençal escreveu não só poemas épicos, líricos e tragédias. Foi também editor da revista *L'Almanach Provençal*, que sobreviveu ao seu fundador; trabalhou na unificação da ortografia provençal e é autor da obra na qual, em nossos tempos, trabalharia toda uma equipe de especialistas: *Lou Trésor dóu Félibrige* ou *Dictionnaire provençal-français*. Não é um dicionário comum, mas uma verdadeira enciclopédia provençal que, além do imponente material léxico-gramatical, contém notas históricas, descrições de costumes, crenças e instituições, como também a coleção de adivinhas e de provérbios.

Mistral foi não só um excelente poeta, mas também um ativista muito dinâmico. Graças a ele, a Félibrige, de um círculo de alegres boêmios, passou a ser uma organização cujo objetivo era conservar a língua, a liberdade e a honra nacional da Provença. A manifestação da particularidade cultural tornava-se, de forma cada vez mais nítida e intensa, um movimento de caráter político. Anos depois, faz-se tudo para apagar os contornos dessa luta.

Em 1904, Mistral, descendente dos trovadores, recebeu a mais alta distinção literária, e não foi das mãos de uma bela castelã, mas através do legado do inventor da dinamite. Destinou o Prêmio Nobel à criação do museu etnográfico dedicado a Provença. Até hoje o museu se encontra num palácio renascentista, Castellane-Lava, em Arles, cidade predileta do autor de *Mirèio*. Recordando seus inícios de poeta, escrevia: «Naqueles tempos de ingenuidade, eu não pensava absolutamente em Paris. Só queria que Arles, que então resplandecia em meu horizonte como a Mântua no de Virgílio, reconhecesse minha poesia como sua própria».

A Praça do Fórum, contrariando seu nome, é pequena, silenciosa, com algumas árvores no meio. Duas colunas dóricas e um pedaço de uma arquitrave foram encravados numa feia parede de um edifício como prova de que aqui outrora foi diferente.

Na sombra dos plátanos da praça, o monumento de Mistral representa com muita fidelidade o poeta: seu largo chapéu, como que esculpido em consideração aos pombos, a bela barba, os botões do colete e até os cadarços dos sapatos. O eminente modelo estava presente na solenidade da inauguração. Em vez do discurso, recitou as primeiras estrofes de *Mirèio*.

Alcançou idade avançada e o destino lhe deu uma morte serena às vésperas do grande massacre. Ao final de sua vida, já era um monumento vivo a quem rendiam homenagens, como a Goethe em Weimar, não só os poetas e os esnobes, mas até o próprio presidente da República.

Depois de sua morte é que se percebeu quem foi Mistral para Félibrige. A organização começou a encolher, desintegrar-se e tornar-se mais provinciana. Ainda são organizados os congressos, seguem ativos os autores e as revistas provençais, mas tudo isso é só um reflexo pálido do entusiasmo e da desenvoltura dos primeiros felibres. A Provença não é mais um país tão exótico como na época do Romantismo. Os editores parisienses não esperam mais o aparecimento de um novo Mistral. Será que ele foi o último trovador?

Oh, nenhum homem sabe
Através de quais países selvagens
Volta essa rosa errante.

IL DUOMO

Um poeta amigo me diz: «Você vai à Itália, então não esqueça de visitar Orvieto». Consulto o guia: só duas estrelas. «O que tem lá?», pergunto. «Uma grande praça; na praça, relva; e uma catedral. Na catedral, *O juízo final.*»

Quando se desce do trem numa pequena estação entre Roma e Florença, não se vê a cidade que está lá no alto, a umas dezenas de metros, tapada por uma perpendicular rocha vulcânica como por um pano que cobre uma escultura inacabada.

O *funicolare* (como aquele que sobe para o topo da Gubałówka) deixa os passageiros perto de Porta Rocca. É preciso ainda andar um quilômetro para chegar à catedral, porque o mais importante da cidade está escondido bem no centro e aparece de repente.

A catedral fica (se esse verbo for adequado para algo que rasga o espaço e produz vertigem) numa ampla praça, os edifícios de vários andares que a rodeiam logo se apagam e não podem mais ser vistos. A primeira impressão não difere da última e domina o sentimento da impossibilidade de habituar-se a essa arquitetura.

Robbe-Grillet, o mestre de inventários, certamente escreveria assim: «Parou diante da catedral. Tinha uns cem metros de comprimento e quarenta de largura, a altura da fachada no eixo central era de 55 metros». É verdade que uma descrição dessas não implica nenhuma imagem, mas as proporções do bloco dizem que estamos na Itália, onde o gótico pontudo de Île-de-France foi transformado em estilo bem próprio, e o uso do mesmo nome vem dos vícios cronológicos (tudo que acontece na mesma época deve ser batizado com o mesmo termo).

No museu catedral de Orvieto há dois pergaminhos (amarelados, danificados, como se queimados em fogo lento) que excitam os historiadores da arte, estudiosos do difícil problema da *Fassadenbaus* [construção de fachadas]. Ambos os desenhos representam a mesma fachada da catedral de Orvieto e são um belo exemplo da evolução dos gostos. Cronologicamente o primeiro, com a precisão «*manu magistri laurenti*» (da mão do mestre Lourenço), ou seja, de Maitani (embora vários estudiosos duvidassem), representa o gosto do Norte. Destaca-se a parte central do frontispício da catedral, em cima do portal principal; prevalecem linhas verticais e os triângulos agudos. O segundo desenho traz uma mudança significativa: ambos os elementos laterais do sótão foram elevados, apareceram linhas horizontais, a composição perdeu agudez, mas em compensação ficou bem assentada e, sobretudo, a superfície da fachada foi consideravelmente aumentada para que a cor e o ornamento pudessem, com todo o seu orgulho e esplendor, tornar essa arquitetura irreal.

Os italianos do século XVI deviam considerar as catedrais francesas obras maravilhosas, porém estranhas. Aqueles blocos brutos, a rigidez das linhas verticais, a exposição descarada da ossatura e a exaltação sóbria da pedra deviam ofender o gosto latino pelo círculo, pelo quadrado e pelo triângulo retângulo, ou seja, pelo equilíbrio sensual e um pouco pesado. Seguramente, não foi só uma questão de gosto, mas também de habilidade. Os historiadores de arte franceses mais chauvinistas consideram o gótico italiano uma recepção fracassada de sua invenção e, na opinião de Louis Réau, a catedral de Milão, obra de séculos e de muitos artistas, é a mais marcante confissão da incapacidade dos arquitetos italianos.

Para eles, as construções góticas do Norte eram obras de outra natureza e provavelmente as olhavam com certo horror, como cupinzeiros. Para os italianos, a fachada foi uma procissão colorida, um pouco exagerada, como uma ópera, com os coros das esculturas, dos mosaicos, das pilastras e dos pináculos, e Orvieto é certamente um dos exemplos mais chamativos da concepção pictórica da arquitetura. Produz uma mistura de admiração, constrangimento, sensação de estar perdido num bosque de pedras coloridas, superfícies ondulantes de bronze, ouro e azul difícil de expressar.

A parte mais antiga da fachada é composta de quatro ciclos de baixos-relevos de diferentes artistas, em sua maioria de Pisa e Siena, quatro grandes painéis totalizando uma superfície de 112 metros quadrados que, lidos da esquerda para a direita, contam a criação do mundo, a linhagem de Davi, a história dos profetas e de Jesus e o Juízo Final.

É uma narração patética e, ao mesmo tempo, muito simples. Vemos que é possível expressar em pedra a criação do mundo (o dedo indicador do Criador, as linhas cintilantes e as cabeças erguidas dos anjos). A parte mais bela é o nascimento de Eva. Um Deus Pai rechonchudo de longa cabeleira tira de Adão adormecido uma costela, e na cena seguinte se vê a Mãe do Gênero: baixou a cabeça, cheia de pureza e doçura. Mais adiante os profetas desenrolam seus manuscritos, os demônios arrastam uma coluna dos condenados e o ranger de dentes se mistura com o canto dos anjos sentados nos galhos das árvores genealógicas.

Uma enorme roseta rendada, costurada em mármore, parece mais uma escultura de marfim do que um elemento da arquitetura monumental. Os planos da fachada são fragmentados não só pela cor, uma vez que se une a eles uma precisão de detalhes digna de um miniaturista e, se a catedral de Orvieto pudesse ser comparada a alguma coisa, seria à primeira letra de um manuscrito iluminado, a letra maiúscula «A» cheia de embriaguez.

O mau costume de fechar as igrejas ao meio-dia elimina as horas preciosas do plano laboriosamente preparado; assim, só resta tirar uma soneca na sombra, entregar-se a uma luxúria macarrônica ou vagar a esmo pela cidade. Escolho a última opção.

As pequenas ruas parecem riachos de montanha, têm uma corrente forte e as perspectivas são imprevisíveis. Da Piazza Il Duomo se desce serpenteando até o Quartiere Vecchio. Um silêncio estarrecedor do meio-dia. As persianas estão baixadas, a cidade dorme, as casas também, debaixo do reboco sobe e desce lentamente a respiração das pedras. Na porta, duas cadeiras negras, parecendo caixões encostados na parede de uma carpintaria. As ruas estão vazias, só os gatos dormem nos muros baixos. Tocados, abrem os olhos em que, como nos relógios parados, o fino ponteiro da pupila marca o meio-dia.

Entre a Porta Maggiore e a Porta Romana repousam os restos dos muros de defesa. Daqui se vê a Úmbria do voo do pássaro: a areia de Paglia cintilando ao sol, e do outro lado do rio uma colina azul subindo suavemente ao céu no limite do horizonte apagado.

As cidades italianas se diferenciam pela cor. Assis é rocha, se é que essa palavra banal combina com uma tonalidade levemente avermelhada do arenito; Roma se grava na memória como a terracota no fundo verde. Orvieto é marrom dourado. É o que se pode perceber diante do Palazzo del Popolo românico-gótico — um enorme cubo com uma larga varanda suportada por arcos, um telhado plano, eriçado de agulhões e belas janelas com colunas e voluta. O palácio tem a cor de cobre, mas sem brilho, o fogo está no interior: a memória da lava.

Por mais voltas que se dê pela cidade, nunca se perde a sensação de que a catedral está às nossas costas e sua esmagadora presença afasta outras impressões.

É difícil imaginar Orvieto (que hoje parece um apêndice da catedral) antes do outono de 1290, quando o papa Nicolau IV, com uma comitiva de quatro cardeais e muitos prelados, «*posuit primum lapidem*» (pôs a primeira pedra), como diz o documento, e «*incepta sunt fundamenta sacrae Mariae Novae de Urbeveteri, quae fuerunt profunda terribiliter*» (foi iniciada a construção dos fundamentos da igreja de Santa Maria Nova que eram extremamente profundos). Vinte anos depois do início da obra, foi chamado a Siena o eminente escultor e arquiteto Lorenzo Maitani, que consertou os erros de construção, reforçou os muros e teve um papel decisivo na definição da forma e da cor da fachada. O grande construtor ficou em Orvieto até a morte, mas costumava ir a Siena e Perúgia, onde consertava os aquedutos.

Perguntar quem é o autor de Il Duomo de Orvieto é tão sem sentido como perguntar quem é o construtor de uma cidade (digo cidade, e não um bairro operário) que cresceu ao longo dos séculos. Depois do mítico Fra Bevignate, a mão de Lorenzo Maitani teve papel decisivo na concepção da catedral, embora depois dele ainda tenham trabalhado nela Andrea Pisano, Orcagna, Sanmicheli, e esses grandes nomes são como pepitas de ouro na areia, porque ao longo dos séculos trabalharam no templo mais de trinta arquitetos, 150 escultores, setenta pintores, perto de uma centena de especialistas de mosaicos.

As musas não se calaram, mesmo que a época não tenha sido pacífica. A cidade foi um dos focos da heresia e, ao mesmo tempo, pela ironia da história, foi também, graças aos seus muros fortes, o refúgio preferido dos papas. A família Monaldeschi, da facção dos guelfos, estava em guerra com a família Filippeschi, partidária dos imperadores. Os da última foram expulsos da cidade quando os escultores elaboravam a ilustração do Gênesis.

Segundo uma testemunha verídica — o autor da *Divina comédia* —, ambas as famílias sofrem no purgatório junto com as famílias de Romeu e Julieta. As lutas pela influência na cidade duraram um bom tempo e Orvieto foi ocupada também pelos Visconti, ou seja, compartilhava o destino de outras cidades da Itália — «*dolores ostello*», «albergue da dor», como disse Dante.

O único restaurante de onde se vê a catedral é bastante caro, como tudo que se encontra nas proximidades dos monumentos, pois se paga o dobro para degustar a sombra da obra-prima no macarrão. O dono é magro, tagarela e tem um longo pescoço de peru.

No cardápio, encontro um vinho com o nome da cidade e o dono o elogia ainda mais do que a catedral. Beber Orvieto pode ser tratado como um ato cognitivo. Uma moça com o sorriso etrusco, ou seja, com os olhos e os cantos dos lábios, enquanto o resto do rosto permanece intocado pela alegria, me traz o vinho num pequeno *fiasco* com uma leve bruma resfriada no vidro.

Descrever o vinho é mais difícil do que descrever uma catedral. Ele tem a cor de palha e um aroma forte e indefinido. O primeiro gole não causa grande impressão, e só pouco depois começa a surtir efeito: um frescor como de um poço flui para dentro, gela as entranhas e o coração, mas inflama a cabeça. O contrário do que recomendava um clássico. A sensação é maravilhosa e agora entendo por que Lorenzo Maitani ficou em Orvieto, recebeu a cidadania que não foi honorária, mas real, uma vez que até teve de correr com uma lança na mão pelas frondosas colinas para defender a pátria adotiva.

A entrada na catedral provoca mais um espanto — tão diferente é o interior da fachada. É como se a porta da vida, cheia de pássaros e cores, levasse à eternidade austera e fria. Il Duomo tem a forma de uma basílica de três naves, com destaque para a nave central que termina com uma sólida abside. Uma parte das imponentes colunas, ligadas com arcos peraltados, sustenta a arquitetura em que um parco ornamento gótico foi aplicado sobre um esquema românico. Não se percebe nenhum interesse em combinar os arcos, o que é típico da escola francesa. A abóbada é quase plana, de modo que as paredes superiores da fachada são apenas uma camuflagem. À direita do altar há uma segunda capela, a da Madonna di San Brizio, com afrescos pintados por Fra Angelico e Luca Signorelli.

O afresco é uma técnica antiga e nobre, fruto da tradição e do material.

Desde a Antiguidade até nossos tempos a técnica não mudou muito, como que sujeita a regras imanentes. Ligado à arquitetura, o afresco compartilha o destino dos muros. É orgânico como uma casa e uma árvore. É sujeito à lei dos seres vivos: a velhice o corrói.

O mero trabalho de decoração das paredes requer um sólido conhecimento artesanal. O preparo de argamassa e o conhecimento dos muros são tão importantes como o próprio processo pictórico. A cal para a base deve amadurecer por um bom tempo, depois é misturada com a areia do rio lavada. Entretanto, a cal com que vão se misturar as cores — o preto dos rebentos da videira carbonizados, a terra, o cinabre, o cádmio — se aquece ao sol. A cadeia dos processos químicos vai do muro umedecido ao ar do ambiente, passando por três bases. Uma camada transparente do sal de cálcio fixa as cores na superfície.

Como foi dito, os afrescos na capela de Madonna di San Brizio foram iniciados quando Fra Angelico chegou a Orvieto com seus três discípulos, em 1447. Porém o pintor permaneceu pouco tempo, apenas três meses e meio, e abandonou o trabalho iniciado quando foi chamado a Roma pelo papa Nicolau v. Durante anos, o conselho da cidade tentava convencer ora Pinturicchio, ora Perugino, o que demonstra o empenho e as ambições dos conselheiros. Finalmente, depois de cinquenta anos e esforços, em 1499, foi feito um acordo com Luca Signorelli, discípulo de Piero della Francesca, um pintor que na época tinha sessenta anos e estava no auge da fama, que veio a Orvieto para assinar o contrato de sua vida. O contrato, escrito em latim, mostra uma desajeitada mas bela preocupação para que o trabalho seja bem-feito. Está escrito que «*omnes colores mittendos per ipsum magistrum Lucam, mittere bonos, perfectos et pulchros*» (todas as cores, boas, perfeitas e bonitas, devem ser aplicadas pelo próprio mestre) e que o pintor Luca se compromete a «*facere figuras meliores aut pares, similes et conformes aliis figuris existentibus nunc in dicta capella nove*» (fazer figuras melhores ou iguais, parecidas com as outras figuras existentes agora na capela). E finalmente, constitui-se uma comissão que deve avaliar os efeitos artísticos do trabalho do mestre.

Fra Angelico deixou no topo da abóbada um Cristo sentado e os apóstolos. Ambas as composições são bastante rígidas e hieráticas, como se o pintor (ou seus discípulos) exagerasse no uso de compasso e do fio de chumbo que servia para medir a perspectiva. Signorelli preenche uma superfície similar, seguindo o plano de seu predecessor, o mesmo número de figuras, mas seu *coro dei dottori* já anuncia um drama; as cortinas não são de fibras mortas, mas de nervos e músculos. Isso revela logo a maior paixão do mestre Luca: a representação do corpo em ação, o que ele realiza plenamente entre os arcos da abóbada. Ele conta *A vinda do Anticristo*, a *História do fim do mundo*, *Salvos e condenados* numa língua austera e sombria, digna de Dante. Talvez seja por isso que para um historiador de arte inglês, cujos gostos não eram nada parecidos aos de uma solteirona, esse grande pintor parece «*viril but somewhat harsh and unsympathetic*» (viril, mas rude e quase repulsivo).

O aluno predileto de Piero della Francesca não foi um grande colorista. Nas paredes da igreja de São Francisco em Arezzo, seu mestre apresentou um mundo transparente e imbuído de luz. Signorelli transporta para fora do espaço dos planos, levemente peneirados, os acentos agudos, os claros-escuros e os volumes, e sua luz sempre externa. As coisas e os homens são vasos da escuridão.

A pregação do Anticristo, «cuja vinda ocorre segundo a eficácia de Satanás, com todo o poder, e sinais e prodígios de mentira», acontece em Jerusalém, mas a arquitetura ao fundo é renascentista, como se Bramante a tivesse projetado. Debaixo das arcadas, distantes figuras negras com lanças, que parecem ratos arrastando-se sobre suas caudas. Em primeiro plano aquele «que virá caladamente, e tomará o reino com engano», tem o rosto de Cristo, mas atrás de suas costas se esconde um demônio. Está no meio de uma multidão em que os iconógrafos enxergaram Dante, Boccaccio, Petrarca, Rafael, César Bórgia, Bentivoglia e Cristóvão Colombo.

À direita, meio passo à frente, como num proscênio, está o narrador, o mestre Luca. De chapéu enfiado na cabeça, de capote folgado e com meias pretas nas pernas musculosas. Um rosto forte, como o dos retratos dos camponeses de Brueghel, os olhos cravados na realidade, de modo que se pode acreditar no que diz Vasari, que Luca seguia o caixão de seu filho sem derramar uma lágrima. Bem ao seu lado, Fra Angelico, de sotaina, compenetrado em si mesmo. Dois olhares, do visionário e do observador, e para reforçar o retrato foram acrescentadas as mãos: de Luca, fortemente entrelaçadas, e a mão delicada de Fra Angelico em gesto de hesitação, os dedos *in dubio.* Os ombros dos dois pintores da capela de San Brizio se tocam, embora os separe a distância de meio século, pois isso sucede numa época em que havia solidariedade: não era costume de um artista ridicularizar seu predecessor.

A ressurreição dos corpos ocorre numa campina rasa como a mesa. Em cima, dois anjos formosos, com os pés firmemente apoiados no ar, sopram longos trompetes: «E os seus pés, semelhantes a latão reluzente, como se tivessem sido refinados numa fornalha, e a sua voz como a voz de muitas águas». O segundo nascimento, a saída das entranhas da Grande Mãe, ocorre em meio a tormentos. A cena é temperada com um humor escatológico, acompanhada pelo riso dos esqueletos que observam o homem recém-vestido de corpo. Um detalhe curioso: Signorelli, o mestre do ato, tinha uma noção fantástica de osteologia: o osso pélvico é como um cinto largo com quatro furos na frente.

O *Fim do mundo* é um afresco de força dramática extraordinária. Do lado direito os doutores ainda discutem, mas o céu já está ardendo. «E o anjo tomou o incensário, e o encheu do fogo do altar, e o lançou sobre a terra; e houve depois vozes e trovões, e relâmpagos e terremotos.» Do outro lado do arco em que se estende o afresco, uma multidão de homens e mulheres com crianças nos braços. As primeiras vítimas ficam deitadas no chão, e seus corpos têm a derradeira imobilidade dos objetos. Sobre eles se desfiam os impotentes gestos dos fugitivos.

Berenson tem razão quando explica que a predileção dos mestres franceses renascentistas por nus não é só uma inclinação para as sensações táteis e o movimento, mas também uma exigência da expressão. Os corpos nus possuem mais capacidade de despertar as emoções. É do que nos convence o afresco *Os condenados*, que queima a pele, que põe na língua os flocos de cinza e enche as narinas de cheiro amarelo do enxofre.

A cena está cheia e carece de perspectiva. Os corpos nus estão empilhados como no porão durante um bombardeio. Na verdade, não são corpos de diferentes pessoas, mas um grande entrelaçado de ações e contra-ações, golpes dos verdugos e gestos de defesa dos condenados. Signorelli, fascinado pelo problema do movimento, entendia suas consequências físicas e metafísicas. Sabia que cada ação esconde a semente da morte, e que o fim do mundo é uma explosão e destruição final da energia acumulada. Muitos anos antes de Galileu e Newton, esse pintor do Quattrocento formulava com o pincel seco e objetivo as leis da queda dos corpos.

O céu sobre os condenados é um estudo de diferentes estados de equilíbrio. Os três anjos são três triângulos alados bem equilibrados. À esquerda, os dois condenados têm corpos deformados pela queda inerte. Satanás, com uma mulher pesada nas costas, desliza com um pássaro ao vento. Se um dia se escrever uma verdadeira história da ciência, a contribuição dos pintores do século XV que investigavam os problemas de espaço, movimento e matéria não pode ser ser omitida.

Finalmente, dá vontade de blasfemar contra os autores dos manuais: os afrescos de Orvieto causam uma impressão bem maior do que os afrescos de Michelangelo na Capela Sistina. Michelangelo conhecia as pinturas da capela de Brizio e certamente estava influenciado por elas, mas sua visão é marcada por uma beleza murcha, e sua linguagem, demasiado livre e flexível, mais entrelaça do que expressa os objetos.

Raramente os grandes poetas têm sorte com os ilustradores. Dante encontrou um digno intérprete em Luca Signorelli. Além dos retratos de alguns poetas e, coisa curiosa, de Empédocles emergente do fundo negro de um medalhão como do Etna, na capela de San Brizio encontram-se onze pequenos afrescos relacionados à *Divina comédia*. Os iconógrafos zelosos descobriram que eles ilustram os onze primeiros cantos do *Purgatório*. E não sem problemas ou dúvidas. Por exemplo, a primeira ilustração apresenta Dante ajoelhado diante de uma figura de veste solta. O verso correspondente do poema fala de *l'uccel divino*, o pássaro divino, ou seja, um anjo. O problema é que a figura imaginada não tem asas, o que leva Franz Xaver Kraus, um iconógrafo respeitado, a resmungar — «*Zweifelhaft*» —, com grande preocupação. Diga-se de passagem, caçoar dos iconógrafos é digno de nossos tempos (a forma impele o significado).

O ônibus desce à estação por uma estrada serpenteada e, passando o portão, a cidade se perde da vista. Só da janela do trem aparece de novo. Acima de tudo se eleva Il Duomo como o braço erguido do profeta. Mas *O juízo final*, fechado debaixo da abóbada da capela San Brizio, por enquanto não ocorre sobre a cidade. No ar de mel, tranquila, dorme Orvieto, feito uma lagartixa.

SIENA

A Konstanty Jeleński, o Alexandrino

Da janela de meu quarto do hotel Três Donzelas (*Tre Donzelle*),[1] a vista para Siena se limita aos pavilhões escuros, um gato sobre um parapeito e a galeria de roupas recém-estendidas. Saio na cidade bem cedo para verificar se Suarez, que escreveu que de manhã Siena cheira buxo, tinha razão. Infelizmente não. Cheira excrementos de carros. É pena que não haja restauradores de aromas. Que prazer seria se eu pudesse, em Siena, a mais medieval cidade italiana, passear numa nuvem do Trecento.

Se alguém foi poupado pelos deuses da participação das excursões organizadas, se tem pouco dinheiro e muito caráter para contratar um guia, suas primeiras horas na nova cidade devem ser dedicadas ao passeio de acordo com o roteiro: seguir reto, depois virar na

1 Na realidade, só há uma donzela que arruma os quartos, faz as camas, à noite separa lençóis resgados e, com a voz fina que nem agulha, borda canções tristes.

terceira à esquerda, continuar reto e virar na terceira à direita. Os roteiros são muitos e todos bons.

A ruela por onde caminho é estreita, em declive, e de repente sobe. Um salto de pedra, um momento de equilíbrio e, de novo, uma descida íngreme. Estou vagueando há mais de meia hora e ainda não me deparei com nenhum monumento.

Siena é uma cidade difícil. É com razão que a comparavam aos produtos da natureza — uma medusa ou uma estrela. O plano das ruas não tem nada em comum com a «moderna» monotonia nem com a tirania do ângulo reto.

A praça do paço municipal (se é que se pode desprezar assim a sede do governo), chamada Il Campo, tem uma forma orgânica — lembra a parte côncava da concha. É com certeza uma das mais belas praças do mundo, diferente de todas as outras e por isso difícil de descrever. É rodeada por um semicírculo de palácios e casas, e o vermelho dos antigos tijolos é a cor da púrpura desbotada. O paço municipal é composto de três blocos perfeitamente harmonizados, com a parte central um piso mais alta. É austero e daria a impressão de uma fortaleza, se não fosse o ritmo musical de janelas góticas com duas pequenas colunas brancas. A torre é alta,[2] com o topo

2 Alguns metros mais alta que a torre da Signoria em Florença, o que nenhum guia deixa de comunicar com or-

branco como uma flor, de modo que o céu ao seu redor se enche de sangue azul. Quando o sol está atrás do paço municipal, na Piazza del Mercato, sobre Il Campo desliza uma sombra enorme como o ponteiro do relógio. A torre é chamada familiarmente Mangia, do nome de um sineiro medieval que depois foi substituído por um sineiro mecânico. De seu topo é possível observar a cidade com olhar de andorinha ou de historiador.

Nos tempos da aristocracia, as famílias poderosas procuravam um parentesco com heróis místicos, predileção adotada depois pelas cidades democráticas que seus excelentes fundadores inventavam. A imaginação fértil levava os sieneses a se originar de Senius, um dos filhos de Remo que aqui se havia refugiado para se esconder da ira de seu tio, o fundador de Roma. A essa lenda Siena deve seu símbolo, a loba. A bandeira da cidade, a bolzana, é preta e branca; são cores heráldicas que acertaram em cheio no temperamento explosivo e no caráter cheio de contradições dos sieneses.

Como nas redondezas não há monumentos etruscos, acredita-se que a cidade tenha sido fundada cerca de 30 a.C. como uma colônia romana. Governada na Idade

gulho. Os italianos eram obcecados por torres, assim como os americanos por automóveis. Para uns e outros era uma questão de prestígio. San Gimignano — a Manhattan toscana —, uma cidade que caberia na mão de um gigante, tinha sessenta torres. Florença, cerca de 150.

Média pelos longobardos e pelos francos, cresceu graças aos bispos, e mais tarde aos cidadãos que empreenderam a luta, primeiro tímida e depois cada vez mais abertamente, contra os descendentes feudais dos invasores que se haviam escondido em ninhos de abutres da Toscana, como Monte Amata, Santa Fiore, Campagnatico. Eram saqueadores perigosos e não é de estranhar que um deles, Omberto, da família dos Aldobrandeschi, será mandado por Dante para gemer nos abismos do Purgatório.

O desenvolvimento das comunas foi tão rápido que já no século XII o *podestà* de Siena ousa ameaçar o poderoso representante da família dos Aldobrandeschi, dizendo que, se não parar com a violência, será agrilhoado na praça como um cão de açougueiro.

Mas estaria enganado quem pensasse que a república sienense era uma encarnação dos ideais democráticos. O elemento aristocrático exercia grande influência e, coisa quase inexistente, os *milites et mercatores sienenses* eram de origem aristocrática. Os Tolomei, com sua megalomania toscana, se achavam descendentes de Ptolomeu. Na realidade, as poderosas famílias burguesas, dos Buonsignori, Cacciaconti, Squarcialupi, descendiam dos invasores germânicos. As cabeças liberadas do peso dos elmos revelaram-se fortes em cálculos, e o bronze dos cavaleiros foi transformado em metal nobre dos banqueiros. Aqueles comerciantes ex-militares empreendiam longas expedições por toda a Europa, e no comércio da prata conseguiam vencer até os judeus. Tornaram-se banqueiros dos papas, o que lhes rendia bons juros, e ainda valiosas sanções eclesiásticas contra os devedores recalcitrantes.

Siena estava então do lado dos papas? Não. E para esclarecer a questão é preciso recorrer à história: à guerra dos guelfos contra os gibelinos, é claro.

Inicialmente (no século XII) esses nomes designavam as duas facções políticas alemãs: os guelfos estavam ligados aos príncipes da Saxônia e da Baviera, enquanto os gibelinos apoiavam os Hohenstaufen. O conflito levado à Itália manteve o nome, mas o conteúdo mudou. A contenda local se converteu num problema universal, conhecido na história como a guerra entre papado e império.

No início do século XII, Siena deu de cara com seu destino. Tinha de escolher entre a submissão e a difícil independência. Florença se tornou sua principal inimiga, não só pelas sinuosidades da história, mas também pela posição geopolítica. Desde então as duas cidades vão se odiando, «lutando com a espada e a palavra, se afligindo em novelas, lendas e poesia, sempre com a paixão refinada». O mapa diz que assim tinha de ser. A cidade da loba impede a Florença o acesso à Via Francigena, o caminho mais curto para Roma. Ambas as cidades lutam pelo acesso ao mar. Não havia lugar na Toscana para a poderosa Florença e a poderosa Siena juntas.

Um historiador sustenta com razão que o fato de Florença ter estado oficialmente do lado dos guelfos fez com que Siena passasse oficialmente para o lado dos gibelinos. Mas essa é apenas uma distinção acadêmica. Na realidade, os nomes dos partidos medievais são tão enganosos como os de hoje. A Florença guelfa participou muitas vezes de alianças antipapais, enquanto os banqueiros sieneses não podiam ser plenamente gibelinos, uma vez que os fios dourados dos negócios os ligavam a Roma. Logo que foi notado em Siena que Carlos IV, aparentemente um aliado, ia atentar contra sua independência, ele recebeu de imediato uma lição que não ia esquecer.

Além disso, em duas cidades antagônicas havia partidários dos guelfos e dos gibelinos, e enfim essas palavras com frequência indicavam os adversários tradicionais, como os Montecchi e os Capuleti, que de geração em geração bombardeavam com pedras seus jardins, cortavam as orelhas aos confidentes de seus adversários, e nos becos sombrios silenciavam com um punhal o coração dos parentes do mortal inimigo.

A história externa de cada Estado (a *polis* italiana foi um Estado) é bem mais compreensível e lógica do que a história interna, e estudada agora lembra o mecanismo de um velho relógio que não bate as horas há séculos. A máquina de poder sienense foi bastante complicada e mudava consideravelmente ao longo dos séculos. O governo dos Vinte e Quatro, instaurado em 1233, foi uma demonstração do equilíbrio frágil das forças sociais que oscilavam entre a timocracia e a democracia.

O conselho, ou seja, a *Signoria* se elegia por um período curto e cumpria as funções dos ministros, composta de uma metade de *milites* e outra metade de representantes do partido popular. Não se tratava de uma divisão coincidente com a divisão de classes, porque desde que a palavra «povo» tinha aparecido, nunca faltavam aqueles que, embora dele não procedessem, se consideravam os mais capacitados para exprimir seus interesses e aspirações.

O *Consiglio Generale della Campagna*, isto é, o parlamento, era composto de trezentos dos mais eminentes cidadãos com residência fixa, e eram eles que elegiam a cada dois meses o governo, ou seja, a Signoria e o *podesta*, que vigiavam como um velho avarento vigia sua jovem esposa. O *podesta*, o mais alto funcionário do Estado (algo parecido com o rei na monarquia constitucional, portanto mais uma honraria do que um cargo), era geralmente um estrangeiro. Eleito para o período de um ano, era limitado por inúmeras e excessivas normas que restringiam seus movimentos a fim de impedir que eventualmente tomasse o poder absoluto. A administração financeira, chamada *Biccherna*, e a administração de alfândegas, a *Gabella*, foram entregues às mãos dos padres das ordens de San Galgano e de Servi di Maria, porque os melhores guardiões do ouro são aqueles que fizeram voto de pobreza.

No dia de 4 de setembro de 1260, Siena viveu o dia mais importante de sua história. O poderoso exército de Florença, de 30 mil homens, foi destroçado nas cercanias dos muros da cidade da loba, em Montaperti. No próximo rio Arbia, correu sangue.

Há vários relatos sobre o percurso da batalha e, obviamente, são contraditórios, mas, falando a verdade, o caos de cada batalha só é ordenado *post factum* pelos generais, políticos e cronistas, em que se manifesta a bela propensão humana para os sistemas racionais e uma procura das causas dos acontecimentos obscuros por natureza. Em Siena soavam todos os sinos. Sobre o campo de batalha pairava uma nuvem de corvos e abutres. As procissões atravessavam a cidade, a bandeira orgulhosa de Florença, atada à cauda de um burro, foi arrastada na lama. À noite, os sieneses sonharam doces sonhos com a Florença em ruínas.

Mas em pouco tempo a sorte abandona a cidade da loba. A morte de Manfredo, o último dos Hohenstaufen que havia socorrido Siena enviando-lhe seus cruéis cavalheiros louros, significava a derrota dos gibelinos em toda a Itália. E a alta vertiginosa do florim de ouro selou a derrota econômica dos sieneses.

Na cidade tão fiel à ideia imperial ocorreu uma reviravolta e depois do governo dos Vinte e Quatro sucedeu o governo dos Noveschi, ou seja, dos Nove, escolhido entre os comerciantes bem-sucedidos, pertencentes ao partido dos guelfos. Desde 1287, por cerca de setenta anos o governo esteve em suas mãos, governo de comerciantes por excelência, moderado, diligente, cuidando da paz. Efetivamente as aquisições foram muitas. Nesse período foi construída a catedral, Duccio pinta sua *Grande Maestà*, e Ambrogio Lorenzetti, em seu afresco enorme, conta a respeito da doçura da vida sob um bom governo.

Mas as lutas internas continuam. Só a morte negra concilia as partes em conflito. Uma epidemia tremenda que atravessou toda a Europa, ceifando um terço de seus habitantes. A epidemia estourou em 1348, lançando uma sombra sinistra sobre a civilização florescente. Os historiadores da arte sienense dividem sua pintura em dois períodos: antes e depois da peste. «Surgiu uma lacuna, um *hiatus* na história. Em todas as partes foram suspensas as construções já avançadas.» Outro historiador acrescenta: «A grande época das catedrais e das cruzadas terminou em putrefação e horror».

> [...] Uns morriam por falta de assistência, outros, apesar de toda a assistência. Não importava se alguém tinha um corpo forte ou débil; a peste ceifava igualmente todos, mesmo aqueles tratados com todos os medicamentos possíveis. Mas o pior no meio dessa desgraça era a depressão psíquica de cada um que se sentia doente, pois perdia a esperança e se entregava à enfermidade sem resistência [...] Muita gente morria num caos indescritível, os cadáveres se acumulavam em pilhas, os doentes se arrastavam pelas ruas e em

> torno das fontes meio mortos de sede [...] E quando o mal enfurecido ganhava a força e ninguém sabia o que aconteceria, começaram a desprezar tanto as leis divinas quanto as humanas. Todos os costumes funerários antes praticados foram rejeitados. Cada um sepultava os mortos como podia [...].

Não é um fragmento das crônicas italianas, mas da *Guerra de Peloponeso*. As palavras de Tucídides também descrevem adequadamente o horror da epidemia em Siena, que tirou da cidade três quartos de sua população.

A queda do governo dos Nove agravou a anarquia da mais louca das cidades toscanas, sobre a qual pendia a ameaça constante de ser atacada pelos poderosos *condottieri*, como John Hawkwood, também conhecido como Acuto, que semeava o terror.

As repentinas e frequentes mudanças de governo, como sucedia em Siena, provocam geralmente o surgimento de muitos e conflituosos partidos políticos. Geralmente a facção vencedora expulsava da cidade os partidários da facção vencida. Milhares de emigrantes políticos, chamados *fuoriusciti*, vagavam como Dante pela Itália toda.

Os emigrantes conservam suas ideias políticas e descobrimos com surpresa que Pandolfo Petrucci, um tirano local, a quem Siena deve seu último período de estabilidade, foi adepto do partido dos Noveschi cem anos depois que foram expulsos da cidade.

Junto com um grupo de emigrantes, Pandolfo conquista Siena e consolida nela sua posição de único governante, *Il Magnifico*. Ao avaliá-lo, os historiadores não são unânimes. Maquiavel o apreciava muito porque amava sua pátria, era sensato, astuto, e usava o punhal e o veneno como remédio, ou seja, na medida em que era necessário. Conseguiu parar temporalmente o carrossel das facções. Soube também enfrentar as derrotas: esteve por pouco tempo exilado por iniciativa de seu inimigo mortal, César Bórgia. Durante seus quinze anos de governo, ele manobrou constantemente entre o papado, os florentinos e os franceses. Era um grande homem? Certamente não podia competir com os Médici. *Magnífico* ele era só mesmo em Siena. Nesta cidade, os relógios batiam inexoravelmente: tu serás uma cidade provinciana.

Tampouco igualou os Médici quanto à sua prole, tão medíocre que a tirania hereditária ficou fora de questão; os filhos tiveram cabeças pequenas, além de serem brutos voluptuosos.

Mesmo que o século XVI tenha começado bem para a cidade da loba (Pandolfo Petrucci morreu só em 1512), a agonia de Siena era inevitável. Dessa vez, a simpatia pelos imperadores não foi nada salutar para a república. Carlos V, rei da Espanha, aproveitando-se das disputas internas, ocupa a cidade com o pretexto de conciliar as facções conflitantes, instala seu governador e, coisa tremenda, dentro das muralhas constrói uma fortaleza para a guarnição espanhola. Com a ajuda dos franceses, os sieneses conseguem expulsar os espanhóis, mas a cidade fica sitiada. A história da república independente entra em sua fase final.

O exército de Florença, reforçado por cruéis espanhóis, se aproxima das portas da cidade, semeando o horror. As aldeias do entorno são queimadas e as árvores ficam cheias de enforcados. Na cidade se refugia *messer* Blaise de Montluc, uma figura pitoresca, gascão de nascença, sienês por adoção, um dândi, mulherengo e brigão.

O cerco dura desde o início de 1554 até a primavera de 1555. A defesa, apesar da fome geral, foi heroica e continuou inclusive quando o marechal Strozzi, comandante das tropas francesas que apoiavam Siena, foi derrotado. Da luta participaram também as mulheres. Mesmo que tenham sobrado apenas ratos e camundongos para comer, foi organizado um suntuoso carnaval. Siena morria em grande estilo. Finalmente, em 21 de abril, foi assinada a capitulação. Aliás, uma capitulação bastante honrosa, já que nela havia uma cláusula que dava, aos não conformados com o novo governo, o direito de sair da cidade. Assim começou um *exodus* — uma longa fileira dos cidadãos mais ilustres, os carros com os bens e, no final, os defensores com os estandartes erguidos marchando ao ritmo dos tambores. Montlac exclamava exaltado: «*Vous êtes dignes d'une immortelle louange*». Palavras de um discurso fúnebre.

Nada disso se vê da torre. Mas o paço municipal é igual a quando era governado pelos Noveschi; a mesma catedral branca e negra, as igrejas, os campanários, os palácios feito enormes pedras escuras numa torrente de casas amontoadas, uma rede de ruas estreitas enlaçando as três colinas, adensada em torno de Il Campo como as rugas em torno dos olhos. Também se veem as portas e o muro que não circunda estreitamente a cidade, mas fica pendurado acima dela como cinto de um gordalhão que emagreceu muito. Em seus tempos de ouro, Siena tinha o dobro de habitantes de hoje.

Atrás dos muros, uma paisagem toscana:

> ... *O fumo* dúctil, branco, *das fogueiras dos pastores*
> *paira imóvel sobre a chama; será que entre as colinas*
> *cor de ameixa os anjos desceram*
> *para sacudir a prata das oliveiras,*
> *ou que...*
>
> Jarosław Iwaszkiewicz

Na Polônia, eu pensava que a arte dos mestres antigos estava longe da realidade e que pintavam as paisagens como se fossem uma decoração para a ópera. No entanto, eles representavam a paisagem mais autêntica, só que sintética, ou seja, parecida com muitas paisagens toscanas, e por isso ainda mais verdadeira. É uma paisagem em movimento, uma encosta íngreme cor de esmeralda, cortada em forma de triângulo que, de repente, se rompe e inesperadamente salta de lado, feito lebre, uma suave colina, esbarrando num declive coberto de vinhas; à direita, um bosque de oliveiras, árvores prateadas e retorcidas, como se surpreendidas por uma forte tempestade; à esquerda, as imóveis e escuras penas dos ciprestes.

Mezzogiorno — o meio-dia. O sol seca a terra e confunde a cabeça. As janelas fecham com estrépito. Sobre as pedras, pairam brancas chamas da canícula.

Faço rapidamente as contas e vejo que só posso comprar um café e um pouco de pão com presunto. Ainda bem que ao meio-dia não se tem muita fome. Para compensar, à noite eu poderia me permitir uma pequena farra gastronômica.

Entro num pequeno café por um vestíbulo baixo e escuro. No lugar da porta pendem os cordões de corais de madeira que, tocados, emitem um som agradável. O dono me recebe com tanta cordialidade como se estivéssemos estudado na mesma escola. Um café excelente, muito aromático, chamado *cappuccino*, ilumina a mente e tira o cansaço dos membros. Ele me conta sem parar uma história confusa e repleta de cifras. Não entendo bem, mas o escuto com prazer, embora talvez seja uma história de sua ruína financeira. Porém, é difícil perceber um drama por trás dos sons infantis daqueles *diciotto, cinque, cinquanta, settanta*.

É hora de voltar ao Palazzo Pubblico, dessa vez para explorar seu interior. No primeiro andar, duas salas enormes: a sala del Mappamondo e a da Paz ou dos Nove. Suas paredes são cobertas com os mais belos afrescos de Siena. O autor dos que se encontram na sala del Mappamondo é Simone Martini. À esquerda da entrada fica a *Maestà*, a primeira obra conhecida de Martini, que em sua cidade natal devia ter feito uma carreira artística brilhante, já que lhe foi confiada uma tarefa de tanta responsabilidade quando tinha apenas trinta anos. A obra é datada: junho de 1315. Sete anos depois, Martini e seus discípulos repintaram a *Maestà*.

Apesar de muitas danificações, o afresco causa uma enorme impressão. Foi pintado apenas cinco anos depois da *Grande Maestà* de Duccio, mas seu estilo é bem diferente. O início do Trecento é um verdadeiro promontório de épocas e estilos. Na obra de Martini, impressiona a desenvoltura com que é tratado o tema, a maciez lírica dos gestos. Maria está sentada num trono gótico. A arquitetura do trono é arrendada e não lembra os tronos de Duccio – imponentes como edifícios de concreto armado – ou do primeiro Giotto (ao menos os que se encontram na Galleria degli Uffizi). As duas santas ao lado de Maria têm as mãos cruzadas no peito. As figuras dos anjos não se assemelham em nada às estátuas coloridas; move-as uma linha suave, como um vento balançando as árvores; os que se ajoelham aos pés de Maria oferecem-lhe não os símbolos frios, mas as flores, e ela as recebe como uma castelã recebe as homenagens dos trovadores. Sobre as cabeças se estende um baldaquino, leve como uma faixa de seda. O ouro e o azul desvaneceram por causa da umidade, mas a tonalidade desse concerto é pura como o som do cravo vindo de longe.

Na parede oposta, um magnífico retrato equestre do *condottiere* Guidoriccio da Fogliano. É tão diferente da *Maestà* que até os historiadores da arte notaram a diferença. Pintado catorze anos mais tarde, parece uma negação da lírica e da celestial *Maestà*.

Um homem na força da vida, corpulento, de rosto vulgar e mãos cerradas, atravessa a cavalo uma terra desnuda e parda. A armadura é composta de uma jaqueta bege escuro com um motivo de triângulos marrons. Uma gualdrapa parecida cobre o dorso do cavalo maciço. O cavaleiro e o animal formam um só corpo e, embora andem a passo, emanam uma força e uma energia fora do normal. Mesmo que as crônicas silenciassem as crueldades dos *condottieres*, esse retrato seria um documento confiável.

A paisagem é seca feito uma eira. Nenhuma árvore, nenhuma erva, somente os paus nus de paliçadas e as flores frágeis dos emblemas de guerra. À esquerda e à direita do afresco, em cima das duas colinas, a arquitetura magra dos castelos. O da esquerda é Monte Massi, cujo castelão se rebelou contra Siena. Não há dúvida de que Guidoriccio quebrará aqueles muros e destroçará suas torres.

Na sala da Paz encontra-se a *Alegoria do bom e do mau governo* de Ambrogio Lorenzetti, o maior (pelo tamanho) afresco medieval dedicado ao tema profano, pintado entre 1336 e 1339. Ambrogio (tinha um irmão Pietro, também excelente pintor; ambos morreram de peste negra) foi o terceiro grande pintor sienês do Trecento – os outros foram Duccio e Martini. Sei que deveria me entusiasmar com esse afresco, mas sua iluminação é precária, as cores empalideceram, especialmente os *Maus governos*, que ficaram quase ilegíveis. Sofri um choque folheando o livro de Enzo Carli sobre os primitivistas de Siena. A uma experiência estética pálida e direta se sobrepôs uma experiência nova, fruto das intervenções do fotógrafo. Coisa humilhante.

Depois li, e não sem uma pontada de orgulho, que o valor do afresco *Alegoria do bom e do mau governo* é discutível. Berenson (um fervoroso aliado de Florença, portanto guelfo) faz careta e diz que o tema superou o autor, que não soube expressar sua ideia pictoricamente e, então, teve de se servir das inscrições, ou seja, recursos auxiliares indignos de um artista plástico. Enzo Carli (o principal restaurador de Siena e, portanto, gibelino por convicção) defende a obra, destacando seu valor histórico e composicional. O protagonista do afresco não é o homem nem a cidade, mas a civilização:

a *summa* pictórica e o épico, ao mesmo tempo. Assim, não é de estranhar que a obra tenha se tornado uma presa dos ratos de biblioteca. Seus valores estéticos se perdem numa enchente de contribuições históricas, filosóficas e iconográficas.

O afresco está cheio de detalhes extraordinários: alpendre inclinado de xisto, janela aberta rachada pela sombra. Na janela, uma gaiola com um pintassilgo e a cabeça de uma criada curiosa. As cores limpas e bem definidas, desde o ocre arenoso até o negro suave dos interiores profundos, passando pelo carmesim intenso e os marrons. Um compacto panorama urbano, quase fantasmagórico por sua luminosidade, se transforma numa paisagem rural, pela primeira vez pintada tão amplamente e com tanto esmero com os detalhes. Além disso, Lorenzetti constrói o espaço de maneira completamente inovadora. Não é nem o ar dourado e abstrato de Duccio nem a perspectiva racional de Giotto. Lorenzetti, como notou certa vez um dos estetas, introduz uma perspectiva cartográfica. O observador não fica imóvel num ponto só, mas vê os planos sucessivos com a mesma clareza e precisão, abarca com um amplo olhar de águia uma matéria cálida e flutuante da terra.

Ao sair pela escada, encontrei-me de repente numa sala chamada Monumental. O nome cai bem, porque as paredes são enxovalhadas com os retratos *kitsch* monumentais de Vítor Emanuel em poses variadas. A pintura oficial do século XIX é igualmente terrificante em todo o lugar. A solução é sair depressa ao ar livre.

O sol projeta longas sombras. O poente adiciona fogo às casas de tijolo. Na rua principal, Via di Città, ocorre um ritual cotidiano — a *passeggiata*.

Se eu disser que é um passeio, não explicarei nada. Em cada cidade italiana há uma rua que, ao entardecer, se enche de uma multidão de moradores passeando uma ou duas horas, ida e volta, num espaço pequeno. Lembra um ensaio dos figurantes de uma ópera gigantesca. Os mais velhos demonstram sua vitalidade e confirmam seus títulos: *Buona sera, dottore*; *Buona sera, avvocato*. Os meninos e as meninas caminham separadamente. Comunicam-se só com os olhos, por isso eles ficam grandes, negros e expressivos; declamam sonetos de amor, lançam chamas, queixam-se, xingam.

Cheguei a Siena de Nápoles e de Nápoles trouxe o gosto pela pizza. É um prato que combina perfeitamente com o vinho. Em resumo, a pizza é uma massa de farinha de trigo em que se põe tomates fatiados, cebola, filezinhos de *anchois*, azeitonas pretas. Há muitos tipos, desde a requintada *capricciosa* até a mais popular, assada nas enormes chapas e vendida em porções.

Comi duas porções e pedi uma terceira. A proprietária da pequena *trattoria* está visivelmente comovida. Diz que sou *gentile*. Depois pergunta sobre minha nacionalidade e, sabendo que sou *polacco*, grita com um sincero entusiasmo: *bravo!* Chama como testemunhas desse acontecimento histórico o marido meio acordado, meio dormindo, e a filha rechonchuda. Todos afirmam que os poloneses são *molto gentili e intelligenti*. Mais um pouco e eu teria que apresentar uma dança de montanheses e entoar uma ária polonesa. Inesperadamente a proprietária me pergunta se na Polônia há divórcios. Minto que não há e ela me cobre de elogios.

Sobre a Piazza del Campo — *luna plena*. As formas endurecem. Entre o céu e a terra, uma corda tensa. Um instante que dá uma sensação profunda da eternidade cristalizada. Calam-se as vozes. O ar se transformará em vidro. Seremos todos perpetuados assim: eu levando o copo de vinho à boca, uma moça arrumando os cabelos na janela, um velhinho vendendo cartões-postais debaixo de um lampião de rua, e também a praça com o Paço Municipal e Siena. A terra girará comigo, uma peça insignificante do museu cósmico de figuras de cera que ninguém visita.

2.

Somente hoje soube quem foi na verdade Duccio, o misterioso pintor cuja data de nascimento é incerta e de quem não se sabe muito mais além de que morreu coberto de fama e de dívidas. Seu *opus* principal, a *Grande*

Maestà, foi levada para restauração. Como diante de um vitral dourado, encontro-me no Museo dell'Opera del Duomo diante do *panneau*, composto de 36 pequenos quadros que estavam *in verso* da *Grande Maestà*. A sala é pequena e escura, mas nela palpita uma fonte de luz. O fulgor dessa obra é tão extraordinário que mesmo no porão ela brilharia como uma estrela.

Duccio era mais velho que Giotto, mas a diferença de idade entre esses dois mestres, cujas obras dão a sensação de estarem separadas por vários séculos, nem chega a ser de uma geração. Provavelmente ambos estudaram com Cimabuego. As três enormes Madonas da Galleria degli Uffizi — ou seja, de Cimabuego, de Duccio e de Giotto — são, apesar de todas as diferenças, frutos pesados e maduros da árvore bizantina. As carreiras desses dois prováveis colegas foram diametralmente opostas, tão opostas como seus temperamentos. O empreendedor Giotto circulava entre Roma, Assis, Pádua e Florença. Duccio quase não saía de sua cidade natal. O primeiro, podemos imaginar numa taverna popular, bebendo vinho tinto em grandes goles e, com os dedos graúdos, que há pouco pintaram auréolas sobre cabeças de santos, destrinchando pedaços de carne gorda. O segundo, doentio, ascético, de capote rasgado, fazendo longos e solitários passeios, geralmente para o Norte, onde num pequeno deserto sienês habitavam os eremitas secos que nem palha.

Só nos manuais assexuados de história da arte ambos os pintores são tratados como iguais. O crítico de gosto definido precisa optar. Berenson acerta quando chama Duccio o último grande artista da Antiguidade. «Seus homens velhos são os últimos descendentes em linha direta dos filósofos alexandrinos, seus anjos são gênios romanos e deusas da vitória, enquanto o diabo é Sileno.» O estudioso americano destaca com razão o dom de composição dramática do sienês. *A traição de Judas*: «No primeiro plano, no centro da pintura, está a figura imóvel de Cristo. Judas o enlaça com seus braços magros e ágeis... os soldados o rodeiam num círculo compacto. Ao mesmo tempo, à esquerda o são Pedro intrépido avança para um dos guardas... o resto dos discípulos foge e se dispersa». Vale acrescentar que sobre as cabeças dos apóstolos em fuga se abre uma fenda da rocha feito um relâmpago negro. Duccio faz com que até as pedras se comovam. O quadro é composto de dois grandes conjuntos de determinado significado compositivo e dramático. É impossível que alguém não compreenda o que está ocorrendo.

Apesar dos valores decorativos, da excelente matéria pictórica e da profundidade da ideia desse Sófocles cristão, aos olhos de Berenson, Duccio não merece ser chamado gênio. Na apreciação de nenhum outro mestre aparece, de forma tão evidente, o gosto típico do século XIX desse florentino americano e a insuficiência de seus critérios estéticos. Berenson exigia da arte que proclamasse o elogio da vida e do mundo material. Queria que a ária fosse cantada em voz alta, e simplesmente não percebia as modulações mais sutis. Apreciava os valores táteis, a expressão das formas, o movimento, e elogiava os mestres em cujas obras ele vislumbrava uma nova concepção do bloco. Por isso colocava Giotto acima de Duccio. Hoje, estamos propensos, e não sem ajuda (sim, sim) da pintura contemporânea, a corrigir esse juízo.

Berenson foi filho do século que valorizava o progresso, portanto o «bizantino» Duccio teve de ser ultrapassado pelo «renascentista» Giotto. Mas o excelente cientista não percebeu pelo menos duas questões muito importantes.

Duccio não era desses artistas que fazem brilhantes descobertas. Seu papel era criar novas sínteses. A importância dessa segunda categoria de criadores nem sempre é reconhecida, uma vez que são pouco expressivos. Repará-los exige uma boa familiarização com a época e seu ambiente artístico. Como bem mostraram os novos estudiosos, nas obras do grande sienês ocorreu uma síntese das duas grandes e opostas culturas; por um lado, do neo-helenismo bizantino com todo o seu caráter hierático e antinaturalismo, e por outro, do gótico ocidental, precisamente francês, com sua exaltação, naturalismo e inclinação pelo drama.

Giotto abre o caminho para a herança renascente dos romanos, que, falando a verdade, não deram uma contribuição muito valiosa para as artes. Relacionar seu nome com o Renascimento não é uma imprecisão cronológica, apesar de que viveu dois séculos antes do descobrimento de América. A pintura europeia que o segue (parece que ninguém diz isso em voz alta) perde o vínculo com os territórios enormes das culturas mortas de Europa e Ásia, tornando-se uma grande, porém local, aventura. Libera-se o monstro do naturalismo. Rompe-se a relação com os grandes rios da humanidade: Nilo, Eufrates, Tigre.

Duccio, embora sem dúvida encantado com as miniaturas da escola de Paris, retrocede ao fundo, às raízes da cultura. Ele não é, como Giotto, um descobridor de novas terras, mas um explorador das ilhas afundadas.

Percebi tudo isso bem mais tarde. No momento, estava de boca aberta diante daquele *panneau* como diante de um vitral dourado em que se conta a história de Jesus e Maria. Em Siena ficaram 45 cenas; catorze foram roubadas pelos colecionadores do novo e do velho mundo.

A irradiação da obra é extraordinária e, num primeiro momento, a tomo por um efeito do fundo dourado que, talvez por causa de má conservação, rachaduras, superfície danificada, não é rígido e homogêneo como uma placa de metal, mas tem suas cavidades, frêmitos e ondas, suas regiões frias e quentes, forradas de verde e de cinabre. Para que as outras cores não se apaguem ao lado desse ouro, é preciso dar-lhes uma intensidade sobrenatural. As folhas das árvores são como pedras de safira, a pele do asno em fuga ao Egito é como o granito pardo, a neve nos cumes desnudos e cortados das montanhas brilha como madrepérola. A pintura do Duocento se assemelhava ao mosaico, as manchas coloridas incrustavam a superfície e tiveram a dureza do alabastro, de pedras preciosas e marfim. (Só depois a matéria pictórica começou a afrouxar: nas obras dos venezianos foram as madeixas de seda, de brocado, de musselina e, nas obras dos impressionistas, só um vapor colorido.) A gama de cores é rica e floreada; para achar-lhe uma comparação digna, Focillon procura fora de Bizâncio e evoca os jardins persas e as miniaturas.

Se os pintores bizantinos são acusados de desprezo pelos detalhes (o que para alguns significa falta de realismo), essa acusação não concerne a Duccio, que tinha um senso de detalhe extraordinário. Em *As bodas de Caná*, os peixes nas bandejas, os inteiros e os roídos, são bem concretos. O mestre não teme introduzir episódios que rompem o esquema iconográfico herdado: por exemplo, a cena de *A entrada de Jesus em Jerusalém* é observada por um grupo de malandros de rua que ocupam uma tribuna verde de árvores. Meu quadro preferido é *A lavagem dos pés*. Trata-se de um exemplo perfeito de como trabalhar com grupos. Os jovens diretores de teatro deveriam aprender com Duccio, e os velhos também. Os quadros do grande sienês podem ser representados; não consigo entender por que as escolas de teatro não se aproveitam da análise do gesto. Não é de estranhar que depois vemos príncipes no palco movendo-se como vendedores de feira.

Em *A lavagem dos pés*, Duccio constrói a ação como um trágico grego dispondo somente de dois atores, mas, em compensação, lá atrás tem o coro que comenta os acontecimentos. Metade dos apóstolos olha para Cristo com adoração e a outra metade com desaprovação, como se não gostasse desse ato de humildade do Mestre. O detalhe que sempre me encanta são três sandálias pretas: duas repousam bem ao lado de um balde com água, e uma terceira em cima, num degrau no qual estão sentados os apóstolos. Destacam-se claramente do fundo rosado do assoalho, e dizer que «repousam» não expressa o que se vê. Talvez sejam os elementos mais animados de toda a cena: dispostas em diagonal e com as correias estendidas lateralmente, expressam ratos em pânico. A angústia das sandálias contrasta com a inércia pálida da cortina enrolada, pendurada acima da cabeça dos apóstolos como um sudário funesto.

Não se deve olhar nada mais depois de Duccio para conservar nos olhos o maior tempo possível o fulgor dessa sua obra-prima. Os contemporâneos do mestre sabiam disso. A descrição do ingresso da *Grande Maestà* na catedral, em 1311, é uma das primeiras que narra manifestações populares em homenagem à obra de arte.

> No dia em que o quadro foi levado à catedral, as lojas estavam fechadas. O bispo dirigia uma procissão solene na companhia de dez senhores feudais, de todos os funcionários municipais e de uma grande multidão de padres e fiéis. Os citadinos com velas acesas esmeravam-se para ocupar um lugar mais próximo do altar; atrás iam com grande devoção as mulheres e as crianças. Seguindo rumo à catedral deram uma volta na praça, como era de costume, e todos os sinos tocaram alegres em homenagem ao magnífico quadro. O quadro foi pintado por Duccio de Buoninsegna, um pintor que vive na casa dos Muciatti, perto da porta de Stalloreggia. E todos passaram o dia em orações, davam muitas esmolas aos pobres, rogaram a Deus e à Sua Mãe, que é nossa intercessora, pedindo que em sua infinita benevolência nos protegesse de todas as contrariedades e desgraças e nos livrasse das mãos dos traidores e dos inimigos de Siena.

Realmente, depois de Duccio não se tem vontade de ver mais nada. Nem as *Três Graças*, a cópia de Praxíteles, são capazes de me deter no museu. Atravesso voando a praça incandescente e chego ao lado sombreado da Via del Capitano, depois ao lado sombreado da Via Stalloreggi. O calor é insuportável e eu, que há pouco me elevava nas asas do êxtase estético, tenho vontade de maldizer os museus, os monumentos e o sol.

Finalmente uma *trattoria* que parece modesta e cujo nome não é nem Excelsior nem Continentale... Reina um frescor agradável como que de adega, cheira vinagre, cebola e azeite. Para começar, peço spaghetti. Como se sabe, esse prato é servido como *entrée*, portanto o preâmbulo da verdadeira refeição. Os franceses começam com as excitantes entradas, os italianos procedem com maior sensatez, de acordo com a natureza de sua excelente cozinha que é rústica, farta e nutritiva. Segundo a filosofia do gosto na península, primeiro é preciso rapidamente saciar a fome e só depois pensar em sensações do paladar. Aliás, o verdadeiro macarrão italiano é saborosíssimo, bastante duro, temperado com o molho picante e parmesão ralado, obrigatoriamente enrolado no garfo, e com isso comer se torna um ritual. Depois geralmente vem um pedaço de carne bovina assada com pimenta com um quarto de tomate e uma folha de salada. De sobremesa, um pêssego frio e maduro. Tudo isso acompanhado de um vinho jovem da região que se bebe como água, em copos, não em refinados e ridículos dedais com um pé de vidro.

Precisava dar uma cochilada porque o ar, de branco passou a âmbar claro, e o calor sufocante se abate sobre a cidade. Estou sentado num banco de pedra perto do muro do hospital Santa Maria della Scala, em frente à catedral. Ao meu redor estão as pessoas que vieram visitar seus parentes e compartilhar as notícias sobre seu estado de saúde. Gestos nervosos e grandes garrafas de chá com suco, fechadas com um chumaço de pano, me comovem. Um cheiro de desinfetante da porta aberta do hospital atinge em cheio o Duomo.

A catedral está na praça mais elevada. É como um brasão branco e preto da cidade erguido e como um canto que sobe e desce em uma cascata de esculturas, arcos azuis e estrelas douradas. À esquerda, uma bela torre — a lança do anjo apoiada no ar.

Não se deve ceder ao terrorismo dos guias, mas olhar essa construção, uma das mais belas do mundo, com um pouco de criticismo. Depois do espanto e do primeiro encantamento, é óbvio. Desse prazer nunca se deve abrir mão; aliás, os construtores da fachada, entre eles Giovanni Pisano, fizeram de tudo para nos manter em estado de febre estética.

Muitos historiadores da arte afirmam que a catedral de Siena é a melhor construção gótica da Itália. Mas os franceses, com sarcasmo e uma indignação mal dissimulada, dizem que o gótico, um estilo que lhes pertence, na península Apenina é na realidade um românico com abóbada de cruzaria de ogivas. Três portais coroam os arcos plenos e os tímpanos sem esculturas são de fato românicos. O resultado da luta entre o círculo e o triângulo permanece indefinido e uma enorme rosácea «ó ômega, o raio violeta de seus olhos», num emaranhado dos detalhes decorativos, soa feito uma voz poderosa de um gongo com um fundo de charamelas, flautas e sinetas. Os monges cistercienses, apóstolos de uma variante austera do gótico do vizinho San Galgano (sabe-se que um deles dirigiu as obras da construção da catedral em 1257, portanto onze anos depois de seu início), influenciaram mais o plano do que a ornamentação da obra. Pierre du Colombier tem razão ao propor que, com a mão encostada nos olhos, dividamos o Duomo em duas metades, ao longo da cornija acima dos tímpanos. Realmente, as duas partes, a superior e a inferior, não se harmonizam. É como se sobre uma tranquila base românica tivessem colocado uma parte emaranhada e complicada, forçando uma síntese da arquitetura com um relicário.

São muitos os argumentos que podem ser invocados em favor do Duomo. O mais importante é o fato de que a construção da fachada levou séculos, e os restauradores do século XIX trabalharam muito para diminuir a obra-prima.

Isso não muda em nada o espanto de alguém cujo gosto gótico se formava em contato com as catedrais da Île-de-France. Felizmente, a recepção na cultura não ocorre através das cópias fotográficas.

Fecho os olhos para evocar Chartres. Lembro o voo das pedras de arenito cinza. Abro os olhos e vejo o Duomo de Siena, uma nuvem de pombos, seu brilho colorido ao sol, seu voo inconstante, circular e algo pesado.

O interior também é surpreendente. Não é uma basílica coberta com um teto, como a catedral de Orvieto construída meio século depois, mas tem uma planta cisterciense. O presbitério está cortado em linha reta, as paredes das naves não têm trifório. É difícil se habituar à cúpula no gótico italiano. Aliás, a de Siena não é das mais bem-sucedidas. Não é fácil entender sua função, sobretudo quando olhada de fora. No transepto, a cúpula se apoia sobre as seis colunas. Um olhar a partir da nave lateral descobre um surpreendente jogo de planos e perspectivas que se interpenetram, como que um eco longínquo de Ravenna.

Os puristas da estética se indignam ao ver o plano do Duomo sienês. Como é possível — dizem — juntar o plano da basílica com o plano central? É um erro — resmungam os retóricos da arquitetura.

O interior da catedral é extraordinariamente expressivo, e não só por causa das faixas pretas e brancas de pedra. É o que os românticos já sentiram. Wagner, ao compor *Parsifal*, pediu ao pintor Jankowski que lhe enviasse um esboço da catedral de Siena. Na imaginação do compositor, aquela igreja se aproximava ao templo ideal do Graal.

Virando à direita, passamos ao lado das colunas, bétulas branco-negras, e chegamos à Biblioteca Piccolomini. É um dos tesouros da arte sienense, o que até os esteticamente insensíveis podem perceber, uma vez que no portão os dois cérberos cobram um valor extra pela entrada. A *Libreria* contém magníficos manuscritos iluminados e dez afrescos que apresentam a vida de Eneas Piccolomini, futuro Pio II. Antes estavam aqui as *Três*

Graças, mas um padre escandalizado com sua bela nudez mandou-as para um museu.

Eneas Piccolomini é uma das mais simpáticas figuras do Renascimento italiano. Humanista, poeta, diplomata, autor de comédias frívolas e tratados latinos. Escrevia a respeito de tudo, como estava na moda: sobre a natureza do cavalo e sobre Homero. Os retratos mostram feições cativantes desse descendente da aristocracia sienense que na juventude amava a natureza, Virgílio e mulheres. Escreveu uma espécie de anti-Castiglione, *Sobre a vida miserável dos cortesãos*:

> [...] Almoços sempre são servidos fora da hora e sempre fazem mal [...] o vinho azedo [...] Os príncipes para economizar obrigam os cortesãos a tragar cerveja [...] Um copo lavado uma vez por ano passa entre todos os companheiros da mesa, onde um é mais asqueroso que o outro [...] A corte desespera os filósofos e os sábios.

Para justificar essa misantropia, acrescentemos que Eneas não residia em Urbino, mas na corte setentrional, na Alemanha.

Depois de uma juventude muito agitada e pouco edificante, ordenou-se tarde, aos 41 anos de idade. Ele condenou exemplarmente seus excessos, inclusive um romance libertino, *A história dos dois amantes*, que até os biógrafos mais carolas estão dispostos a perdoar-lhe pelos interessantíssimos detalhes dos costumes da época.

Porém, depois de vestir a púrpura, Eneas se referia a essa obra com desgosto, chamando-a de *Due dementi*.

Foi um homem moderno, e de seu homônimo romano herdou o desejo da fama. Quis corrigir o erro do destino que o obrigou a nascer numa cidade desprezível de Corsignano. Mudou o nome da cidade para Pienza e em quatro anos, graças a um excelente arquiteto, Rosselino, e à rivalidade pelos favores dos cardeais, ergueu naquela encosta uma estranha catedral, palácios renascentistas e casas. Nem faltou o poeta que em versos clássicos louvasse a fantasia do papa. Depois da morte de Pio II, a vida desapareceu de Pienza. Restou uma custosa gliptoteca. A cidade deserta com a moral da história.

Para perpetuar a memória dessa figura incomum, o cardeal Francesco Piccolomini, sobrinho de Pio II, encomendou a um mestre de Úmbria dez afrescos que ilustrassem a vida de seu extraordinário tio. O autor dos afrescos é Pinturicchio.

Esse exímio narrador, «*never pedantic and never profound*», pintava as paredes da *Libreria* já como um artista maduro, aos seus cinquenta anos. Ele gozava, então, de grande renome, como prova o fato de ser, junto com Perugino, o pintor papal durante muitos anos. Segundo a opinião de um dos mecenas da época: «Perugino é o maior pintor da Itália e, exceto Pinturicchio, seu discípulo, nenhum artista merece sequer uma menção honrosa». Os historiadores da arte contemporâneos foram bem mais severos, e talvez com razão, enquadrando-o num grupo dos mestres do Quattrocento, muito sábios, capazes e charmosos, presenteados pelo destino com os discípulos geniais. Verocchio foi ofuscado pela obra de Leonardo, a visão de Michelangelo deixou na sombra Ghirlandaio. Rafael parece uma realização perfeita dos princípios de Perugino e Pinturicchio.

Muitas observações críticas podem ser feitas sobre tais afrescos (aliás, em excelente estado, talvez porque os restauradores não tivessem se ocupado deles), o que não impede de nos rendermos ao seu encanto. Até Berenson, que manda Pinturicchio para o inferno dos contadores de histórias e decoradores, aliás na excelente companhia de Duccio, de Piero della Francesca e de Rafael, não consegue resistir à sua encantadora narração sobre o excelente humanista Eneas Silvio Piccolomini.

> Esses afrescos, fracassados sob todos os aspectos, são pelo menos obras-primas de decoração arquitetônica. Pinturicchio transformou a modesta sala da biblioteca. Debaixo da cúpula, uma fila de poderosas arcadas, decoradas delicadamente com pequenos medalhões, se abre largamente ao horizonte romântico. Temos a impressão de que nos encontramos debaixo do pórtico coberto, rodeados de todas as maravilhas da felicidade e da arte e, ao mesmo tempo, num espaço livre; porém, não é um espaço infinito, mas uma imensidão dominada e cadenciada graças aos arcos que a cercam... Sem dúvida, nessa

paisagem encantadora ocorrem passeatas e cerimônias bem ofuscantes e pouco imponentes. No entanto, tomamos esse espetáculo ruidoso por uma música militar numa manhã de primavera, quando o sangue ferve nas veias.

Pinturicchio é como um compositor de quem se diz que, embora a invenção não seja seu ponto mais forte, tem um ouvido absoluto e conhecimento perfeito dos instrumentos que utiliza. Os planos, as perspectivas que se interpenetram, a arquitetura e a paisagem formam uma totalidade completa e perfeitamente harmonizada. No afresco que retrata Eneas Silvio Piccolimini recebendo uma coroa poética das mãos de Frederico III, o primeiro plano está povoado com muitas figuras ao redor do trono. Depois o olhar sobe as largas escadas do horizonte em que se apoia uma arquitetura arrendada, coroando o esmero da composição. Através das arcadas, como através das lentes do binóculo, se vê uma paisagem modelada com precisão: as árvores penígeras, as esferas dos arbustos, os caminhos e as ervas.

Chłędowski acerta em sua comparação do ciclo de Pinturicchio com *O cortesão*. Parecem cenas extraídas literalmente «dos livros do conde Baldassare Castiglione, que escreveu os citados livros sabiamente, com muita erudição e grande domínio da arte de eloquência». Eles são um excelente estudo de costumes em que, como nos *Espelhos* medievais, aparecem o papa, o príncipe, o cavaleiro, o burguês tal como deveriam ser. Não é só com os trajes e com a colocação em determinado lugar da composição que o pintor define sua sociedade, suas hierarquias, relações e dependências. No encontro de Frederico III com Leonor de Portugal temos toda a escala de gestos, desde uma manifestação cortês de afetos dos soberanos até os mendigos, imóveis outeiros de farrapos, passando pela animação agitada dos cortesãos montando cavalos bem escovados e a altivez de galo dos alabardeiros. Acima dessa vida passada perdura um eterno bom tempo e se, em *A partida do cardeal Piccolomini*, das nuvens escuras cai a chuva no mar é só uma mecha de cabelos que o vento sopra no rosto sereno.

Saio da catedral na praça deslumbrante e abrasada pelo sol. Os guias gritam, apressando os rebanhos de turistas. Os fazendeiros suados de um país distante filmam cada pedaço do muro apontado pelo guia e obedientemente entram em êxtase, tocando as pedras de séculos atrás. Não têm tempo para olhar, de tão ocupados que estão com a fabricação das cópias. Verão a Itália quando estiverem em casa: imagens coloridas, em movimento, que não teriam nada a ver com a realidade. Já ninguém tem vontade estudar as coisas diretamente. O incansável olho mecânico produz emoções finas como membrana.

A praça do lado esquerdo da catedral leva o nome de Jacopo della Quercia. Na verdade, é uma parte inacabada da catedral cujo teto é o céu. A construção dessa parte começou em 1339 porque a imensa catedral não parecia ser suficientemente grande nem magnífica. Queriam, então, que no templo ampliado «nosso Senhor Jesus Cristo e a Santíssima Mãe de Deus, e toda a corte celeste sejam louvados e benzidos, e que o conselho da cidade seja sempre admirado». Um belo exemplo do misticismo casado com a ambição dos conselheiros.

O empreendimento gigantesco não foi realizado. A peste negra e os erros de construção impediram sua conclusão. Os muros, finos que nem as folhas de platina, foram construídos pelo ourives Lando di Pietro com a leveza própria de seu ofício, de modo que racharam e corriam o risco de desabar. Foram convidados (que infâmia!) os peritos da inimiga Florença (a catedral de Siena foi pensada como uma réplica do Duomo de Florença). Um dos relatórios dos peritos apresenta uma sentença radical: os muros rachados devem ser derrubados. Mas os sieneses não o fizeram. E não foi por causa do amor às ruínas. Também seria difícil de acreditar que durante sete séculos eles se enganassem pensando que os trabalhos pudessem ser começados do zero. Simplesmente, fica difícil abandonar os sonhos.

Por uma nave, coberta de céu azul, desço à movimentada Via di Citta. As ruas em Siena são estreitas e sem calçadas. Um cronista escreveu, não sem exagero, que os cavaleiros esbarram com as esporas nas paredes. Sempre me espantavam os ônibus manobrando nessas ruas estreitas. Parecia que os muros se abrem à sua frente.

Se em Siena pode haver algo feio, seria talvez só a Piazza Matteotti, um grande hotel com um estábulo de carros, informe, ofensivamente moderno nessa ilustre cidade medieval, anônimo como os bancos à sua volta, e um grande café debaixo de uma marquise colorida. Entrei no café porque estavam cantando. A canção italiana reclama de novo seu lugar no mundo. Assimilou o ritmo moderno, mas o envolveu em sentimento antigo. Num veículo veloz provoca comoções e *sole, arcobalenos*, *luna* e lágrimas. Um menino baixo e moreno se apresenta ao microfone. É um Modugno em escala regional. Canta também uma moça muito bonita, sacudindo os seios e as pálpebras. Tomo campari-soda, uma bebida vermelha com sabor de absinto que trava a língua e queima o esôfago.

Volto às minhas Três Donzelas, mas antes, em frente à porta, viro-me para Il Campo. Tudo em ordem. Os muros do paço municipal, cravados na noite, continuam ali e a torre é bela como ontem. Posso dormir. Sobre a terra se multiplicam as explosões, mas talvez ainda daremos algumas voltas ao redor do sol com a catedral salva, o palácio e o quadro.

3.

Cor magis tibi Sena pandit
(inscrição na Porta Camollia)

O dia de hoje é destinado à Pinacoteca, que abre só às dez de manhã. Assim, tenho um pouco de tempo para passear em Siena. Só valem as cidades em que a gente pode se perder. Em Siena é fácil se perder como uma agulha no palheiro. Na Via Galuzza as casas se encontram com os arcos, e é como se passássemos pelo fundo de um desfiladeiro. Cheira a pedras, gatos e Idade Média.

Na sombra grossa das ruas estreitas, a Via Banchi di Sopra e a Via di Città, entre as casas cor de tijolo esfumaçado, a cada passo encontra-se um palácio. Essa palavra, geralmente associada com as grinaldas de gesso, pequenas colunas e bolhas de pedra, tem pouco a ver com a arquitetura civil de Siena. As casas dos senhores feudais, austeras e sem enfeites, parecem fortalezas no centro da cidade e, mesmo sem nenhum comentário histórico, dão ideia de como era a posição social das famílias poderosas de Salimbeni, Piccolomini, Saracini.

> Um edifício destes não era só uma obra-prima, mas também sede e refúgio dos partidários, e mesmo hoje, em meio à enchente das multidões indiferentes e anônimas, ergue-se esse invencível palácio, cheio de desprezo e orgulho aristocrata, de modo que ao seu redor não se vê nada e, de fato, não há nada.

O trecho refere-se ao palácio Tolomei, o mais antigo, construído no início do século XII, cujo austero cubo de pedra emana há sete séculos imperturbável gravidade e força.

A Pinacoteca encontra-se no palácio Buonsignori e, embora os especialistas digam que o melhor Sassetta pode ser visto em Washington, a coleção completa da pintura sienense fica justamente aqui.

A exposição começa com o misterioso período de arte anterior ao aparecimento dos primeiros criadores conhecidos por seus nomes. A bagagem do conhecimento histórico aprendido na escola limita-se ao teatro restrito à história da Europa (há séculos herdamos desprezo a Bizâncio e com um pedantismo estéril se discute as épocas de «florescimento», imunizando as mentes e a imaginação contra as épocas «obscuras» e complicadas). A história das culturas desaparecidas, como a cretense e a etrusca, como o nascimento da Europa depois do colapso do Império romano, muitas vezes é deixada de lado para favorecer a relação detalhada das vitórias de Júlio César. E nas aulas de arte mais tempo se dedica à época de Péricles e do Renascimento do que à extraordinária arte suméria ou aos inícios do românico. Toda essa mochila de «conhecimentos» torna-se completamente inútil na hora de considerar a continuidade dos processos históricos e não as épocas isoladas.

Nada mais comovente do que ver as obras dos primitivos sieneses do Duocento profundo. São mais baixos-relevos do que pinturas. Uma *Madonna* de grandes olhos, popular, corpulenta como nas capelas à beira de estrada na região das montanhas Tatra, ou um Cristo crucificado, de quem o tempo tirou as cores vivas e manteve só os delicados azul e rosa. Conforme as diretrizes do sínodo de Roma de 692, o rosto de Cristo não expressa sofrimento algum. Seu sorriso a desabrochar é cheio de doçura e melancolia. Esse particular brilho de sensualidade e de misticismo vai adornar os olhos dos santos e das mulheres sienenses durante séculos.

Há séculos se desenrola uma polêmica acirrada e estéril: qual dos meios artísticos, o sienês ou o florentino, é mais antigo. Vasari dá a primazia a Florença, mas recentemente foi descoberta em Siena uma pintura de 1215. Não é tanto uma pintura, e sim um *paliotto*, um baixo-relevo pintado de altar apresentando Cristo, a história da Cruz e de Santa Helena. Essas pequenas narrativas têm uma marca do estilo românico bem visível. Não há dúvida de que na Itália a posição da escola de Siena já estava bem estabelecida no início do século XIII, ou seja, algumas décadas antes de Duccio. Embora o conceito de escola artística seja fortemente desacreditado pela ciência contemporânea, no caso de Siena, onde observamos uma extraordinária unidade de estilo e o senso de tradição, ele continua plenamente justificado. Nesse ponto, há muitos mal-entendidos. Acusa-se a escola de Siena (como se fosse realmente uma acusação) de que estava demasiado tempo sob a influência de Bizâncio e que, mesmo depois de rompimento com o esquema grego, não se livrou do senso decorativo e da inclinação ao maneirismo refinado. Os sieneses eram líricos em retrato, e nas cenas de grupo, narradores exímios. A cidade era uma república de poetas.

A crítica não se contenta com a análise das obras, mas procura seguir autores, criar seus círculos e figuras hipotéticas. O primeiro artista historicamente atestado foi Guido da Siena, uma individualidade forte e influente como Cimabue em Florença. A Pinacoteca guarda algumas esplêndidas obras desse bizantino sutil e de sua escola. Destaca-se com sua beleza o *paliotto* de *São Pedro*.

A pintura bizantina ou bizantinizante não estava presa a nenhuma convenção. É nosso olho que se acostumou a reagir só aos fortes contrastes e não distingue os meios-tons. *São Pedro*, obra dos sucessores, representa um avanço significativo em relação à arte de Guido e contém uma rica gama de tons imbuídos de luz. «É preciso apreender as emoções humanas que permeiam os ritmos e o espaço dessas pequenas histórias.» *A Anunciação* com o fundo da arquitetura abstrata é narrada com requintada simplicidade. O ouro do fundo é rico em tonalidades, desde os delicados brilhos da aurora até a fria superfície do metal.

Duccio é representado pela *Madona dos padres franciscanos*, pintada no final do século XIII, ou seja, antes da *Grande Maestà*. É o exemplo de uma feliz simbiose da pintura bizantina com o gótico. Quanto à composição, a *Madona* é tratada de maneira bastante livre, sua mão direita descansa levemente nos joelhos. O trono é uma cadeira confortável e não uma construção maciça e requintada. Os anjos são leves, como se modelados com os dedos brancos de um miniaturista. Três monges marrons e secos feito grilos se ajoelham aos pés de Maria. Duccio, muito sábio, não rompeu com a arte grega, mas a dobrou até seus tempos como um galho.

Simone Martini não está na Pinacoteca, mas esse reconhecido e talvez o maior viajante de todos os sieneses deixou à sua cidade natal afrescos magníficos. Entretanto, a pintura dos irmãos Lorenzetti está bem representada. Se eclodisse um incêndio na Pinacoteca, eu salvaria dois pequenos quadros de Ambrogio: *Vista de uma cidade à beira-mar* e *Vista do castelo à margem do lago*. Em toda a pintura do Trecento não existem paisagens que podem ser comparadas a essas duas, e poucos mestres dos séculos posteriores conseguiram criar obras de uma pureza pictórica tão perfeita. Porém, é mais fácil dizê-lo do que explicar.

Uma cidade à beira-mar — os muros pardos, as casas verdes, as torres e os telhados vermelhos — é construída com formas claras delimitadas com linha diamantina.

O espaço é tridimensional, como já foi notado: «A construção refinada da perspectiva em Ambrogio não nasce do esforço de racionalizar o espaço, mas, o que pode parecer paradoxal, visa aproximar de imediato a profundidade e a superfície do quadro». A paisagem é vista com o olhar de um pássaro. A cidade está vazia, como se há pouco tivesse emergido das ondas do dilúvio. É incandescente ao limite da visibilidade e está imersa numa luz âmbar verde. O caráter alucinante dos objetos apresentados é tamanho que duvido da capacidade de desvendar essa obra-prima por meio de qualquer análise.

Devorar os quadros é tão sem sentido como devorar os quilômetros. Aliás, os guardas do museu tocam suas campainhas como possessos, porque no caule da torre do paço municipal amadurece o meio-dia, o que significa um prato quente de macarrão, um copo de vinho e uma soneca restauradora. Em todo caso, como os irmãos Lorenzetti morreram provavelmente de peste negra, termina o período heroico da pintura sienense.

Como toda cidade medieval, Siena foi um berço de muitos santos e veneráveis, mas nenhuma cidade italiana possui uma coleção tão rica de figuras com auréola. Um erudito em hagiografia dá uma cifra astronômica de quinhentos nomes. Siena deu também nove papas. Mas como seu brasão branco e preto simbolizava paixões opostas, ela foi também uma cidade dos perdulários, da juventude dourada e mulheres que atraíam os trovões dos pregadores. Quem trovejava mais alto era são Bernardo, e as mulheres comovidas com sua eloquência faziam grandes fogueiras em que queimavam seus sapatos de salto alto, perfumes, espelhos. Os louvores místicos aproximavam o céu, mas ressoavam também canções blasfemas, e Siena tinha seu poeta do prazer, Folgore da San Gimignano. Os esmoleiros de batinas desbotadas atravessavam a cidade, enquanto só uma companhia de esbanjadores era capaz de gastar em festas e caça uma soma de 200 mil florins de ouro. «*Gente vana*», Dante sibila com os dentes cerrados.

Descendo pela íngreme Via Fontebranda, entramos em um bairro de artesãos, o dos curtidores. Perto da Porta de Fontebranda encontra-se uma fonte do mesmo nome. Como na Siena árida, que não é cidade das fontes como Roma, a água era muito valorizada, criaram ali um reservatório para lavagem de roupa e uma galeria, onde as mulheres de Siena há nove séculos vinham fazer fofocas sobre os vizinhos. Aqui Catarina Benincasa vinha com um cântaro buscar água. Depois virou santa.

Foi a 25ª criança de um tintureiro. O nome de sua mãe é como o início de uma ária: Mona Lapa di Muzio Piagenti. A menina que nasceu em 1347 destacava-se por sua personalidade extraordinária. Entrou jovem na ordem das dominicanas e logo se tornou uma figura notável de sua cidade natal, da Itália, de todo o mundo cristão, embora os apologistas supervalorizassem sua influência na história.

Catarina cuidava dos leprosos, mortificava seu corpo, engajava-se na política internacional (se é que se pode dizer assim). À sua volta reunia-se um grupo de adoradores leigos de diferentes estados. Andava com eles pelas ruas e pelos campos das redondezas em direção a Florença, onde a paisagem toscana é madura, cheia de oliveiras, ciprestes e vinhedos, ou em direção ao sul, onde se estende a terra predileta dos anacoretas: um pequeno deserto, seco que nem a pele de um asno. Devia ser uma mulher de muito encanto, porque bonita não era, o que comprova o retrato de Andrea Vanni na igreja de San Domenico.

Seu misticismo foi temperado de sangue. Nas cartas que ditava (aprendeu a ler só três anos antes de morrer, «*com molti sospiri e abbandanza di lagrime*» [com muitos suspiros e lágrimas abundantes]), as duas palavras que aparecem com maior frequência são *fuoco* e *sangue*. Certa vez, acompanhava um condenado ao lugar da execução. Quando sua cabeça foi cortada, segurou-a por muito tempo no colo. «Quando o cadáver foi levado, minha alma descansou em paz e me saciava do cheiro de sangue.» Uma contribuição para a psicologia medieval.

A monja sienense gozava de grande prestígio, mas foi só um prestígio moral. Como vivia na Europa, e não na Índia, e ainda numa época de desintegração, de crueldades de corrupção, sua influência na política não foi tão relevante como até há pouco haviam julgado os historiadores. Seu ato mais conhecido foi uma visita ao papa Gregório XI, em Avignon. Catarina se parece muito com Joana d'Arc. Também era uma moça simples que afirmava ouvir a voz de Deus. Como só falava o dialeto toscano e não sabia da teologia, foi objeto de zombarias e acusações humilhantes por parte dos cardeais. Não se sabe até que ponto influenciou a decisão de Gregório XI de retornar a Santa Sé para Roma. Recentemente, pesquisadores afirmaram que a decisão de voltar já havia sido tomada antes da chegada de Catarina.

No final de sua curta vida, com suas últimas forças, ela apoiou Urbano VI, não dos melhores papas, em sua luta contra Clemente VII. Suas ações políticas foram sempre um confronto da ingênua grandeza com uma lúcida perfídia. Escreveu centenas de cartas às personalidades influentes, num tom duro e doce, alternadamente. Essas cartas tiveram mais ou menos o efeito dos protestos atuais da Liga dos Direitos Humanos. Para libertar a Itália do cruel *condottiere* John Hawkwood, ou seja, Giovanni Acuto, ela lhe propõe que direcione sua crueldade contra os turcos. Queria conquistar o mundo com o amor. Catarina tornou-se uma lenda.

Na parte leste encontra-se a igreja de San Domenico, e na parte oeste a outra fortaleza espiritual de Siena, a igreja de São Francisco – uma construção austera e desprovida de enfeites –, com uma impressionante composição, a *Crucificação* de Pietro Lorenzetti. Bem ao lado da igreja encontrava-se o oratório de São Bernardo, cujos sermões, taquigrafados pelos ouvintes, são cheios de energia, humor e primorosas cenas de costume.

Em meados do século XIV, encerrava-se a grande época da pintura sienense. Embora a mesma escola perdure ininterruptamente até o fim do século XV, ou seja, até o momento do colapso político da cidade, os fenômenos como Duccio, Martini e Lorenzetti não se repetiram mais. Porém, durante quase todo esse tempo, a pintura sienense mantém uma extraordinária unidade de estilo que procuramos em vão na pintura florentina.

Mesmo que a arte em Siena raramente espelhasse a realidade de seus tempos, estava muito ligada à vida social. Na cidade não havia grandes mecenas como os Médici, mas em compensação o interesse pela arte era geral e muito mais democrático do que em outros lugares. Um rico grêmio de comerciantes de tecidos encomenda um políptico ao careiro Sassetta, os padeiros e açougueiros a Matteo di Giovanni, enquanto um pobre grêmio de remendeiros se satisfaz com o que lhes oferece Andrea Niccolò. Um exemplo de casamento feliz da arte com burocracia, tão raro na história, é o costume de encomendar a artistas notáveis a pintura das capas dos livros do conselho municipal.

No início do Quattrocento aparece um dos mais encantadores artistas na história da arte, Sassetta. Seus quadros estão espalhados pelo mundo todo, mas a Pinacoteca possui algumas obras bem representativas desse ilustrador da vida de São Francisco. Sassetta acertou perfeitamente no tom da lenda franciscana, porque ele também era um homem completamente imerso no mundo dos milagres. Na história de São Francisco e o pobre cavaleiro, uma torre arrancada feito um carvalho com as raízes paira sobre a cidade, sobre os anjos e as personagens do drama, e esse efeito surrealista não surpreende ninguém, uma vez que na obra do artista a matéria do real é mesclada com o impossível. De fato, os surrealistas poderiam aprender de Sassetta a arte de conferir realidade plástica aos milagres. Costuma-se dizer que Sassetta e seus colegas sieneses estavam atrasados e não entendiam o Renascimento. Porém, eles entravam no novo mundo renascentista sem romper com a tradição gótica, assim como Duccio era gótico sem romper com a tradição bizantina. A pintura de Sassetta não é um maneirismo, mas a forma de repensar a tradição dos grandes predecessores.

Pintava muito e saía de Siena com frequência. Entrava em contato com as novas e antigas fontes da pintura. Os historiadores da arte contemporâneos destacam suas relações com Domenico Veneziano e a influência que exerceu sobre Piero della Francesca.

Morreu em 1º de abril de 1450, de uma pneumonia que contraiu durante os trabalhos com o afresco que adornaria a Porta Romana até 1944. As vicissitudes de sua fama póstuma são muito esclarecedoras. No final do século XIX, foi considerado um artista de terceira categoria. Berenson lhe atribui uma série de obras tidas por anônimas para assim tirá-lo do esquecimento. Nos últimos tempos, Alberto Graziani «tirou» de Sassetta várias pinturas, construindo uma nova figura hipotética, chamada Maestro dell'Osservanza (nome de um mosteiro perto de Siena). Graziani procedeu como um astrônomo: ainda antes de descobrir uma nova estrela, já sabe que ela existe, porque assim se infere de seus cálculos. Um dos quadros mais belos desse artista é *O encontro de santo Antônio com são Paulo*. O caminho atravessa as colinas cobertas de mato. Primeiro se vê o pequeno santo, que com um bastão nas costas entra na floresta. Depois (ou seja, no centro do quadro) ele conversa com um fauno; os dois interlocutores são bem-educados e com certeza não tocam em assuntos dogmáticos, porque a conversa prossegue num tom muito amistoso. Finalmente, bem na borda do quadro, os dois santos se abraçam afetuosamente à frente de uma gruta do eremitério.

O pincel de Sassetta foi herdado por seu discípulo, Sano di Pietro, dono do maior ateliê de pintura de Siena. Não igualava seu mestre (era menos sutil e mais meloso), mas foi um cativante contador de anedotas. Está muito bem representado na Pinacoteca. De Sassetta assimilou uma afeição pelo vermelho, que manejava *com brio*. A paixão narrativa caracterizava todos os pintores sieneses, mas Sano di Pietro é o contador dos contadores. Num de seus quadros, narra o aparecimento da Virgem Maria ao papa Calixto III. As duas figuras ocupam três quartos da pintura. Há também um almocreve e uns burros com a carga no lombo. Um dos burros acaba de desaparecer por trás da porta rosada de Siena. Com toda a seriedade do tema principal, esse detalhe é tão cômico como o engraçado *Zwischenruf*, lançado à meia-voz durante um discurso solene.

Um dos mais sedutores pintores do Quattrocento sienês foi Neroccio, de cores delicadas e uma precisão chinesa no desenho. Foi talvez o último artista em que repercutiu a precisão linear de Simone Martini.

Assim chegamos ao declínio da escola sienense; junto com Vecchieta e Sodoma (este último apareceu de repente e como que sem avisar), entramos no crepúsculo do Renascimento.

Os quadros de Sodoma expostos na Pinacoteca não convencem, mesmo que se saiba que o mestre foi discípulo de Leonardo e que em sua carreira artística teve momentos felizes. Aqui ele é gordo, vulgar, e sua forma sofre de hidropisia. A composição de *Desmaio de santa Catarina* é pesada e pretensiosa, e seu colorido arenoso é insípido. *Cristo atado à coluna* tem o dorso do gladiador antigo, mas a pintura carece de força e expressão, embora Enzo Carli afirme que, apesar de tudo, é a mais genial e a mais sensível interpretação de *sfumato* e de claro-escuro de Leonardo. Pintava muito, passando de estilo do jovem Perugino ao estilo do jovem Rafael, mas é difícil de não concordar com Berenson quando diz que «o conjunto de sua obra é lamentavelmente fraco».

Consolo-me que Sodoma não era sienês, pois nasceu na Lombardia. Recebeu um título nobilitário do papa e se radicou em Siena, onde foi o pintor oficial. Vasari, um conhecido fofoqueiro, falava muito mal dele, como artista e como pessoa. Foi um sujeito esquisito, um boêmio em estilo dos pintores e poetas *fin de siècle*. Dizem que tinha uma gralha adestrada falante, três papagaios e várias mulheres megeras. Adorava cavalos como um sienês nato, paixão que lhe custava muito. Num de seus quadros se retratou ao lado de Rafael, o que mostra que devia ter uma convicção exagerada do próprio talento. Dizem que seu fim foi lamentável, num hospital de Siena, e que antes de morrer redigiu um testamento ao estilo de Villon.

O último pintor sienês foi Beccafumi, cuja obra dá um verdadeiro desgosto. De tão excelente escola, sobrou apenas uma fumaça colorida. Contudo, esse já foi o fim da civilização sienense. A civilização da cidade da loba afundava-se feito uma ilha. Beccafumi tranca a pintura sienense e joga a chave para o abismo do tempo.

Saio na cidade que se prepara para a *passeggiata* cotidiana, mas não consigo deixar de pensar nos pintores mortos há séculos. Lembro-me, de repente, de uma das figuras do afresco de Ambrogio Lorenzetti do Palazzo

Pubblico. A figura simboliza a Paz: uma mulher sentada à vontade, de branco, e a forma definida com uma só linha que fica nos olhos para sempre. Onde é que já vi mulheres pintadas desse jeito? Sim, os quadros de Henri Matisse. Matisse — o último sienês?

Falo da pintura, mas penso também na poesia. A escola sienense deu às gerações futuras um exemplo de como desenvolver o talento individual sem apagar o passado. Cumpriu o que escreve Eliot ao analisar o conceito da tradição que associamos com o academismo, não só na teoria, como também na prática.

> Ela não pode ser herdada; e quem a desejar, deve conquistá-la através de um enorme esforço. Em primeiro lugar, ela exige o sentido histórico que devemos considerar quase indispensável para quem quiser ser poeta depois dos 25 anos de idade; o sentido histórico envolve uma percepção não só do passado já passado, como também contemporâneo, o sentido histórico impõe ao poeta que quando escrever não tenha no sangue exclusivamente sua geração, mas a consciência de que o conjunto da literatura da Europa desde Homero, e, dentro desta, o conjunto da literatura de seu país, existe simultaneamente e compõe uma ordem simultânea.

E ainda:

> Nenhum artista de qualquer campo de arte tem em si só uma significação completa. Seu significado,

seu reconhecimento, envolvem o reconhecimento em relação aos poetas e artistas mortos. Não podemos avaliá-lo em separado, é preciso situá-lo entre os mortos, para comparar e confrontar.

A pequena *trattoria* fica cheia com seus fregueses habituais. Entram, pegam seu guardanapo de uma prateleira debaixo do relógio e sentam no lugar de costume, entre os amigos. Com apetite e competência que parecem crescer a cada geração, comem spaghetti, bebem vinho, conversam, jogam cartas e dados. A conversa é animada. O italiano talvez seja a língua mais rica em interjeições, e aqueles *via*, *weh*, *ahi*, *ih* disparam feito foguete. Acho que estão falando a respeito do Palio. Daqui a uma semana haverá o Palio.

O nome vem de um pedaço de seda pintada que cada ano é conquistado por um dos cavaleiros numa corrida ao redor de Il Campo, ou seja, da praça. Cada ano, em 2 de junho e 16 de agosto, a cidade se transforma em um grande teatro histórico de que Chesterton iria gostar muito. Os três bairros, chamados *terzi* — Città, San Martino e Camollia —, apresentam seus cavaleiros. É um vestígio da organização militar medieval que dividia a cidade em dezessete *contrade*, ou seja, pequenas comunidades militares, cada uma delas com seu comandante, sua igreja, bandeira e insígnia. Duas vezes por ano as emoções disparam, acendem-se as paixões, fazem-se elevadas apostas, desencadeiam-se intrigas complicadas em torno do provável vencedor, e não só para os turistas. A festa é colorida, barulhenta, cheia de cavalos e confusão. Sim, sim, da história sobrou o traje, e a guerra se transformou em cavalhada ao redor da praça.

Peço ao dono da *trattoria* um vinho melhor. Ele traz um chianti do próprio vinhedo, do ano anterior. Diz que sua família possui esse vinhedo há quatrocentos anos e que é o melhor chianti de Siena. Agora ele observa do balcão o que farei com tão preciosa bebida.

É preciso inclinar a taça para ver como o líquido escorre pelo vidro e não deixa resquícios. Depois se deve levantar a taça à altura dos olhos e, como orienta um gourmet francês, mergulhar os olhos nos vivos rubis e contemplá-los como um mar chinês cheio de algas e corais. O terceiro gesto: aproximar a borda da taça ao lábio inferior e respirar o aroma de *mammola*, um buquê de violetas que anuncia às narinas que o chianti é bom. Aspirá-lo ao fundo dos pulmões para obter o perfume das uvas maduras e do solo. Enfim, é preciso, mas evitando a pressa bárbara, sorver um pequeno gole e com a língua esfregar no paladar seu sabor escuro, de camurça.

Sorrio ao dono da *trattoria* em sinal de aprovação. Sobre sua cabeça se acende uma grande lâmpada de orgulho feliz. A vida é bela e os homens são bons.

Como segundo prato, pedi *bistecca alla Bismarck*. Veio cheia de nervos. Não era de estranhar. Depois de tantos anos.

É minha última noite em Siena. Vou a Il Campo jogar algumas liras na Fonte Gaia, embora, para dizer a verdade, não haja muita esperança de voltar. Depois falo ao Palazzo Pubblico e à torre Mangia (pois a quem poderia falar?): *addio. Auguri, Siena, tanti auguri.*

Volto ao Três Donzelas. Estou com vontade de acordar a camareira para lhe dizer que amanhã vou embora e que me senti muito bem aqui. Diria até que estava feliz, se não temesse essa palavra. Mas não sei se seria bem compreendido.

Vou para a cama com os poemas de Ungaretti. Acho uma despedida bem adequada:

Vejo outra vez sua boca lenta
(o mar sai ao encontro da noite)
E as pernas do teu cavalo
Em agonia afundam
Nos meus braços que cantavam,
E o sono traz de volta
As cores e os novos mortos.

A cruel solidão
Que em si descobre quem ama
Agora tumba infinita
Separa-me de você para sempre.

Querida, distante como num espelho.

UMA PEDRA DA CATEDRAL

O trem chegou à Gare du Nord antes da meia-noite. Na saída, fui abordado por um homenzinho que me oferecia um hotel. Mas passar a primeira noite parisiense na cama me pareceu um sacrilégio. Além disso, o sujeito era ruivo, portanto suspeito. «*Il y a du louche dans cette affaire*», pensei. Assim, deixei a mala no depósito de bagagem e, munido de um dicionário francês-polonês e um *Guia da Europa* (segunda edição corrigida e ampliada pelo Clube Acadêmico de Turismo, Lvov, 1909), me aventurei na cidade.

Para mim, esse livro inestimável da biblioteca de meu pai foi uma introdução aos mistérios de Paris. Era da época em que, na cidade, circulavam ônibus puxados por três cavalos brancos; na Rue de l'Estrapade prosperava a pensão polonesa da sra. Pióro; e a Instituição de Virtude e Pão, fundada em 1862, desenvolvia sob a presidência de Zamojski suas atividades caritativas. As informações culturais no guia eram escassas, mas substanciais; por exemplo, dizia que os teatros são numerosos, mas os preços exorbitantes, e que não se deve ir com as damas à galeria. Na parte *Museus e curiosidades*, o guia destacava *les égouts* (os canais), sobretudo porque a prefeitura oferecia entradas grátis. A recomendação mais tentadora era uma visita a La Morgue, localizada ao lado da igreja de Notre-Dame. «Aqui são expostos os cadáveres não identificados. Congelados, podem ser guardados por um período de até três meses.»

Segui pelo Boulevard de Sebastopol, atordoado pela movimentação das pessoas, das luzes e dos veículos. Eu queria chegar ao rio Sena a todo custo, pois minha experiência de provinciano me dizia que do outro lado do rio devia ser menos barulhento. Atravessei a ponte e me encontrei na Cité. Aqui de fato estava mais tranquilo e apagado. Começou a chover. Passei pela Concièrgerie, um edifício lúgubre como uma ilustração de Victor Hugo, e cheguei à praça, dando de cara com a iluminada catedral de Notre-Dame. Foi então que aconteceu. No mesmo instante fiquei sabendo que não escreveria meu trabalho sobre Paul Valéry e que, para a decepção de meus colegas, voltaria à Polônia sem saber quem é o poeta francês mais celebrado do momento.

Hospedei-me perto da catedral, na ilha de Saint Louis. Poucos dias depois, aproveitando o desconto oferecido nas passagens aos domingos, fui a Chartres. Aqui selei meu destino de apreciador do gótico. Desde então, eu aproveitava qualquer ocasião para levar adiante um plano louco de visitar todas as catedrais francesas. É evidente que o plano não foi realizado na íntegra, mas pelo menos visitei as mais importantes:

Senlis, Tours, Noyon, Laon, Lyon, Châlons-sur-Marne, Reims, Rouen, Beauvais, Amiens, Bourges. Voltava dessas expedições como se tivesse ido às montanhas, e mergulhava nos livros da biblioteca da abadia de Saint-Geneviève. No início, procurava ingenuamente uma fórmula que definisse o gótico em sua totalidade: sua construção, o simbolismo e a metafísica. Mas os sábios, prudentes, não ofereciam uma resposta unívoca.

Tive a ideia deste ensaio em Chartres, quando estava num pórtico de pedra chamado Clocher Neuf. As nuvens passageiras davam uma ilusão de voo. Sob meus pés havia um enorme e musgoso bloco de arenito com uma flecha gravada — a marca do construtor. Assim, em vez de escrever sobre os vitrais que modulam a luz, como o canto gregoriano modulava o silêncio, e sobre as misteriosas quimeras que contemplam o abismo dos séculos, talvez valesse a pena pensar como essa pedra chegou aqui em cima. Portanto, pensar sobre os operários, construtores, pedreiros e arquitetos — não sobre o estado de sua alma quando erguiam a catedral, mas que materiais, ferramentas e técnicas utilizavam, quanto ganhavam. Um objetivo modesto, como se um contador escrevesse sobro o gótico — mas a Idade Média ensina a modéstia.

No decorrer dos séculos, o gótico foi o mais humilhado e menosprezado dos grandes estilos da história da arte. Era inconcebível, portanto foi odiado. Os críticos atiravam nele palavras insultuosas, como os soldados napoleônicos na cara da esfinge. As perucas dos clássicos se eriçavam quando eles observavam essas construções desvairadas: «Tudo cheio de janelas, rosetas e agulhas; as pedras parecem cortadas como cartolinas, todas esburacadas, tudo suspenso no ar».

Mas a questão não se reduziu à polêmica verbal. Napoleão III derrubou sem escrúpulos dezenas de igrejas góticas em Paris. Os projetos das demolições bárbaras aparecem já no início do século XIX, mas o que os caracteriza é apenas a preocupação de como se livrar «daquelas obras-primas de mau gosto» com o menor custo possível. No século XVIII, derrubou-se uma das mais belas igrejas góticas, a de São Nicasius, assim como a catedral de Cambrai, entre muitas outras. Não havia piedade para «o estilo dos godos», que «se guiava por um capricho desprovido de qualquer nobreza e que envenenou as belas-artes», segundo o enciclopedista *chevalier* de Jaucourt.

Milhões e milhões de toneladas de pedra. Durante trezentos anos — desde o século XI até o século XIV —, na França se extraiu mais pedra do que no antigo Egito, um país de construções gigantescas. Oitenta catedrais e quinhentas grandes igrejas, construídas naquele período, formariam juntas uma cordilheira erigida pela mão do homem.

Num dos livros que pesquisei, vi um desenho da fachada de um templo grego inscrito na fachada de uma catedral gótica. Pelo desenho, deduz-se que muitas construções poderiam ser contidas, como numa mala, dentro de catedrais como Amiens ou Reims. Porém, essa comparação não significa muito e, de qualquer forma, não explica nada a respeito da função dos edifícios sacros naqueles diferentes períodos. O *templum* antigo foi a casa de Deus, enquanto a catedral é a casa dos fiéis. Os imortais são sempre menos numerosos do que os fiéis.

A superfície das grandes catedrais oscila entre 4 mil e 5 mil metros quadrados; assim, cada uma delas podia perfeitamente abrigar os moradores da cidade inteira, inclusive os peregrinos. Um empreendimento desses exigia investimentos financeiros enormes. Portanto, é preciso começar das finanças.

Não há nenhuma evidência por escrito de que antes do início daqueles trabalhos monumentais fazia-se algum orçamento ou relação dos gastos preliminares. Na contabilidade medieval, imperava o princípio romântico de medir as forças após os planos. No início, aliás, graças ao entusiasmo colossal dos fiéis, para os quais a catedral era também uma questão de patriotismo local, não faltava dinheiro, mas depois as coisas mudaram.

Isso explica por que tão poucas catedrais têm o mesmo estilo e foram construídas de uma só vez. E mais uma questão: os custos superavam os meios de que uma pessoa podia dispor, mesmo que fosse um soberano.

Para assegurar o fluxo contínuo dos recursos, os papas do século XIII exigiam que um quarto das receitas de cada igreja fosse destinado a custear a construção. Porém, essa exigência nem sempre era cumprida. Então, os soberanos, como João da Boêmia, repassavam os lucros procedentes das minas de prata reais. As comunas municipais não ficam atrás. Em Orvieto fez-se, no ano de 1292, um censo dos habitantes e se fixou um imposto proporcional aos bens de cada um, destinado ao Duomo em construção. Também se conserva um interessante registro dos doadores da catedral de Milão que inclui todas as profissões e camadas sociais, sem excluir as cortesãs. Muitas das doações foram feitas em bens, e assim, a rainha de Chipre oferece a uma catedral italiana um magnífico tecido de ouro. A febre de caridade causa também conflitos familiares. Um cidadão italiano solicita a devolução dos botões de ouro que sua mulher ofereceu para a obra de construção. Ao lado das igrejas abrem-se grandes lojas em que se pode comprar tudo que os fiéis oferecem: desde joias preciosas até galinhas.

Os arrecadadores cruzam países longínquos a fim de conseguir recursos que viabilizem a construção. Quando os cistercienses começaram a erigir a abadia em Silvacanes, pediram ajuda ao imperador de Constantinopla, ao rei da Sicília e ao duque de Champanhe. Entretanto, os fiéis organizavam-se em confrarias cujo objetivo era providenciar ajuda material para a construção iniciada. Havia diversas confrarias, mas talvez a mais pitoresca tenha sido a confraria de jogadores de boliche de Xanten (uma tradução aproximada para *confrarie des joueurs de boule*). Foi uma confraria respeitável, pois entre seus membros figurava até um bispo. Tampouco podemos esquecer as receitas da venda dos valores espirituais, como as indulgências. Em 1487, elas cobriram um terço dos gastos da construção da Igreja Colegial de São Vitor, em Xanten. Aliás, a aquisição do direito de conceder indulgências não era gratuita. Em 1397, os milaneses compraram do papa por quinhentos florins «*unam bonam indulgentiam*».

Quase sempre a arrecadação dos fundos, sobretudo quando realizada longe do lugar da construção, era acompanhada pela peregrinação das relíquias, o que em cada cidade visitada se transformava numa grande festa. É o que as miniaturas registram em detalhes: uma procissão com o relicário passa pela rua entre a multidão ajoelhada. Os doentes estendem as mãos, as mães com crianças pedem passagem para poder tocar o milagre.

A Igreja protestava contra o culto dos objetos sagrados, mesmo antes que Boccaccio começasse a ridicularizá-los. O Concílio Laterano, em 1216, proibia a veneração das relíquias sem permissão especial. No entanto, a iniciativa extraordinária e a coragem dos arrecadadores é digna de admiração. Em 1112, depois de um incêndio que causou graves danos à catedral de Laon, seis cônegos recolheram as relíquias salvas: uma faixa da roupa de Nossa Senhora, um pedaço de esponja com que deram de beber a Jesus na cruz e uma lasca da cruz. Depois das procissões em várias cidades francesas, os peregrinos retornaram com a soma que achavam suficiente para a conclusão da obra. Infelizmente, o dinheiro recolhido acabou muito rápido e foi preciso empreender uma nova expedição. Sua história daria um bom romance: mescla viagem marítima, bandidos, ladrões, piratas e astutos flamengos, comerciantes de tecidos. Depois de três meses de peregrinação e aventuras, os piedosos viajantes retornam felizes, e com uma soma que permite concluir a construção da catedral em menos de um ano. Mas nem sempre foi possível solucionar problemas de equilíbrio entre receitas e despesas com tanto sucesso. Nos relatórios da construção, aparece muitas vezes uma anotação: «No canteiro da obra nada acontece. Falta de dinheiro».

Outro problema grave que os construtores das catedrais tiveram de enfrentar foi a questão do transporte. Os meios utilizados não mudaram desde a Antiguidade, ou seja, as rotas eram marítimas e os carros, puxados por mulas e cavalos. Se a pedreira localizava-se a alguns quilômetros do lugar da construção, como ocorria em Chartres, um carro desses podia trazer por dia apenas uma pequena porção de pedra, cerca de quinhentos quilos, aproximadamente um metro cúbico.

Um provérbio francês diz: «Um castelo demolido é a metade de um castelo construído». Na catedral gótica há pedras procedentes das muralhas e dos edifícios do Império Romano. Para construir um enorme templo de Santo Albano, foram demolidos os restos da cidade antiga de Verulamium. Podemos multiplicar ao infinito exemplos como esse. As crônicas relatam casos das milagrosas descobertas de novas jazidas de pedra, como em Pontoise, que abasteciam a construção de Saint-Denis. Mas isso não acontece com muita frequência. Pelo Reno, pelo Ródano, pelo Arno navegaram blocos de mármore branco e rosa, colunas e capitéis antigos. A altiva e poderosa Veneza enviava suas naus à Sicília, a Atenas, a Constantinopla, à Ásia Menor, inclusive à África, em busca dos materiais de construção para a basílica de São Marcos.

E os custos do transporte? Se o material procedia de lugares afastados dezenas de quilômetros ou mais, seu preço aumentava quatro ou cinco vezes. Nas pedreiras de Caen pagava-se uma libra, seis xelins e oito pences por uma unidade de pedra. Quando chegava ao lugar de construção da catedral de Norwich, seu preço subia para quatro libras, oito xelins e oito pences. Calcula-se que o custo global de muitas catedrais poderia ter se reduzido à metade se não fossem as despesas com o frete.

Portanto, a demolição dos edifícios antigos não pode ser vista como um vandalismo cego, pois foi uma dura necessidade econômica. Percebeu-se muito cedo que a única maneira de reduzir efetivamente os custos de transporte era trabalhar o material nas mesmas pedreiras para que ele pudesse ser levado ao canteiro de obras como produto final, portanto mais leve do que os blocos irregulares de matéria-prima. Assim, os pedreiros e os mestres de obras deslocam-se às pedreiras, onde trabalham sob a supervisão do arquiteto. Essa prática propaga-se cada vez mais, resultando até no surgimento, na Inglaterra, de empresas fornecedoras de elementos pré-fabricados, inclusive esculturas.

É impossível esquecer um modo de transporte original, utilizado talvez só na Idade Média, ou seja, os ombros e as costas dos fiéis, oferecidos por eles voluntariamente. Antes que os peregrinos chegassem à famosa Santiago de Compostela, em Triacastela cada um recebia uma porção de calcário que devia levar até Castañeda, onde ficavam os fornos. Uma carta do abade Haimon de Chartres, datada de 1145 e citada inúmeras vezes, descreve uma multidão de mulheres e homens, de todos os estados (o que para os comentaristas críticos parece uma hipérbole), puxando carros cheios de «vinho, trigo, pedras, madeira e outras coisas indispensáveis tanto para a vida quanto para a construção da igreja». Milhares de pessoas marchavam em silêncio absoluto. A imagem dos peregrinos em trabalho voluntário complementa inúmeros textos literários. Durante a construção da catedral de Vézelay, a esposa do duque Girat de Roussillon, Berta, abandona à noite o leito conjugal. O duque a segue cheio de suspeitas:

> *Et voit venir de loin la dame et ses ancelles*
> *Et de ses plus privées pucelles demoiselles,*
> *Qui venoient tout chargié de sablon et d'arène,*
> *Si qu'elles ne pouvoient monter fort qu'à grant peine.*

No entanto, é preciso desconfiar dessas belas histórias, mesmo que representem com fidelidade o ambiente, o contexto social e a atmosfera do milagre que rodeia a construção das grandes catedrais: será que realmente contribuíam para os avanços da construção? Os pesquisadores mais cautelosos têm suas dúvidas. As massas inspiradas pelo mais puro entusiasmo decerto não foram o fator decisivo nessa grande batalha arquitetônica.

Não só as crônicas, mas também os vitrais, as miniaturas e gravuras constituem uma fonte inesgotável de informações a respeito de tudo que ocorria com o material a partir de sua chegada no canteiro de obras. Sobretudo o tema da torre de Babel, predileto na Idade Média, proporciona muitas e preciosas pistas.

Os operários carregavam as pedras e a argamassa nos ombros ou as transportavam por meio de máquinas simples, baseadas no princípio de alavanca. As grandes plataformas de madeira utilizadas na Antiguidade, apoiadas no chão e com níveis crescentes de construção, não podiam ser utilizadas devido às numerosas edificações ao redor da catedral. Os andaimes não chegavam à base da construção e pareciam ninhos de andorinha suspensos numa altura vertiginosa. No topo dos muros levantados, era possível ver gruas e guindastes primitivos. A corda que prendia as pedras era enrolada num tambor, como nos poços das aldeias de hoje. Utilizavam-se também grandes rodas movidas pelas pernas dos trabalhadores. As igrejas da Alsácia e as catedrais inglesas guardam as coleções dessas máquinas simples. Nada indica que na Idade Média tenha sido inventado algo que pudesse substituir, ou ao menos aliviar, o esforço dos músculos humanos. Portanto, as catedrais góticas são literalmente obras das mãos dos homens.

A gama de ferramentas era muito básica: uma serra para cortar blocos de arenito, vários tipos de martelo com ponta afiada ou cega, trolhas, e também instrumentos de medição — o esquadro, o prumo. Há uma polêmica acerca do período em que apareceu o cinzel de bordas largas; talvez só no século XIV. As ferramentas dos construtores das catedrais não difere muito daquelas dos construtores da Acrópole.

No entanto, não era isso que comprometia significativamente o ritmo das obras. As finanças e o transporte (*lenta convenctico columnarum*) eram os pontos fracos dos ambiciosos empreendimentos. A construção da catedral de Chartres durou cinquenta anos; a de Amiens, sessenta; a de Notre-Dame, oitenta; a de Reims, noventa; a de Bourges, cem. Quase nenhuma das catedrais góticas foi concluída durante a vida daqueles que haviam sonhado com suas torres nas nuvens.

Um grande medievalista belga, Henri Pirenne, traçou uma analogia entre a dinâmica da sociedade europeia dos séculos XI e XII e aquilo que acontecia em meados do século XIX na América. A construção das grandes catedrais é impensável sem o desenvolvimento das cidades e sem as transformações da estrutura econômica. A terra deixa de ser a única fonte de riqueza, o valor dos bens móveis aumenta, desenvolve-se o comércio, surgem os bancos.

A Igreja desconfiava daqueles que enriqueciam consideravelmente por meio das manobras inteligentes e não pelo trabalho braçal. Aos primeiros, não restava senão doar uma parte dos lucros para fins elevados. Mesmo que seja apenas uma verdade parcial, podemos arriscar a afirmação de que foi da consciência suja da burguesia em formação que surgiram as edificações góticas.

As catedrais eram objeto de orgulho e um sinal de poder visto de longe. Mas também um lugar de atividades e encontros de natureza não apenas religiosa. O homem medieval sentia-se na igreja como se estivesse em casa. Muitas vezes comia, dormia e falava em voz alta no recinto. Como não havia bancos, as pessoas passeavam livremente pelo interior e abrigavam-se nos dias de mau tempo. As proibições das autoridades eclesiásticas de realizar reuniões leigas nas igrejas indicam que esta devia ser uma prática bastante comum, o que se comprova por mais um detalhe: em muitas cidades nas quais havia uma catedral ou uma grande igreja não se construía um paço municipal. Os vitrais não representavam apenas as vidas dos santos, mas também funcionavam como publicidade para comerciantes, carpinteiros ou sapateiros. E é de conhecimento comum que se lutava acirradamente pelo lugar mais vantajoso na colocação dos vitrais patrocinados. «O mais vantajoso» quer dizer o mais perto possível dos olhos do eventual cliente.

O fato de que os reis e os príncipes tiveram um papel muito modesto na construção das catedrais é surpreendente e digno de reflexão, sobretudo considerando o grau de seu engajamento pessoal num empreendimento desses. Além dos templos estritamente reais, como Sainte-Chapelle ou a abadia de Westminster londrina, o papel dos soberanos limitava-se a subvenções financeiras, a raras visitas ao canteiro de obras e, às vezes, ao envio do arquiteto da corte para realizar uma perícia. E mais nada.

Na Inglaterra, na França e na Alemanha, os encarregados de cuidar da forma e do destino da obra eram os abades e os bispos, enquanto na Itália esse papel cabia às comunas municipais. O abade Suger é um exemplo e símbolo daqueles que dedicam toda a sua energia, tempo e talento à catedral. Podemos imaginá-lo discutindo com ourives e pintores, definindo a iconografia dos vitrais, subindo os andaimes, liderando uma expedição de lenhadores à procura de árvores suficientemente grandes e fortes nas florestas dos arredores. Graças a ele, Saint-Denis foi erguida em três anos e três meses, um tempo recorde de construção, insuperável durante séculos. Em Notre-Dame esse papel coube a Sully; em Amiens, ao bispo Évrard de Fouilloy; e em Auxerre, a Gautier de Mortagne.

Mas nem os maiores esforços de uma pessoa enérgica eram suficientes para assegurar uma supervisão contínua a um empreendimento de tal porte. Surgem, então, as instituições, espécies de empresas, com nomes diferentes em cada país: *fabrique*, *oeuvre*, *Werk*, *work*, *opera*. As instituições se ocupam de toda a complicada máquina de gestão e contabilidade, dispõem das finanças, empregam artistas e operários, guardam plantas da obra. Os capítulos delegavam um ou dois clérigos, que eram então chamados de *custos fabricae*, *magister fabricae*, *magister operis*. Não se tratava de técnicos, como poderiam sugerir esses títulos, mas de administradores. Aliás, a própria administração passa por um processo de especialização que leva ao surgimento de várias repartições. Na França, *la fabrique* ocupa-se da gestão das finanças; *l'ouvre*, das questões relacionadas com a construção no sentido estrito da palavra. Com o tempo, esses novos órgãos administrativos ganham uma considerável autonomia, sobretudo na Itália, onde as comunas desempenham um papel decisivo na obra de construção das catedrais.

Vejamos os homens do canteiro de obras. Eles formam uma pequena sociedade hierárquica. Na base, vemos os operários, que nas miniaturas são apresentados subindo as escadas carregados de pedras e baldes de argamassa ou pacientemente girando a roldana. Em geral eram recrutados dentre os camponeses foragidos, filhos de famílias numerosas das aldeias que iam à cidade em busca de pão e liberdade. Para os não qualificados sobrava o trabalho mais pesado: cavar fundamentos, às vezes de dez metros de profundidade, e transportar os materiais. Mas não perdiam a esperança, sobretudo os mais jovens e empreendedores, de que um dia passariam aos outros os baldes pesados e colocariam as pedras no topo. Os incentivos econômicos contavam muito. Um carregador de pedras e um cavador de enxada ganhavam sete dinares por dia; um pedreiro, 22 dinares.

Seria de estranhar o fato de que as pessoas que se apresentavam para trabalhar na construção como voluntários não eram vistas com bons olhos? Um deles foi o ilustríssimo Renaud de Montauban, que buscava expiar seus pecados por meio do trabalho pesado. A canção de gesta intitulada «Quatre Fils Aymon» conta que à noite, quando os trabalhadores receberam por sua jornada, Renaud aceitou só um dinar. E não pensem que trabalhava mal, ao contrário, carregava pedras por três homens, tanto que os pedreiros brigavam disputando sua ajuda. Foi chamado «operário de São Pedro», mas depois de oito dias seus desesperados companheiros deram-lhe um golpe de martelo na nuca e jogaram seu corpo no Reno. A conclusão que podemos tirar dessa história sangrenta é que o número de operários não qualificados era bem alto, e a luta pelo trabalho, impiedosa. A relação entre os operários qualificados e não qualificados foi de um para três, um para quatro e até mais. Os abades de Ramzey censuram os que vêm à construção não por devoção, mas por amor ao salário, «*par l'amour de la paie*», o que, aliás, não nos surpreende.

Quando observamos de fora, parece que entre os operários e os mestres de obras havia um abismo, mas não era assim. As catedrais góticas são grandes improvisações e exigiam relações orgânicas entre todos os envolvidos na construção, o que resultava até da própria natureza do material. A pedra, talhada no chão pelos pedreiros, precisava chegar a um lugar definido com precisão, pois não era um elemento substituível como o tijolo. Deve ser por isso que na lista dos pagamentos, organizada conforme o modelo econômico e não o nível dos salários, é possível ver nitidamente os grupos de trabalho. Logo abaixo da posição de mestre de obras aparece o posto dos ajudantes chamados *valets*, *compagnons*, *serviteurs*. Estes últimos tinham de aprender o ofício por necessidade, mesmo que fosse algo simples como o preparo da argamassa. E os estucadores figuram na lista dos ofícios elaborada por Étienne Boileau.

Os pedreiros e mestres de todo tipo que trabalhavam com madeira, pedra, chumbo ou ferro pertenciam ao grupo superior. Eles eram os construtores. O papel dos pedreiros na colocação das pedras é de muita responsabilidade, como bem testemunham os termos ingleses: *setter*, *layer*. Deles dependia se o arco ia suportar a pressão da abóbada e se o seu fecho não se despedaçaria. As miniaturas os apresentam no topo da construção com uma trolha, um nível e um prumo. Seus nomes desaparecem do registro dos pagamentos no inverno, quando abandonam a construção, deixando nas partes superiores dos muros a palha e os ramos secos que os protegiam do frio e da umidade.

Por outro lado, pouco ou quase nada sabemos sobre os que trabalhavam nas pedreiras. Eles raramente são mencionados, e no detalhado estatuto de Étienne Boileau nem aparecem. Eram mal pagos e trabalhavam em condições extremamente adversas. São soldados anônimos da cruzada das catedrais. Mas sem eles, que nas galerias subterrâneas, úmidas e escuras trabalhavam tão duro, sem eles que esculpiam em pedra os negativos das catedrais, seria inconcebível tudo aquilo que foi criado para ser admirado pelos olhos humanos.

Em geral, a exploração das pedreiras começava ainda antes do início da escavação dos fundamentos. Trabalhavam em grupos de oito operários sob a direção de um mestre de obras que ganhava bem mais do que eles e ainda recebia extra por pedra. O ritmo de trabalho devia ser bem acelerado, pois a cada quarto de hora saía da pedreira um carro carregado de material, como consta nos registros referentes às pedreiras sob a administração da abadia cisterciense de Vale Royal, em Cheshire.

Em 1277, Walter de Chereford, superintendente dos trabalhos em Vale Royal, teve a ideia de construir um galpão para os pedreiros. Decerto ele não imaginava que essa *logia*, como se dizia em francês, iria fazer uma carreira política tão brilhante. Porém, seu início foi muito prosaico e prático. Tratava-se de assegurar, aos que talhavam as pedras e preparavam os elementos para as esculturas, um abrigo onde pudessem comer e proteger-se do calor e do frio, pois suas moradias ficavam em outra localidade. E sabe-se, com certeza, que a barraca dos pedreiros (a primeira foi construída com 1400 tábuas, portanto era pequena e bem rústica) se tornou também um lugar de disputas profissionais. Existe um documento que relata uma intervenção da polícia episcopal, que precisou acalmar os ânimos dos pedreiros numa dessas disputas. Isso não ocorreu na Inglaterra, e sim na França, durante a construção da catedral de Notre-Dame, pois o costume de construir tais lojas espalhou-se com rapidez por todos os países.

No quadro de Van Eyck que representa santa Bárbara, padroeira dos construtores, a *logia* (ou seja, a «barraca»), ao lado do templo monumental, parece uma gaiola de pássaros. E, de fato, podia abrigar no máximo vinte artesãos, que eram realmente como aves migratórias. Os tempos eram de trânsito livre, não havia necessidade de passaportes, portanto frequentemente eles atravessavam o canal da Mancha, o Reno e até viajavam com os cruzados à Palestina. Às vezes eram levados pelo arquiteto, como fez Étienne de Bonneuil quando foi construir a catedral de Uppsala. Não era apenas o desejo de aventura que motivava as viagens dos mestres de obras, mas também a procura de melhores condições de trabalho. Muitas vezes fugiam do trabalho forçado, sobretudo na Inglaterra, onde o rei, por intermédio dos xerifes, recrutava à força e por tempo ilimitado os mestres de obras e pedreiros necessários para a construção de castelos que às vezes ficavam centenas de quilômetros distantes de suas casas. Todavia, os construtores das catedrais eram artesãos livres.

Todos os que trabalhavam a pedra eram chamados de *tailleurs de pierre*, nome francês que abarcava tanto os que talhavam blocos de pedra como aqueles que faziam rosetas, o arco da abóbada e até as esculturas. Um dos mistérios da arquitetura gótica é o fato, inimaginável para nós, de que esses escultores não eram considerados artistas e se diluem na massa anônima dos pedreiros. Sua individualidade sofria um controle por parte do arquiteto e do teólogo. O Concílio de Niceia de 787 constatou que a arte é coisa do artista, mas a composição (hoje diríamos: o conteúdo) pertence aos Padres. Essa afirmativa não devia ser uma mera declaração, pois em 1306 o escultor Tideman foi obrigado a retirar sua figura de Cristo de uma igreja de Londres, por ser considerada incompatível com a tradição e, além disso, devolver o dinheiro cobrado pelo trabalho.

A terminologia utilizada para denominar diferentes artesãos é pobre e bastante confusa. Muitas vezes tem a ver mais com as circunstâncias do que com sua função. Assim, o termo inglês *hard hewers* definia os artesãos que trabalhavam a pedra pesada, como a dos arredores do condado de Kent, ao contrário daqueles que lavravam a pedra delicada própria para esculturas, que eram chamados *freestone masons* (posteriormente, passou-se a usar a forma mais curta, *freemasons*, da qual deriva a palavra francesa franco-maçom, embora esta última fosse desconhecida na Idade Média e tenha entrado em uso apenas nos tempos da franco-maçonaria especulativa, no século XVIII). Diante do majestoso portal de

Chartres, facilmente percebemos que as esculturas são feitas num tipo de pedra diferente, de um grão mais fino do que a dos muros.

A jornada de trabalho era regulada por um relógio solar. Começava de madrugada e terminava ao anoitecer. Consta nos documentos da segunda metade do século XVI que os pedreiros ingleses tinham, no inverno, uma hora de folga para almoço e quinze minutos de descanso à tarde, enquanto no verão dispunham de uma hora para almoço e dois intervalos de meia hora. No inverno, trabalhava-se entre oito e dez horas, e no verão, doze horas. Havia cinquenta feriados no ano, o que, somados aos domingos, perfazia por volta de 250 dias de trabalho efetivo.

Para atrair operários qualificados, assegurava-se a eles alojamento nas estalagens. O primeiro hotel para mestres de obras, o *hospicium lathomorum* — que contava até com sua própria cozinha —, surgiu bem mais tarde: apenas no século XVI é que ele aparece na Inglaterra, perto de Eton.

A escala de salários era bem diferenciada. Knopp e Jones computaram em Caernarvon, entre 1278 e 1280, dezessete diferentes salários de pedreiros. Aos operários não qualificados pagava-se a jornada no fim do dia. Os artesãos recebiam seu salário aos sábados.

Quanto ganhavam? É uma pergunta difícil, pois sabemos bem como é fácil fabricar tabelas enganosas demonstrando que estamos bem ou que já estivemos melhor, ou que em outro lugar se vive muito melhor. A questão se complica quando uma época distante entra em jogo. As necessidades mínimas de um ser humano são muito relativas. Segundo Pierre de Colombier — pesquisador francês que dificilmente seria suspeito de parcialidade —, as condições materiais dos trabalhadores na Idade Média eram melhores do que no final do século XIX. É preciso acrescentar que se trata dos trabalhadores qualificados, e não dos que abriam galerias escuras nas pedreiras. Baissel demonstra, com base em suas detalhadas investigações, que para comprar sessenta quilos de trigo, um pedreiro no século XIV tinha de trabalhar doze dias; no ano 1500, vinte dias; e no ano 1882, 22 dias.

Outro indicador, ainda mais convincente, é a comparação entre o salário do pedreiro londrino cuja alimentação era oferecida pela empresa de construção e a remuneração do pedreiro que comia fora do trabalho. O primeiro recebia dois terços do salário do segundo, e no século XVI, só a metade. As pesquisas contemporâneas sobre o orçamento da família trabalhadora demonstram que mais de um terço da renda são gastos com alimentação.

São poucos os registros que nos permitem esmiuçar as relações entre o empregador e o empregado. No século XII, houve uma greve na construção do mosteiro de

Obazine. Os trabalhadores não aguentaram uma longa abstinência da carne e então compraram um porco, mataram-no, comeram uma parte e guardaram o resto. O abade Stedan descobriu a carne escondida e mandou jogá-la fora. No dia seguinte, os trabalhadores recusaram-se a trabalhar e chegaram a insultar o abade. Este, por sua vez, disse que ia encontrar trabalhadores capazes de resistir às tentações corporais e construir a casa de Deus melhor do que os revoltados. Tudo acabou com o arrependimento destes últimos. Em Siena, durante trinta anos debateu-se a questão relativa ao vinho dos vinhedos pertencentes à administração, o qual os construtores da catedral queriam tomar durante o trabalho. Aliás, sua justificativa era bem racional: diziam que não queriam perder tempo e sair do trabalho para molhar a garganta. Finalmente, a administração da obra cedeu, satisfazendo às demandas humanas e justas dos trabalhadores.

De acordo com a tradição medieval, os construtores das catedrais descendiam dos construtores do templo de Salomão. Uma linhagem honrosa e, ao mesmo tempo, mística. Também nas narrativas contemporâneas a figura do arquiteto medieval é cercada por uma aura de mistério; ele é meio mago, meio alquimista, um astrônomo das abóbadas cruzadas, homem misterioso, vindo de longe, que possuía conhecimentos esotéricos das proporções perfeitas e o segredo bem guardado da construção. Na realidade, o início dessa profissão foi bem modesto e o arquiteto perdia-se na multidão dos mestres de obras anônimos. A própria noção de arquiteto nos textos medievais é incerta e ambígua, o que comprova que sua função e seu papel na construção foram pouco definidos. Em geral, tratava-se de um construtor ou pedreiro, trabalhador físico como os outros construtores e pedreiros. Às vezes, o papel do arquiteto era assumido pelo próprio patrono, um abade ou bispo, que era uma pessoa instruída, experiente e conhecia outros países, o que adquiria especial importância, pois muitas vezes as catedrais eram cópias dos templos já existentes.

O papel do arquiteto vai se definindo e sua importância aumenta em paralelo ao crescimento das catedrais góticas. A posição e o prestígio dessa profissão firmam-se em meados do século XIII. Mas justamente dessa época data um texto surpreendente que nos deixa perplexos. Nicolas de Biard, moralista e pregador, diz indignado: «Já virou costume que nas grandes construções exista um mestre que dirige os trabalhos com as palavras, e raras vezes, ou nunca, põe a mão na obra; mesmo assim, recebe um salário maior do que os outros». Depois ele diz com desprezo que o tal indivíduo, de luvas e armado de bastão, dá ordens: «Lavra essa pedra assim e assim», mas ele mesmo não trabalha, como os prelados de hoje, acrescenta Nicolas de Biard para completar a condenação.

O texto citado demonstra que a emancipação da nova profissão não foi fácil. A arquitetura não era disciplina de estudos universitários. Ao lado dos artesãos experientes, apareciam também amadores que se iniciavam na profissão, como o famoso Perrault, «que de mau médico passou a ser bom arquiteto», ou Wren, matemático e astrônomo, ou Vanbrugh, comediógrafo. Pelo menos eles eram, como diríamos hoje, intelectuais. Mas, como menciona Peach, havia também gente simples – por exemplo, um pedreiro de uma aldeia – e analfabeta, que construiu em Malta uma enorme igreja com a cúpula. Também as ordens religiosas se dedicavam a esse ofício. Na Idade Média, os monges cistercienses gozavam de grande reputação como construtores, o que até se tornou motivo de discussão entre o papa e Frederico II. Este último obrigava os monges cistercienses a construírem seus castelos.

À arquitetura foi negado um lugar entre as artes liberais, e isso deve ter ferido o orgulho dos arquitetos, que procuravam compensar essa injustiça usurpando os títulos universitários, como *magister cementariorum* ou *magister lapidorum*. Sabemos que isso provocou protestos do grêmio dos advogados parisienses, que não queriam admitir nenhuma relação com os pedreiros. (Pobres juristas. O que sobrou de sua casuística além de constituir um rico tema das comédias?)

Mas o auge de tudo foi a inscrição na lápide de Pierre de Montreuil, arquiteto de São Luís e criador da

Sainte-Chapelle. Ele é chamado não só a flor de bons costumes, como também recebe um título completamente novo: *docteur* ès *pierres*. No entanto, foi o apogeu de uma carreira individual que não deve encobrir os inícios tão modestos da profissão.

Que ideia nós temos do arquiteto? É quem elabora as plantas. Conservaram-se as plantas das catedrais medievais? Só a partir do século XIII. Dessa época data um precioso álbum de Villard de Honnecourt, de que falarei mais adiante. É verdade que existe o projeto da abadia de São Galo no século IX e o plano de separação das águas para a abadia de Canterbury no século XII, mas seria difícil chamar esses esboços de plantas, em virtude de sua perspectiva ingênua que lembra desenhos de crianças. O alto preço do pergaminho pode explicar muito bem essa falta das principais fontes para a história da arquitetura. Talvez as plantas fossem desenhadas em materiais menos duráveis e de conservação mais difícil. Ou dizer que o esboço da construção iniciada só existia na mente dos autores de forma muito vaga talvez seja outra blasfêmia direcionada aos construtores das catedrais, além da já mencionada falta de previsão de gastos.

As empresas de construção das catedrais em Estrasburgo, Colônia, Orvieto, Viena, Florença e Siena guardavam com zelo os projetos que nos séculos XIV e XV apareceram em grande quantidade. Naquele período surgem os *tracing houses*, *chambres aux traits*, pequenos grupos de desenhistas, como os chamaríamos hoje, subordinados aos arquitetos. O pergaminho ficou mais barato e a técnica de desenho progrediu muito, mas mesmo assim não é fácil reproduzir a história da construção a partir desses materiais, uma vez que geralmente se desenhava as plantas das elevações e das fachadas, e quase nunca do edifício todo. Além disso, ninguém se preocupava com a precisão nem com a manutenção da escala. Assim, eram mais esboços resumidos do que plantas técnicas exatas para os executores da obra. Pode-se dizer o mesmo dos modelos feitos de cera ou de madeira coberta de gesso, que nos quadros aparecem nas mãos de santos ou patrocinadores. Todos eles eram meios de comunicação entre o arquiteto e o patrono da construção, e não entre o autor do projeto e seu executor.

Por sorte, preservou-se um documento que nos permite adentrar a oficina do arquiteto de maneira mais profunda e precisa do que por meio de todos os relatos e plantas conservados. É o primeiro e único manual de arquitetura medieval, uma pequena enciclopédia de conhecimentos sobre a construção e, ao mesmo tempo, um caderno de anotações e desenhos, conselhos práticos e invenções. Trata-se do álbum de Villard de Honnecourt. Infelizmente, as 33 folhas de pergaminho que chegaram aos nossos tempos representam apenas metade da obra. Falta toda a parte dedicada à construção em madeira e à carpintaria, que para os construtores das catedrais teve uma importância fundamental. Contudo, o material contido nesse vade-mécum de arquiteto transborda as folhas do caderno.

E ali há de tudo: mecânica, geometria, trigonometria prática, esboços de catedrais, desenhos de animais, de homens, ornamentos e detalhes arquitetônicos. Isso se deve ao fato de que Villard, procedente da pequena aldeia de Honnecourt, na Picardia, era um homem de curiosidade insaciável. Viajava muito, conhecia várias catedrais góticas, em Meaux, Laon, Chartres, Reims, esteve também na Alemanha e na Suíça, chegou até a Hungria. Em todo lugar, desenhava e anotava coisas que lhe interessavam: o plano de um coro, uma cigarra, uma roseta, um leão, um rosto humano sobressaindo de uma folha, uma deposição da cruz, atos, figuras em movimento. Alguns desenhos são esquemáticos, inscritos no retângulo ou no triângulo, como se Villard guiasse a mão pesada de um escultor. Outros, como a figura de uma mulher ajoelhada, surpreendem por sua mestria decorativa e a perfeição das dobras de uma vestimenta. Villard também se interessava pelas invenções: a serra que corta dentro d'água, a roda que gira por si só (o eterno sonho do *perpetuum mobile*) e, como diriam os americanos, *gadgets*: como construir um anjo que sempre indica o sol com o dedo, como fazer com que a águia esculpida vire a cabeça em direção ao padre no momento em que ele lê o Evangelho, ou um mecanismo engenhoso para aquecer as mãos do bispo durante uma missa prolongada.

Os romancistas apresentam os arquitetos medievais como uma seita que guarda a sete chaves seus segredos. Se esses segredos eram tão importantes, deviam estar relacionados com as ciências exatas. Partindo desse pressuposto, os arquitetos seriam os únicos homens da Idade Média que conheciam as propriedades das figuras geométricas, assim como os princípios da resistência dos materiais e as leis básicas da mecânica. O caderno de Villard não diz nada a esse respeito. Trata-se de um conjunto de preceitos práticos, o livro de receitas do arquiteto medieval.

Sabemos, pela história da ciência, que os conhecimentos matemáticos na Idade Média eram modestos. Da metade do século XI data uma correspondência de dois cientistas: Ragimboldo de Colônia e Radolfo de Liège. Um rigoroso pesquisador contemporâneo diz que «a análise dessas cartas leva à constatação da ignorância». Pois nenhum dos dois sábios era capaz de apresentar uma prova geométrica simples nem calcular o ângulo exterior de um triângulo.

Não se sabe quanto tempo seria preciso esperar por um novo Euclides se não fossem os árabes, por cujo intermédio a Europa conheceu, nos séculos XII e XIII, Aristóteles, Platão, Euclides e Ptolomeu. Sem dúvida, entre os beneficiados por esse conhecimento estavam os arquitetos. No entanto, o uso que dele fizeram é um problema de difícil solução.

Nossos avós do século XIX eram otimistas incorrigíveis quando falavam da racionalidade da arquitetura gótica. Parecem mais convincentes aqueles que sustentam que os construtores das catedrais tiveram um conhecimento empírico, fruto da experiência e não dos cálculos. É fácil errar onde reina a intuição. As catástrofes na construção das catedrais góticas ocorriam com maior frequência do que se pode pensar, e não se limitam a um famoso acidente em Beauvais ou a uma tentativa frustrada de ampliação do Duomo de Siena. A perícia sobre a catedral de Chartres, cem anos depois de sua construção, revela uma situação alarmante. A nave transversal corre o risco de desabar e o portal precisa ser reforçado com uma estrutura de ferro. No século XVI, o estado de Notre-Dame não foi menos grave. Por quê? Na maioria das vezes, os alicerces não eram resistentes o bastante para sustentar as construções cada vez mais altas. Essa paixão pela verticalidade é atestada pela altura das naves centrais das catedrais vistas na ordem cronológica de sua construção: a de Sens, trinta metros; a de Paris, 32,5 metros; a de Chartres, cerca de 35 metros; a de Bourges, 37 metros; a de Reims, 38 metros; a de Amiens, 42 metros; e a de Beauvais, 48 metros.

A história da construção da catedral de Milão, que conhecemos graças aos protocolos da comissão de peritos, comprova algo que deveria escandalizar os racionalistas. Imaginemos: os muros já são erguidos a uma altura considerável, e então se discute não os detalhes ornamentais, mas a questão fundamental, ou seja, o plano da catedral. O arquiteto francês Jean Mignot critica com veemência os arquitetos italianos e profere um aforismo clássico: *Ars sine scientia nihil est*. Mas a tal *scientia* devia habitar apenas o país do empirismo, se nenhuma das partes da disputa era capaz de elaborar uma prova científica em defesa de sua concepção.

Sabe-se que a alquimia tem mais segredos do que a química, e que o campo mais esotérico até hoje é o da arte culinária. O maior segredo dos arquitetos medievais foi a capacidade de construir conforme o plano, embora seus conhecimentos incluíssem, também, mil segredos de cozinha, como diríamos hoje. Sabiam, por exemplo, reconhecer o tipo de pedra ou preparar diferentes tipos de argamassa.

Não eram apenas os arquitetos que tinham obrigação de guardar segredo, mas também os mestres de obra, pedreiros, estucadores e os que preparavam argamassa calcária e, portanto, estavam na parte inferior da hierarquia. Aliás, regras semelhantes vigoravam também nas profissões que não tiveram nada a ver com a arquitetura.

A verdadeira constituição dos construtores de catedrais encontra-se em dois manuscritos ingleses: um chamado *Regius*, escrito por volta de 1390, e outro, conhecido como *Cook*, datado de cerca de quarenta anos depois. Além das normas religiosas, morais e de costumes, eles contêm parágrafos sobre a discrição, exigindo que não se espalhe o conteúdo das conversas das lojas e outros lugares onde os pedreiros se reúnem. Durante um bom tempo os historiadores sustentavam que se tratava da proibição de divulgar as fórmulas esotéricas ou os segredos. Porém, as pesquisas recentes mostraram que as proibições se referiam a questões técnicas e profissionais, como, a maneira de colocar a pedra para que sua posição coincidisse o máximo possível com aquela que ocupava na rocha de que fora extraída.

Durante muito tempo, pensava-se que os pedreiros medievais se reconheciam por meio de sinais secretos e misteriosos. As pesquisas recentes mostraram que tal costume só era praticado na Escócia e que estava relacionado com o modo de trabalhar um tipo de pedra especial que o país importava. Portanto, tratava-se de uma regra de proteção dos mestres de obras mais qualificados diante dos menos qualificados, relacionada estritamente com as condições locais.

Não há como resolver definitivamente a discussão sobre se as catedrais foram construídas *more geometrico* ou «intuitivamente» como um favo de mel, uma vez que tudo dependia do período, do lugar, dos conhecimentos da época, assim como da formação do arquiteto em questão. Alexander Neckam, que viveu no final do século XII, teve uma intuição genial de que a força gravitacional sempre se dirige ao centro da terra. Mas a conclusão prática que tirava era apavorante e, por sorte, os arquitetos não a aproveitaram. Neckam queria que os muros das construções não fossem perpendiculares, mas que a partir de sua base se alargassem conforme a construção fosse crescendo.

Resta ainda a questão dos módulos, ou seja, de uma medida arbitrária, cujo produto se repete em diversos elementos de uma construção, tais como: o comprimento da nave, a altura das colunas, a relação entre a largura do transepto e a nave central. Não há dúvida de que os arquitetos medievais aplicavam o módulo. O arqueólogo americano Summer Crosby descobriu que o módulo da catedral de Saint-Denis, aplicado consequentemente, era de 0,325 metro, mais ou menos o que media o chamado pé parisiense. Porém, tratava-se mais de uma norma estética do que de um princípio de construção, pois era do conhecimento de todos que a aplicação das simples regras geométricas resulta numa harmonia de proporções.

De início o arquiteto era um dos artesãos, pago por dia; trabalhava fisicamente como pedreiro e até — coisa estranhíssima, ainda no século XVI, em Rouen — recebia um salário inferior ao dos construtores, mas em compensação pagavam-lhe um prêmio anual. Porém, com o tempo as vantagens materiais da profissão aumentam: por exemplo, o arquiteto recebe um salário diário, estando ou não presente na construção. E tem ainda uma remuneração *in natura*, ou seja, a roupa. Nos primórdios era uma espécie de libré, o que acentuava o caráter de relação de serviço. Mas o fato de que, em 1255, John Gloucester tenha recebido um casaco de pele que os nobres costumavam vestir já é um sinal da nobilitação do ofício. Para segurar o arquiteto na obra, sua direção oferecia-lhe um cavalo e moradia, bem como a honra de comer na mesa do abade. Na Itália, mas sobretudo na Inglaterra, a situação material de quem dirigia a construção era bem melhor do que na França. Na Grã-Bretanha do século XIV, seu salário anual chegava a dezoito libras, quando vinte libras de renda de terra, naquela época, podiam comprar o título de nobreza. No século XIII, o arquiteto da corte de Carlos de Anjou se intitulava *protomagister*, tinha um séquito a cavalo e pertencia à classe de cavaleiros.

A maior parte das catedrais góticas é obra de muitos arquitetos. Contudo, o ideal era que houvesse apenas uma pessoa responsável pela construção, durante o maior tempo possível. Os contratos vitalícios não eram raros. Nestes, encontramos também uma cláusula que garantia ao arquiteto uma pensão até o fim da vida, caso perdesse a visão ou contraísse uma doença incurável. Na baixa Idade Média, muitas vezes o arquiteto trabalhava ao mesmo tempo em várias construções, mas encontramos também um contrato draconiano da administração da construção da catedral de Bordeaux firmado com Jean Lebas, que tinha o título de *maçon, maître après Dieu des ouvrages de pierre*, e só podia sair da construção uma vez por ano para visitar a família. Sem dúvida, os arquitetos faziam questão de viajar, uma vez que as perícias que faziam representavam uma fonte de renda complementar, em geral considerável, além de aumentar ainda mais o prestígio dos grandes mestres.

Finalmente, é preciso desmentir a lenda sobre o anonimato dos construtores das catedrais. Dezenas de nomes foram conservados e chegaram até nossos tempos não só graças às crônicas ou aos registros de contas. Os construtores medievais assinavam com orgulho e alegria, por assim dizer, suas obras.

Na catedral de Chartres encontra-se o único desenho de pavimento preservado, que por muito tempo foi ignorado pelos estudiosos. É um labirinto em forma de círculo, de dezoito metros de diâmetro, que os peregrinos percorriam de joelhos. De certo modo, era uma versão reduzida da peregrinação à Terra Santa. Na parte central do labirinto — um eco distante da civilização cretense — havia uma placa comemorativa. Infelizmente, nenhuma das inscrições originais chegou aos nossos tempos, mas conhecemos a descrição e o conteúdo de duas inscrições semelhantes. Não se trata, como se poderia pensar, de um versículo do Evangelho nem de um fragmento do texto litúrgico. A inscrição da catedral de Amiens é bastante surpreendente para os defensores da tese do anonimato dos construtores medievais. Diz assim:

> No ano da Graça de 1220, começaram as obras de construção desta igreja. Naquele ano o bispo era Evrard; o rei da França era Luís, filho de Filipe. O mestre da construção chamava-se Robert Luzarches, depois veio Tomás de Cormont e, depois, seu filho Renaud, que fez esta inscrição no ano 1288 da Encarnação.

As imagens dos três arquitetos em companhia do bispo foram gravadas no mármore branco. Aliás, não só os que dirigiam a construção transmitiam seus nomes à posteridade. Um famoso tímpano de Autun leva a inscrição: «*Gislebertus fecit hoc opus*». Encontramos também assinaturas em detalhes arquitetônicos, como os capitéis ou fechos de abóbada. Num fecho de abóbada da catedral de Rouen pode-se ler uma afirmação orgulhosa: «*Durandus me fecit*». Clemente de Chartres também assina seu vitral.

Por fim, chegamos aos sinais gravados em pedra. Na Idade Média existia também o trabalho por tarefa, mas se praticava mais na construção de castelos, sobretudo com trabalhadores recrutados à força, como atestam os muros de Aigues-Mortes. Nas pedras das catedrais só excepcionalmente encontramos esses sinais, que provavelmente foram gravados pelos trabalhadores recém-admitidos, cujas habilidades ainda eram desconhecidas pelo mestre de obras. Entretanto, os sinais mais importantes eram os que se faziam nas pedreiras, sobretudo quando se utilizava o material de várias fontes na construção de uma catedral, pois imperava a norma de levantar os muros com o mesmo tipo ou com tipos parecidos de pedra, o que garantia maior resistência e possibilitava as correções posteriores.

É difícil imaginar como foi possível orquestrar a multidão de esculturas que povoavam os portais, as cornijas e as galerias das catedrais sem uma definição precisa de suas posições. Obviamente, às vezes ocorriam erros. Os símbolos dos meses na catedral de Notre-Dame foram dispostos na ordem inversa. Os construtores da catedral de Reims não quiseram cometer semelhante erro. Afinal, a catedral foi assediada por 3 mil esculturas. Por isso, assinalavam sua localização nos muros meticulosamente.

As verdadeiras assinaturas dos mestres de obras nas pedras apareceram relativamente tarde. São figuras geométricas, triângulos, polígonos, por vezes desenhos de ferramentas, como a trolha ou as letras do alfabeto. Os sinais eram hereditários, e se o pai trabalhava na construção com seu filho, acrescentava-se um pequeno detalhe, por exemplo um traço, para distinguir suas pedras. Simples no início, com o tempo os sinais tornam-se complicados e sofisticados, sendo utilizados também pelos arquitetos do século XV. O arquiteto Alexandre de Bernard assinala no final de seu sobrenome um pentágono estelar. Assim, o sinal modesto dos operários, gravado para que não fossem prejudicados na hora de pagamento, transforma-se em assinatura e símbolo de orgulho profissional.

A Guerra dos Cem Anos foi um golpe mortal à arte das catedrais. Mas os sintomas da crise apareceram já no final do século XIII. Uma onda de perseguição ao pensamento livre arrasa a Europa: Roger Bacon morre na prisão em 1292, a liberdade de expressão nas universidades sofre graves restrições. O poder real centralizado, sobretudo na França, paralisa as comunas municipais e as subordina às suas vontades. A jovem burguesia, até então generosa, deixa de financiar a construção de torres sobre as quais se acumulam as nuvens de guerra. O escândalo dos templários é um episódio simbólico do fim de uma época.

O crescimento econômico fica estagnado, a curva demográfica cai e a inflação aumenta. É o que retrata uma bela canção de 1313:

Il se peut que le roy nous enchante,
Premier nous fit vint de soixante,
Pouis de vint, quatre, et dix de trente.
...Or et argent tout est perdu,
Ne jamès n'en sera rendu.

A quebra do banco italiano Scala afeta quase toda a Europa e coincide com o início da Guerra dos Cem Anos. A arquitetura religiosa começa a ser substituída pela arquitetura militar. Os tempos dos muros grossos estão de volta.

Os canteiros de obras das catedrais ficam abandonados. Os arcos elevados e as refinadas abóbadas já não interessam a ninguém.

Os filhos daqueles que esculpiam o sorriso do anjo fabricam balas de canhão.

SOBRE ALBIGENSES, INQUISIDORES E TROVADORES

Viajando pelo sul da França, deparamo-nos com os vestígios dos albigenses. Vestígios parcos: ruínas, ossos, lenda.

Testemunhei uma discussão em que professores sábios arrepiavam seus sábios cabelos justamente por causa dos albigenses. Com certeza trata-se de uma das mais controversas questões da medievalística contemporânea. Talvez valesse a pena examinar essa heresia extinta em meados do século XIII, fato diretamente ligado à emergência da potência francesa nos escombros do condado de Toulouse. A data de consolidação do poderio dos francos foi o dia em que se apagaram as fogueiras em Montségur. No coração da Europa cristã se destruiu uma civilização florescente, cujo seio abrigava uma importante síntese de elementos do Oriente e do Ocidente. O apagamento da fé dos albigenses do mapa religioso do mundo, fé que podia desempenhar um papel crucial na formação do perfil espiritual da humanidade — como aconteceu com o budismo e o islã —, se relaciona com o surgimento da Inquisição, uma instituição que durará séculos. Portanto, não é de estranhar que essa junção de problemas políticos, nacionais e religiosos inflame as paixões e seja tão difícil de deslindar.

Livros sobre os albigenses preencheriam uma boa biblioteca. Mas podemos contar nos dedos de uma mão os textos originais desses heréticos, o que não deixa de ser uma ocorrência nada excepcional na história da cultura. Nem todas as obras escaparam dos fogos e areias da história, portanto é preciso reconstruir o pensamento humano e o sofrimento a partir de destroços e fragmentos, fontes duvidosas e citações dos escritos de seus adversários.

Para entender bem o papel dos albigenses que atuavam no sul da França entre os séculos XI e XIII é preciso lembrar, mesmo que de maneira resumida, seus antecessores. Sem dúvida, em sua heresia, ou religião, como querem alguns, se fez presente a voz do Oriente. Os historiadores que procuram a gênese dessa corrente estabelecem a seguinte genealogia: gnósticos (alguns retrocedem até Zoroastro), maniqueus, paulicianos, bogomilos e cátaros (que apareceram no sul da França com o nome de albigenses, da cidade de Albi). O que todas essas correntes tiveram em comum foi um dualismo radical que admite a atuação de duas forças no universo, o Bem e o Mal, e vê o mundo como criação do demônio (portanto, a rejeição ao Antigo Testamento), levando a uma extrema condenação do corpo e da matéria e a um rígido ascetismo moral. A base psicológica dessas concepções era o fascínio pelo mal que se propagava no mundo de então, fácil de entender numa época de transformações, violência e guerras.

Os gnósticos não gozam de boa opinião entre os historiadores de filosofia, que com prazer os eliminariam dos manuais voltados à formação das mentes analíticas e frias. Mas aqueles que conhecem a satisfação estética do contato com as construções intelectuais são sempre atraídos pela teosofia dos gnósticos, por sua vertiginosa escada de hipóstases que liga o céu à Terra.

Um verdadeiro e sério concorrente do cristianismo foi Mani, personagem cujas datas exatas de nascimento e morte são conhecidas. Nasceu na Babilônia, mas era de origem persa, e foi educado entre os gnósticos. Profeta de grande influência na corte real, convencido de seu papel messiânico, viaja para a Índia, depois começa a ensinar conquistando multidões de fiéis, até que, acorrentado a um muro por Bahram, rei da Pérsia, morre depois de 26 dias de agonia. As descobertas em Turfan e em Fayoum (lugares separados por milhares de quilômetros) demonstraram que aquele personagem que se apresentava como sucessor de Buda, Zaratustra e Cristo pretendia realmente criar uma religião sincrética, agregando os elementos do budismo, do masdeísmo e do cristianismo. O êxito da religião de Mani foi enorme e ela chegou a se expandir na China, Ásia Central, África do Sul, Itália, Espanha e Gália.

Os maniqueus, com suas influências pelo mundo, o martírio de seu profeta e o dualismo acentuado ainda mais do que nos gnósticos (a luta das forças cósmicas do Bem e do Mal ocupou o interior da alma humana, dividindo-a em duas), representavam a principal oposição ao cristianismo. Os Padres da Igreja não poupavam anátemas contra eles, e os de perfil mais filosófico envolviam-se em polêmicas, como santo Agostinho (antigo maniqueu) em seu tratado *Contra Faustum*. Ele põe seu adversário contra a parede, querendo provar que a aceitação dos dois princípios, o de Bem e o de Mal, leva ao politeísmo. Mas Fausto rebate dialeticamente esses golpes.

> É verdade que admitimos dois princípios, mas é só um que chamamos Deus, aos outros damos o nome de *hyle* ou matéria ou, como se costuma dizer, Demônio. Mas, se sustentas que isso significa crer em dois deuses, terias de admitir também que um médico que tem como objeto a saúde e a doença cria dois conceitos de saúde.

Depois das disputas, as espadas falaram mais alto, e o maniqueísmo foi afogado num mar de sangue. Apenas na China é que perdurou até o século XIII, ou seja, até a invasão de Gengis Khan.

Um episódio fascinante da história universal é representado pelos paulicianos, uma seita de dualistas que no século VII fundaram na Armênia, na fronteira entre a Pérsia e Bizâncio, um Estado efêmero, ou melhor, uma colônia meio independente. O bispo católico da Armênia acusava-os de culto ao Sol, um evidente traço maniqueísta, mas os próprios paulicianos, decerto movidos pelo bom senso político, enfatizam seus laços com o cristianismo. Seu pequeno mas valente exército chegava até o Bósforo e apenas Basílio I conseguiu derrotá-lo numa batalha de Bartyrhax, em 872. Naqueles tempos, ele tratou os vencidos com humanidade, deportando-os para os Bálcãs, o que, como veremos mais tarde, é um detalhe bastante significativo.

Discute-se até que ponto essas dinastias heréticas estavam cientes de seguir a mesma tradição de pensamento religioso. Mas aqui chegamos ao momento em que os laços e as filiações já são evidentes. Eis que na Bulgária, no século X, aparecem os bogomilos, ainda mais fervorosos seguidores do dualismo do que os paulicianos, proclamando que o mundo dos sentidos é obra de Satanás e que a alma do homem, mistura de água e terra, fora criada pelo sopro de Satanás e de Deus. Os bogomilos são contra Roma e também contra Bizâncio. Desenvolvem uma imponente ação apostólica, chegando à península Apenina, à Toscana e à Lombardia, assim como ao sul da França. Encontram um solo bem receptivo, em que cresce a poderosa heresia dos cátaros (do grego «puro»), que no norte da Itália, na Bósnia e na Dalmácia são chamados de patarinos e, no sul da França, albigenses.

As fontes, como já dissemos, são escassas. Citaremos as principais. *Interrogatio Johannis* (ou *La Cène Secrète*) é um documento apócrifo do século XIII que falsifica, como escreveu a mão do inquisidor, o Evangelho segundo são João. O tema é uma conversa de João com Cristo no céu sobre as questões como a queda de Satanás, seu governo, a criação do mundo e do homem, a descida de Jesus Cristo à terra e o Juízo Final. É um texto de grande beleza, anterior ao catarismo latino, e seu conteúdo revela a procedência bogomila. Em nossos dias, conservam-se duas versões: uma delas, conhecida como a de Carcassonne, se encontra numa extraordinária coleção de documentos chamada *Collection Doat*; a outra é uma versão vienense.

A única obra teológica dos cátaros preservada é *Liber de duobus principiis*, do final do século XIII. O texto não tem nada da solidez escolástica que apresenta o discurso ordenado em capítulos e parágrafos. Contém uma parte sobre livre-arbítrio, uma importante exposição da doutrina que é muito interessante do ponto de vista filosófico, como também uma cosmologia e várias polêmicas. Estas últimas demonstram que o catarismo não era de modo algum uma corrente homogênea, mas se dividia em escolas e pelo menos em duas alas de dualistas: os moderados e os radicais. O autor do tratado (os estudiosos supõem que tenha sido o italiano Giovanni di Lugo) representa um absolutismo radical e sustenta que o Mal é tão eterno quanto o Bem, ou seja, falando em termos ontológicos, o ser e o nada, considerados também como forças cósmicas, sempre existiram. Todavia, é preciso salientar que as polêmicas dos cátaros tiveram caráter de discussão familiar e seus adversários nunca recorriam à arma mortal do anátema.

Por fim, o *Ritual dos cátaros* é um tratado litúrgico que chegou até nós em duas versões: a chamada versão de Lyon, em *langue d'oc*, e a florentina, em latim. Os historiadores de religião nem sempre prestam a devida atenção às questões do ritual, embora seja precisamente no ritual, e não nas concepções teológicas, que é possível decifrar melhor o grau de espiritualidade da religião investigada. Assim, a liturgia dos cátaros chama a atenção por sua enorme austeridade e simplicidade. Eles rejeitavam a maioria dos sacramentos, por exemplo o matrimônio, em virtude de sua atitude negativa diante das questões corporais, mas aceitavam o que hoje chamaríamos de casamento civil, e por isso nos registros inquisitoriais aparece muitas vezes a palavra *amasia*, ou seja, concubina (designando a mulher do cátaro). A confissão era coletiva, e o sacramento mais importante era o *consolamentum*, o batismo espiritual que só se administrava às pessoas adultas, depois de um longo período de preparações, rezas e jejum. Quem o recebia passava da multidão de «crentes» ao pequeno grupo dos «perfeitos», a elite inabalável.

A cerimônia era celebrada numa casa particular. As paredes sem enfeites, pintadas com cal, alguns móveis simples, a mesa com toalha branca. O Evangelho e velas acesas. O candidato a «perfeito» renunciava à fé católica, se comprometia a não comer carne nem outros alimentos de origem animal, a não matar, a não jurar, e renunciava também a todas as relações carnais. Doava seus bens à igreja dos cátaros. A partir de então se dedicava por completo ao trabalho apostólico e aos atos de caridade, sobretudo a assistência aos doentes, algo paradoxal para os que desprezavam o corpo. Juravam solenemente não renegar a nova fé, e a história registra apenas três nomes dos «perfeitos» que se apavoraram diante do fogo da fogueira.

Não encontramos nenhum traço de magia, iniciação ou gnosticismo no ritual dos cátaros. Foi antes, como sustenta com toda razão Dondaine, uma retomada da velha tradição dos primeiros séculos do cristianismo.

Resumir a doutrina dos cátaros exigiria recorrer a um sutil aparato de conceitos teológicos, o que excederia os propósitos deste ensaio. Portanto, resta-nos apresentar suas principais teses.

René Nelli, editor, tradutor e comentarista dos textos dos cátaros, afirma que a principal diferença entre o catarismo e o cristianismo reside em que para a Igreja romana o Mal foi o castigo pelos pecados e, de certo modo, estava à disposição de Deus, enquanto para os cátaros Deus sofre por causa do Mal, mas não castiga ninguém com ele. O mundo dos sentidos, assim como o homem, que é uma mescla do ser e do nada, são obras de Satanás, um filho primogênito e caído. O inferno não existe, mas a reencarnação sim: no tempo em que o indivíduo perde sua corporalidade, eleva-se em direção à luz ou se afunda na matéria negativa. Os cátaros rejeitavam o Antigo Testamento (o Deus de Moisés era para eles sinônimo do Demônio) e consideravam os Evangelhos o único livro digno de leitura e reflexão. Porém, para eles Cristo não era Deus encarnado, mas uma emanação do Ser superior. Como era um ser incorpóreo, não podia sofrer (os cátaros rejeitavam o símbolo da cruz, que para eles era uma prova da materialização brutal das questões do espírito). Consideravam a Igreja católica uma instituição satânica, «a prostituta da Babilônia». O fim do mundo seria um incêndio cósmico: as almas voltariam a Deus e a matéria seria aniquilada. A consequência dessa escatologia foi a suposição de que todos os homens serão salvos depois de um longo e necessário período de encarnações — o único traço otimista dessa heresia tão rígida.

Heresia mesmo? Fernand Niel apresentou uma tese ousada, mas verossímil, de que os cátaros não eram hereges, mas fundadores de uma nova religião completamente diversa do catolicismo romano. Se aceitarmos essa suposição, a cruzada contra os albigenses aparece numa nova luz, e as razões morais dos cruzados devem ser seriamente questionadas.

O autor do presente ensaio não é um historiador profissional, mas um contador de histórias — o que o dispensa do compromisso com o objetivismo científico —, e deixa-se guiar pelas simpatias e paixões. Aliás, os cientistas não são livres delas. Basta comparar dois recentes e célebres trabalhos sobre as cruzadas contra os albigenses: o do professor Pierre Belperron e o de Zoé Oldenbourg, ambos baseados nas fontes, mas totalmente opostos na avaliação e nas conclusões. Não só os que fazem a história, mas também os que sobre ela escrevem, sentem a presença do demônio negro da intolerância.

O que de algum modo pode servir de justificativa é o fato de que falamos dos vencidos.

Em março de 1208, o papa Inocêncio III anunciou solenemente uma cruzada contra o conde cristão de Toulouse, Raimundo IV, primo do rei da França, cunhado do rei da Inglaterra e Aragão, na época um dos maiores soberanos da Europa. Seu vasto Estado, que abrangia também a Provença e que no sul se encostava aos Pirineus, era poderoso não só pelas alianças e relações feudais. Suas cidades, numerosas e ricas, eram herdeiras do espírito de liberdade e da antiga civilização mediterrânea. Regiam-se pelo direito romano e os verdadeiros soberanos eram os órgãos do poder, eleitos de modo democrático: o conselho municipal, os cônsules. As cidades maiores constituíam de fato repúblicas autônomas, com jurisdição própria e tantos privilégios com os quais as cidades do Norte sequer podiam sonhar. A atmosfera de liberdade e igualdade reinava na vida social dessas aglomerações humanas que levavam a vida longe dos preconceitos religiosos e raciais. Os médicos árabes eram respeitados e os judeus muitas vezes ocupavam cargos do governo da cidade. Não só na capital do país, «a cidade rosada», Toulouse, que era a terceira cidade da Europa, depois de Roma e Veneza, mas também em centros como Narbonne, Avignon, Montpellier e Béziers funcionavam famosas escolas de Medicina, Filosofia, Astronomia e Matemática, muito tempo antes da fundação das universidades; e foi em Toulouse, não em Paris, onde pela primeira vez se ensinou a filosofia de Aristóteles, conhecido por intermédio dos árabes. O estado das mentes que habitavam essas terras nos lembra os tempos do Renascimento, pois justamente aqui, e não na Itália, jorrava sua primeira fonte. A língua do sul da França — a *langue d'oc* —, antes de ser rebaixada ao nível do dialeto, era a língua de poesia de toda a Europa, e nos séculos XII e XIII os poetas alemães, ingleses, franceses, italianos e catalães imitavam com entusiasmo a grande lírica dos trovadores. Mesmo Dante, num primeiro momento, quis escrever a *Divina comédia* em *langue d'oc*.

Se tivermos de procurar uma só palavra de uma língua que fosse a chave de compreensão de uma civilização morta — o que para os gregos era *kalos kagathos* e para os romanos, *virtus* —, para o Sul seria *paradge*, palavra encontrada e declinada inúmeras vezes nos poemas dos trovadores, e que significava honra, retidão, igualdade, condenação da lei do mais forte e respeito à pessoa humana.

Pode-se, então, afirmar sem receio de erro que no sul da França existia uma civilização distinta, e a cruzada contra os albigenses foi um confronto entre as duas culturas. A derrota do condado de Toulouse é uma catástrofe que se iguala à do extermínio da civilização cretense ou a dos maias.

O paradoxo dessa civilização é a coexistência do estilo epicúrico de vida e da fervorosa poesia de amor com a veneração dos cátaros, que escandalizavam a Igreja com seu ascetismo exagerado. Para esclarecer esse enigma, os estudiosos supõem que a Dama da poesia trovadoresca era o símbolo da Igreja dos cátaros. É uma tese, no mínimo, arriscada. Todavia, as pesquisas mostraram que alguns trovadores estavam sob a influência da heresia (bem como da poesia mística árabe) e não entendiam o amor como uma paixão carnal, e sim como um método de aperfeiçoamento espiritual e moral.[1]

É um fato histórico que o Languedoc foi, junto com a Lombardia e a Bulgária, um dos países da Europa mais afetados pela heresia dos cátaros, em que os adeptos da nova fé eram recrutados de todos os estratos sociais, desde os camponeses até os príncipes. As causas do sucesso da nova religião devem ser procuradas na corrupção da Igreja católica no sul da França, na situação intelectual e sentimental específica e, simplesmente, na atração do próprio catarismo. Em 1167, teve lugar a reunião dos albigenses em Saint-Félix-de-Caraman, em que, sob a direção do bispo búlgaro Nikita, foram definidos a organização e o ritual da Igreja cátara do Sul.

Obviamente, a Igreja romana se sentia ameaçada pela propagação da heresia. É preciso reconhecer que as primeiras tentativas de controlar a situação utilizavam meios pacíficos e intelectuais, ou seja, havia discussões com os cátaros sobre temas dogmáticos e numerosas missões apostólicas de grandes pregadores, como são Bernardo de Clairvaux, mas essas tentativas acabavam fracassando por causa da hostilidade à Igreja manifes-

1 Jaufre Rudel escreve: «[...] tenho uma amiga, mas não sei quem ela é, e, por minha alma, eu nunca a vi... embora a ame com todas as minhas forças. Nenhuma felicidade é para mim tão grande como ter um amor tão longínquo».

tada abertamente pelos cátaros. «As basílicas estão sem fiéis, os fiéis não têm sacerdotes, os sacerdotes não são respeitados.»

A situação mudou quando subiu ao trono papal Lotário de Conti, de 38 anos, com o nome de Inocêncio III. Seu rosto no afresco da igreja de Subiaco emana calma e vigor, mas o exercício de seu poder espiritual no Languedoc foi, falando em termos gentis, um equívoco, tanto pela inércia do clero local como pelo zelo exagerado dos legados papais. Embora moralmente responsável pela cruzada contra os albigenses, o novo papa não era um fanático; suas cartas revelam a preocupação pela justiça e são moderadas em comparação com o estilo oficial.

Não se pode dizer o mesmo sobre seu legado especial, o monge cisterciense Pierre de Castelnau, da abadia de Fontfroide, enviado ao Languedoc com a missão de conter a heresia. Foi, como tudo indica, um fanático desprovido de senso político, talento diplomático ou delicadeza. Nomeado legado do papa com atribuições especiais, conta com Arnaud Aimery, de triste memória, como ajudante. Sua atuação é uma cadeia de mal-entendidos e desavenças. Tampouco ajudam os sermões empolgantes de são Domingos, que, em vez de receber a coroa de mártir («vos imploro que não me mates de imediato, mas que me arranqueis os membros um após o outro»), é objeto de riso e zombarias. Não cessam as discussões, mas, como verdadeiros confrontos entre diferentes mundos, tradições e mentalidades, elas têm efeitos mínimos. Os defensores da fé católica nem sempre têm paciência, como mostra o exemplo de são Bernardo de Verfeil («Que Deus vos amaldiçoe, insensíveis hereges, entre os quais procurei e não achei nem um pouco de sutil inteligência») ou do frei Étienne de Minia, que tentou excluir das disputas filosóficas a irmã do conde de Foix («Ide a ocupar-vos de vossa roca, não vos convém, senhora, tomar palavra nesta matéria»).

Por fim, Pierre de Castelnau chega à conclusão de que só pela força será possível extinguir a heresia, e como não consegue organizar a coalizão dos senhores provençais contra os hereges sob o comando de Raimundo VI, lança uma excomunhão contra o conde de Toulouse. «Quem vos deserdar estará certo; quem vos matar, será abençoado.» Assim, o legado papal conclui sua missão e, sem ter mais a fazer, parte para Roma.

Na madrugada de 15 de janeiro de 1208 ele é assassinado em Saint-Gilles por um desconhecido. A suspeita é que foram os homens de Raimundo VI. A camisa ensanguentada do mártir peregrina pelos castelos e cidades do sul da França, onde os fiéis são convocados à cruzada. Ao ver o perigo se aproximando, Raimundo VI decide se submeter à vontade do papa. Em junho de 1209, na presença de três arcebispos, dezenove bispos, dignitários, vassalos, o clero e o povo, desnudo até a cintura, com a corda no pescoço e a vela na mão, açoitado com varas, ele caminha em direção aos leões de pedra que vigiam o portal da bela catedral românica de Saint-Gilles. O pacto firmado depois dessa cerimônia foi de fato uma submissão do condado à ditadura da Igreja. Além disso, Raimundo VI toma uma decisão que surpreende a todos: recebe a cruz e vai se unir ao exército dos cruzados que então descia pelo vale do Ródano.

Uma imponente e quilométrica fileira de homens, cavalos e ferro despertava o terror. O exército era formado por flamengos, normandos, borgonheses, franceses e alemães, e contava com bispos, arcebispos, o duque da Borgonha Eudo II, os condes de Nevers, Bar e Saint-Pol, barões e cavaleiros famosos, com Simão de Montfort e Guy de Lévis no comando. Completavam esse exército os sargentos, os soldados rasos, bem como os mercenários, uma força aterrorizadora e sem escrúpulos recrutada em meio aos marginais ávidos de assassinatos e saques, conhecida de todos os exércitos medievais. Os mercenários mais valorizados procediam do País Basco, de Aragão e de Brabante. Era o escalão mais baixo do exército, mas, em termos militares, muitas vezes o fator decisivo. Se ainda acrescentarmos as unidades auxiliares e multidões de peregrinos atraídos pela expectativa de uma devota contemplação das fogueiras, o número de 300 mil dado pelos historiadores da época não parece exagerado, levando em consideração que o exército dos cavaleiros representava uma porcentagem mínima dessa massa (como a relação entre os tanques e a infantaria nos exércitos atuais).

O primeiro senhor exposto às espadas dos cruzados foi o visconde de Carcassonne e Béziers, Raimundo Roger, da família Trencavel, de 25 anos. Assustado com os avanços do exército inimigo, tenta negociar com o legado papal. Sem sucesso. A pesada máquina de guerra, «um exército nunca visto», uma vez acionada, já não pode ser parada. Raimundo Roger se fecha em Carcassonne, enquanto os cruzados seguem rumo a Béziers pelo antigo caminho romano.

A cidade está situada numa colina sobre o rio Orb. Conta com muros sólidos e boas reservas de mantimentos. O bispo de Béziers procura negociar com os cruzados, mas eles apresentam uma lista de 220 pessoas (ou famílias) acusadas de heresia e exigem que sejam entregues a eles, ao que os cônsules da cidade respondem com dignidade que preferem ser «afogados no mar salgado» do que entregar seus concidadãos. Então começa o sítio. No dia de Santa Madalena (22 de julho), quando as ações militares ainda não haviam começado, a situação toma um rumo fatal para os defensores. Um grupo de burgueses, encorajados pela inação do grande exército, sai pela porta da cidade «com grandes bandeiras brancas e corre na frente até perder o fôlego, pensando que assim vão assustar o inimigo como os pardais num campo de aveia». «Uma imprudência louca», porque o exército dos mercenários logo fica de pé.

Andam descalços, armados com barras de ferro e facas, vestidos só de camisas e calças, mas sua avidez por sangue não tem igual. Conseguem entrar na cidade junto com participantes da expedição imprudente em fuga. Na cidade, semeiam um horror indescritível, e o ataque às muralhas só dura algumas horas. Os que conseguem escapar se reúnem na catedral de Saint-Nazaire, nas igrejas de Santa Madalena e de São Judas. As portas são arrombadas, os mercenários entram e assassinam todos: bebês, mulheres, aleijados, velhos e os padres que celebram os ofícios. Os sinos tocam pelos mortos. O extermínio é total.

Pierre des Vaux de Cernay, monge cisterciense e historiador da cruzada contra os albigenses, estima que só na igreja de Santa Madalena tenham perecido 7 mil pessoas, o que não deve ser um número exagerado. Contudo, os historiadores calculam que em Béziers foram assassinadas 30 mil pessoas (inocentes). Mas o que torna esse número ainda mais apavorante é o fato de que provavelmente foram mortos à espada quase todos os moradores. Quando Arnaud Aimery, o legado papal, durante a batalha foi avisado de que dentre os massacrados com certeza havia também católicos, disse: «Matai-os todos, Deus reconhecerá os seus». A maioria dos historiadores considera que essa famosa frase é apócrifa, pois é citada por um cronista do século XIV, Cesário de Heisterbach. Pode ser que Arnaud Aimery, homem mais estúpido do que cínico, tenha pronunciado apenas a primeira parte da frase. De qualquer forma, é um excelente comentário diante dos acontecimentos.

Em consequência da disputa entre os mercenários e o exército regular pela repartição dos saques, a cidade é incendiada «junto com a catedral construída por mestre Gervásio, que com o calor das chamas se partiu ao meio com estrondo e se dividiu em duas partes». Os cruzados, com as bandeiras tremulando ao vento, seguem rumo às muralhas de Carcassonne, cidade de trinta torres, onde o visconde Roger se escondera.

A cidade atual, reconstruída por Viollet-le-Duc, oferece-nos apenas uma vaga ideia do que foi aquela fortaleza rodeada pela dupla muralha. A primeira coisa que salta à vista do turista é o espaço muito restrito entre os muros (cerca de 10 mil metros quadrados). Em agosto de 1209, a cidade se tornou um refúgio para milhares de pessoas, sem contar o gado e os cavalos. Mesmo assim a luta é ferrenha, e o jovem Raimundo Roger a dirige com o talento e a bravura de um comandante experiente. O verão tórrido passa a ser um aliado dos cruzados. Sobre Carcassonne paira uma nuvem de moscas negras e o fedor da peste. A falta de água obriga os defensores a se renderem depois de duas semanas de sítio.

A interpretação dos acontecimentos posteriores divide os estudiosos, e as relações de Guilherme de Tudela e Guilherme de Puylaurens estão cheias de reticências e não esclarecem o bastante esse importante acontecimento histórico. Entre Raimundo Roger e os cruzados não foi firmado nenhum acordo e, pior ainda, contrariando os princípios de honra cavaleiresca, o visconde é preso e logo depois morre de disenteria. O legado papal pressiona para que se aproveite a ocasião e elege seu sucessor dentre os cruzados nobres, o que estava em grave desacordo com a lei feudal, sobretudo porque o filho de Raimundo Roger, de quatro anos, estava vivo. Os senhores e os condes franceses se recusam, magnânimos, a receber o título e a herança do visconde tragicamente morto. «Todos sentiam que perderiam a honra se aceitassem aquela terra», diz Guilherme de Tudela.

Então entra em cena um homem cuja figura durante muitos anos projetará sua sombra sobre a Provença e o Languedoc. Seu nome é Simão de Montfort e ele viveu muito tempo na memória das pessoas como símbolo do guerreiro que, com um punhado de seguidores, pode abalar um império. Esse protótipo de conquistador, fanático, a quem o elmo limitava o horizonte, homem de mão dura, ambicioso e enérgico, de extraordinárias capacidades de liderança, era o candidato ideal para ser visconde de Carcassonne e Béziers. Além disso, destacou-se na Quarta Cruzada e foi vassalo direto do rei da França.

A queda de Carcassonne abriu para Montfort as portas de muitos castelos, mas quarenta dias — que os cruzados tinham jurado lutar contra os hereges — se passaram e os soldados partiram para o Norte. Simão de Montfort ficou com um grupo de 26 cavaleiros. Obviamente, ao longo de oito anos de constantes confrontos, o «leão das cruzadas» recebia reforços. O país estava aterrorizado, mas não vencido.

Em junho de 1210, Montfort assedia Minerve, uma cidade entre Carcassonne e Béziers, em meio aos profundos e abismais desfiladeiros e à paisagem deserta. A fortaleza se defende com valentia, mas a máquina de cerco destrói o mecanismo de abastecimento de água e os defensores são obrigados a negociar. De acordo com as regras estabelecidas até então, os hereges que caírem nas mãos dos cruzados e renunciarem à sua fé serão perdoados. Um dos capitães de Montfort, Robert de Mauvoisin, discorda. Ele veio para destruir a heresia, e não indultar. O legado Arnaud Aimery o tranquiliza: «Não tenhas medo, senhor, serão poucos os que se converterão». E assim foi. Na primeira grande fogueira da cidade conquistada morreram 150 homens e mulheres «com o heroísmo digno de uma causa melhor», como disse em tom melancólico o beneditino Dom Vaissette.

Aliás, a guerra havia muito deixara de ser a expedição contra os hereges, convertendo-se numa grande batalha do Norte contra o Sul, uma verdadeira guerra civil, e, mesmo que o número dos castelos conquistados por Montfort continue aumentando, o país ainda resiste. Os nobres aguardam um momento oportuno em seus ninhos de águia, as cidades se rebelam, e as guarnições francesas estabelecidas em fortalezas conquistadas são muitas vezes atacadas e exterminadas por completo. Os sítios são cada vez mais prolongados e pesados. Béziers caiu em poucas horas, mas para conquistar Carcassonne foram necessários quinze dias, e Minerve só se rendeu depois de seis semanas.

A fortaleza de Termes foi assediada pelos cruzados durante quatro meses. O castelo estava muito bem situado, e para se aproximar dele foi preciso, segundo uma testemunha ocular, «se lançar no abismo e depois, por assim dizer, se arrastar rumo ao céu». Os exércitos sitiadores são desmoralizados, reduzidos à metade, sofrem fome, e os bispos que acompanham Montfort querem abandoná-lo depois de três duros meses de sítio. O «leão das cruzadas» implora a eles para ficarem por mais três dias. No fim da tarde do segundo dia, o chefe da defesa de Termes aparece para pactuar. As cisternas da cidade haviam secado e, mais uma vez, a água se torna uma aliada dos cruzados. Mas à noite cai uma chuva torrencial e Raimundo, chefe da defesa, se encerra numa fortaleza. A luta é ferrenha e conta com muitos episódios dramáticos. Ao celebrar a missa, o capelão de Montfort é assassinado, e uma catapulta corta a cabeça de um amigo seu, com quem caminhava de mãos dadas. Montfort fica abalado, pensa em interromper o cerco e entrar num convento. Certo dia a fortaleza se cala e os cruzados descobrem, atônitos, que está sem vida. Dessa vez os ratos venceram os sitiados; durante a seca entraram nas cisternas e envenenaram a água.

A guerra se aproxima dos condados de Toulouse e Foix. Seguindo um plano metódico de conquista, os cruzados sitiam Lavaur, defendido por Aimery de Montréal, antigo aliado de Montfort, filho de Blanche de Laurac, conhecida como «a perfeita». Era uma dama famosa por sua relação próxima com a Igreja cátara e suas obras de caridade. Depois de uma luta heroica que durou mais de dois meses, caem os muros de Lavaur. O chefe da defesa e oitenta cavaleiros são enforcados. A forca levantada às pressas não aguenta o peso dos muitos condenados, que são simplesmente degolados. A castelã de Lavaur é jogada ao poço e apedrejada. Uma fogueira gigantesca, a maior daquela guerra, devora quatrocentos albigenses, que adentram as chamas cantando *Cum ingenio gaudio*.

Está chegando a hora do acerto de contas com o conde de Toulouse, uma vez que os cruzados sabiam muito bem que Raimundo VI não era um aliado confiável. Este, no entanto, faz tudo para salvar o país de uma guerra, mas a resistência do legado papal é inquebrantável. Montfort sitia o coração do país, a capital do Languedoc, Toulouse, mas de repente ele mesmo se encontra cercado em Castelnaudary. Sob os muros dessa cidade é travada uma batalha sangrenta, porém não decisiva.

As ambições de Montfort preocupam o papa, que chega a suspender temporariamente a cruzada e de modo inesperado concede ao seu legado Arnaud Aimery o título de duque de Narbonne, o que origina desavenças entre esses dois homens, que até então trabalhavam juntos.

Agora é que entra no jogo da guerra o rei de Aragão, Pedro II, unido por laços feudais com o Languedoc, cunhado do conde de Toulouse e, ao mesmo tempo, chefe da cruzada contra os mouros, os quais vencera há pouco em Las Navas de Tolosa. Ele já desempenhara várias vezes, mas sem muito sucesso, o papel de mediador nas lutas de seus vizinhos com os franceses, e agora, aproveitando sua fama militar, procura convencer o papa de que a guerra contra os hereges se transformou em conquista bárbara e colonização do país cristão.

Quando os argumentos não surtem efeito, Pedro II atravessa, em setembro de 1213, os Pirineus com os melhores cavaleiros de Aragão e da Catalunha para se unir com Raimundo VI. Quando os dois exércitos se preparam para o combate, a relação dos cavaleiros é de 2 mil de Pedro II contra novecentos de Montfort. No conselho de guerra, Raimundo VI propõe aguardar o ataque e só depois contra-atacar, empurrando o inimigo até o castelo, onde logo teria de se render. Aos espanhóis esse plano sensato parece pouco interessante e pouco cavaleiresco. Entretanto, Montfort, com uma bravura e velocidade napoleônicas, se lança contra os aragoneses e ambos os exércitos se unem num abraço mortal. «Ouvia-se como se uma grande floresta estivesse desabando sob os golpes dos machados.» Pedro II, um guerreiro poderoso de 39 anos, com força de um tigre, não rege a luta, mas está no centro desse caos geral que era a batalha medieval. Perece depois de uma luta encarniçada, e a notícia sobre a morte do rei semeia o pânico. Com um ataque repentino de Montfort pelos flancos, seus inimigos fogem, inclusive o exército do conde de Toulouse, que nem conseguiu entrar em ação. A infantaria do Languedoc que já estava assediando Muret fica dizimada e as águas profundas e velozes do rio Garona engolem 20 mil homens. Um ano e meio depois, Montfort entra em Toulouse, a Roma dos cátaros, sem perder sequer um homem. Raimundo VI e seu filho se refugiam na corte do rei da Inglaterra.

Montfort se torna senhor de um país maior do que os domínios do rei da França. O destino do Languedoc parece selado; porém, na realidade, o comandante só é dono da terra que está sob os pés dos soldados franceses.

Em 16 de julho de 1216, morre o papa Inocêncio III. Ao saber disso, Raimundo VII, de dezenove anos, desembarca em Marselha e é recebido com entusiasmo pelo povo. De imediato sitia Belcaire e obriga seu defensor, o irmão de Simão de Montfort, a se render. Os moradores de Toulouse levantam barricadas nas ruas e expulsam os franceses. Raimundo VI atravessa os Pirineus à frente dos aragoneses e entra em sua capital recebido com lágrimas de alegria. Montfort, vencido pela primeira vez, sitia a cidade, sem êxito, apesar dos reforços que estão chegando. Derrotado, «o leão das cruzadas» já não é o mesmo homem de antigamente, e o legado cardeal Bertrand resmunga que o grande guerreiro, atingido por uma paralisia repentina, «só pede a Deus que lhe dê a paz e o cure de tantos sofrimentos com a morte». No nono mês de sítio, durante uma expedição matutina dos habitantes de Toulouse, Guy de Montfort, irmão de Simão, fica ferido. O comandante sai correndo da barraca em que assistira à missa e, então, uma grande pedra lançada por uma catapulta dos defensores atinge «o elmo de aço do conde, de modo que os olhos, o cérebro, os dentes, a testa e a maxila se espalharam, e ele caiu em terra morto, ensanguentado e preto».

Montfort
es mort
es mort
es mort
viva Toloza
ciutat gloriosa
et poderosa
tornan lo paratge el l'onor!

Esse era o grito de alegria que se ouvia desde os Alpes até o oceano.

O filho de Simão, Amaury, é apenas uma sombra dos talentos paternos. Derrotado duas vezes, entrega ao rei da França as terras conquistadas. A ordem antiga volta ao Languedoc. Em 15 de janeiro de 1224, Amaury de Montfort deixa Carcassonne para sempre, levando o enorme corpo do pai dentro de uma pele de touro costurada.

Depois desse primeiro ato dramático começa a expedição de Luís VIII, obra de sua ambiciosa esposa, Blanca de Castela, que faz tudo para inviabilizar o acordo entre Raimundo VI e o papa. A nova expedição, apesar da heroica defesa de Avignon, foi apenas um passeio militar, mas o exército dos cruzados é castigado pela epidemia, e no caminho de volta o rei Luís VIII morre. Humbert de Beaujeu, o novo governador de Carcassonne, continua com vigor a obra de Montfort, reconquistando os castelos perdidos pelos cruzados e adotando novas táticas contra o país resistente. «De madrugada, depois de assistir à missa e tomar café», diz o historiador Guilherme de Puylaurens,

> os cruzados partiram precedidos pelos arqueiros [...] começaram a destruir as vinhas situadas perto da cidade quando seus moradores ainda dormiam; depois se retiraram para os campos vizinhos, continuando a destruir tudo que encontravam a caminho.

Os arredores da inexpugnável Toulouse e de outras cidades se transformaram em deserto. A guerra dos castelos continuava.

Napoléon Peyrat, em sua *História dos albigenses*, estima as perdas do Sul durante os quinze anos de guerra em 1 milhão de mortos. Outros pesquisadores consideram esse número exagerado, porém todos admitem que houve um enorme sangramento do país. As crônicas, como sempre, descrevem a morte dos cavaleiros e heróis, mas, conforme a tradição homérica, passam indiferentes ao lado das fogueiras das vítimas anônimas.

Apenas a perspectiva da destruição total do país e o extremo cansaço podem explicar o fato de que Raimundo VII, o vencedor de Montfort e aquele que não se dobrou diante do rei da França, tenha assinado o tratado de Meaux, aceitando condições que costumam ser impostas ao adversário vencido e humilhado. O soberano do Languedoc não só jurou fidelidade à Igreja e ao rei da França, como também se comprometeu a lutar contra a heresia (bastante drástico é o compromisso de pagar dois marcos de prata aos delatores dos hereges). Decidiu-se também que as fortificações de Toulouse e de trinta outros castelos seriam derrubadas e que a maioria das fortalezas seria entregue ao rei. Foram aceitas as novas fronteiras do condado; portanto, de seu antigo território restou só um terço. Raimundo VII dava sua filha em casamento ao irmão de Luís IX, Alfonso de Poitiers e, como o conde de Toulouse não tinha filhos, o destino do Languedoc foi definitivamente selado.

O juramento solene do tratado ocorreu na recém-construída catedral de Notre-Dame na Quinta-feira Santa de 1229. Depois da vitória sobre o imperador alemão em Bouvines, os Capeto começaram a acreditar em sua missão. A cerimônia tinha todos os ingredientes necessários para humilhar o vencedor de Montfort e foi celebrada na presença do jovem rei Luís IX, da rainha, dos prelados e do povo parisiense. Raimundo VII, de camisa, com a corda no pescoço, levado pelo legado da Polônia e Inglaterra, se dirige ao altar, onde o espera o cardeal legado com varas. «Dava pena de ver», escreve Guilherme de Puylaurens, «como o conde tão grande, que por muitos anos resistia à força de tantas nações, foi levado agora descalço, só de camisa e de calça, ao altar.» A tradição diz que, quando o conde se ajoelhou diante do prelado, soltou uma risada de louco. Talvez naquela hora tivesse recordado como vinte anos antes haviam conduzido seu pai, açoitado, ao altar de Saint-Gilles. Quando regressou a Toulouse, os comissários do rei e da Igreja já estavam lá, começando a governar na terra que ele nunca perdera em campo de batalha. O trovador Sicard de Marvejols lamenta:

Ai Toloza et Provensa
E la terra d'Argensa
Bezers et Carcassey
Quo vos vi quo vos vei!

O cardeal legado Romain de Saint-Ange, conselheiro e um dos inspiradores do tratado de Meaux, convoca o sínodo em Toulouse a fim de definir os métodos de luta contra os albigenses. Foram estabelecidas 45 normas de persecução e de interrogatório, assim como as penas a serem aplicadas aos hereges. Desse modo nasceu a Inquisição, uma arma muito mais eficiente do que as espadas dos cruzados, cuja evolução e futura influência nas outras instituições vão muito além dos acontecimentos aqui descritos.

Vale a pena citar, pelo menos em parte, os *Capitula* estabelecidos no sínodo de Toulouse:

> Em cada paróquia os bispos designam um sacerdote e três leigos (ou ainda mais, se for necessário) de reputação irrepreensível que se comprometerão a buscar, com insistência e fidelidade, os hereges da paróquia. Eles vasculharão minuciosamente as casas suspeitas, os quartos e as caves, e até os recantos mais escondidos. Se descobrirem hereges ou pessoas que lhes dão abrigo, apoio ou assistência, devem tomar as devidas providências para impedir que os suspeitos fujam, assim como avisar o mais rápido possível o bispo, o senhor ou seu representante.
>
> Os senhores devem se empenhar na procura dos hereges nas cidades, casas e bosques onde eles realizam encontros, e destruir seus esconderijos.
>
> Qualquer um que permita a um herege permanecer em sua terra — seja por dinheiro ou por qualquer outra razão — a perderá para sempre e será castigado por seu senhor conforme o grau da culpa.

Igualmente será castigado aquele em cuja terra se reúnem com frequência os hereges, mesmo que isso ocorra sem seu conhecimento, mas resulte de sua negligência.

A casa em que seja encontrado um herege será derrubada e a terra, confiscada.

O substituto do senhor que não procura com zelo os lugares suspeitos de abrigarem os hereges perderá seu cargo sem receber recompensa alguma.

Cada um pode procurar hereges nas terras de seu vizinho. Também o rei pode perseguir os hereges nas terras do conde de Toulouse e vice-versa.

Hereticus vestitus que espontaneamente abandone a heresia não pode permanecer no mesmo lugar de residência, se seus arredores forem considerados infectados pela heresia. Ele será levado para uma localidade conhecida como católica. Os convertidos devem levar estampadas em sua roupa duas cruzes — uma do lado direito, outra do lado esquerdo — de uma cor diferente à da roupa. Não estarão aptos a desempenhar cargos públicos nem praticar atos legais até sua reabilitação recebida das mãos do papa ou de seu legado depois do devido castigo.

Um herege que queira regressar à sociedade católica não por convencimento, mas por medo da morte ou por qualquer outro motivo, será encarcerado pelo bispo para cumprir a pena na prisão (com todo o cuidado necessário para que não possa envolver os outros na heresia).

Todos os fiéis adultos se comprometem diante do bispo, sob juramento, a preservar a fé católica e a perseguir os hereges com todos os meios de que dispõem. O juramento deve ser renovado a cada dois anos.

> Quem for suspeito de heresia não poderá ser médico. Depois que um doente receber a Santa Comunhão de seu pároco, precisa ser protegido com muito cuidado, para que nenhum herege ou suspeito de heresia possa se aproximar dele, posto que tais visitas levam a tristes consequências.

No início, a Inquisição estava nas mãos do bispo e do clero local, mas o clero era relutante em usar aquela máquina cruel. Em 1233, o papa Gregório IX entrega aos dominicanos o poder dos inquisidores. A partir de então eles dependerão exclusivamente do papa, e só ele podia anular suas sentenças, o que representava uma mudança radical e transformava a Inquisição numa força autônoma com prerrogativas enormes.

Os sucessivos atos legais endurecem ainda mais as normas estabelecidas pelo sínodo de Toulouse de 1229. Os decretos do sínodo de Arles estabelecem, entre outras medidas, que os corpos dos hereges mortos sejam exumados e queimados na fogueira. Uma onda de conversões falsas obriga os inquisidores a aplicar meios preventivos cada vez mais duros. São construídas prisões para encerrar até o fim da vida todos aqueles que fingiram a conversão. O Concílio de Narbonne de 1243 estabelece que ninguém pode ser liberado da prisão por causa de seu estado civil (obrigações familiares, crianças), da idade ou de seu estado de saúde. Uma subversão patente da norma do direito romano foi a decisão de que os nomes das testemunhas não serão comunicados ao acusado. Em casos de heresia, admite-se o testemunho dos criminosos, dos condenados pela infâmia e dos cúmplices do crime. Tampouco fica excluído como prova o depoimento feito com a intenção de prejudicar o suspeito ou com uma hostilidade manifesta por ele.

A história guarda os nomes dos dois primeiros inquisidores: o frei Pedro Seila, filho de um burguês rico de Toulouse, um dos primeiros companheiros de são Domingos, e Guilherme Arnaud, natural de Montpellier. Ambos os inquisidores começaram sua missão sem poupar esforços e logo depois de sua nomeação encarceraram e quase imediatamente provocaram a execução de Vigouroux de la Bacone, considerado líder dos hereges na capital do condado. Guilherme Arnaud sai da cidade e desenvolve uma atividade que aterroriza a população e inquieta o conde. Raimundo se queixa ao papa da ilegalidade dos procedimentos dos inquisidores: os interrogatórios das testemunhas a portas fechadas, a recusa de ajuda dos advogados, a abertura dos processos contra pessoas mortas e a disseminação do terror, que faz os cidadãos denunciarem os inocentes. «Causam inquietação no país e, por seus abusos, a população se volta contra os conventos e o clero.»

Tudo o que foi dito pode dar a impressão de que os inquisidores dispunham de uma grande força, mas na realidade aqueles dois dominicanos não tiveram meios próprios nem pessoas, e só contavam com a ajuda do clero e do poder secular. Apenas mais tarde foram autorizados a andar com escolta armada, a ter ajudantes judiciais, tabeliões e assessores, ainda que o número de colaboradores não pudesse passar de oitenta por inquisidor. Portanto, só uma enorme energia, uma fé na própria missão e uma prontidão para o martírio podem explicar o crescimento dessa instituição.

Dentre as muitas obras dedicadas à luta da ordem dos dominicanos contra a heresia, uma das mais curiosas é o afresco de Andrea de Firenze, que se encontra na Capela dos Espanhóis da igreja Santa Maria Novella de Florença. Os irmãos pregadores tratam de convencer os hereges que, envergonhados, rasgam seus livros ímpios. Mas é uma versão eufemística da história. A verdade está na parte inferior do quadro, revestida de símbolos animais: os cães (*Domini canes*) mordem os lobos (os hereges).

O caso de Jean Tisseyre ilustra a mentalidade de então. Ele vivia nos arredores de Toulouse e provavelmente era católico. Atravessava as ruas da cidade dirigindo-se às pessoas com palavras nas quais não é difícil vislumbrar o medo:

> Senhores, me ouçam! Não sou herege, pois tenho uma mulher com quem durmo, e os filhos, também; como carne, minto às vezes, e juro, portanto sou um bom cristão. Não acreditem também se vos disserem

> que não reconheço Deus. O mesmo que me imputam pode ser imputado também a vocês, porque esses malditos querem perseguir as pessoas de bem e roubar a cidade ao nosso Senhor.

Apesar de grande indignação dos moradores da capital do Languedoc, Tisseyre foi preso e logo queimado na fogueira.

O número dos suspeitos é tão grande que Arnaud e Seila não são capazes de interrogar todos os detidos. Os condenados a carregar a cruz, a pagar uma multa ou a fazer uma peregrinação vivem numa inquietação permanente, pois as únicas sentenças definitivas são as sentenças de morte. E nem os mortos podem descansar em paz. Os cemitérios estão cheios de túmulos abertos, dos quais foram tirados os restos mortais dos hereges para limpá-los no fogo. A crueldade dos dominicanos é tamanha que provoca uma indignação das outras ordens. Os monges de Belleperche concedem o abrigo em seu mosteiro aos hereges e, decerto, este não deve ser um caso isolado.

Guilherme Pelhisson conta, em sua *Chronicon*, uma história que poderia parecer a narrativa de um idiota cheia de rumor e fúria, se o cronista não fosse uma testemunha ocular, e, como um ajudante dos inquisidores, dificilmente pudesse ser suspeito de querer difamá-los. Eis que em 4 de agosto de 1234, depois de uma missa solene, o bispo de Toulouse, Raimundo du Miramont, é avisado de que na casa vizinha uma anciã moribunda recebera o *consolamentum*. O bispo, em companhia dos sacerdotes, se dirige à residência da dama agonizante, a qual, sem saber o que está acontecendo, e convencida de que é o bispo dos cátaros a visitá-la, faz a profissão de fé. Chamada de repente a se converter ao catolicismo, a anciã se recusa, e assim é levada no mesmo instante, com a cama, para a fogueira montada com pressa, e então é queimada. Ato cumprido, o bispo e sua comitiva retornam ao refeitório, «onde com alegria comeram o que lhes foi servido, dando graças a Deus e a santo Domingos».

Essas e outras práticas semelhantes provocam distúrbios na cidade, que chegam ao auge quando os inquisidores acusam os três cônsules de apoiar os hereges (de fato, o poder secular fazia de tudo para impedir a sentença ou facilitar a fuga aos cidadãos condenados). Um confronto aberto resulta na expulsão dos dominicanos e do bispo Raimundo du Miramont de Toulouse. No entanto, depois de uma troca de cartas violentas entre o conde e o papa, os inquisidores retornam à cidade e tudo começa de novo. Um dos «perfeitos» convertido ao catolicismo denuncia uma série de personalidades, o que causa também inúmeros «processos póstumos». Os cemitérios são revirados e os restos mortais são pendurados nas cercas com a exclamação: «*Qui atal fara, atal pendra*».

Em 1233, em Cordes, caem sob os golpes da multidão os primeiros mártires dentre os inquisidores, e desde então os atos de resistência se multiplicam. Além disso, nas cidades onde antes reinava uma exemplar paz interna, as lutas entre os grupos de católicos e de hereges aumentam de modo vertiginoso.

Seria injusto afirmar que todos os que caíam nas redes dos irmãos pregadores acabavam na fogueira. Os documentos atestam um número considerável de absolvidos. Por exemplo, no ano de 1241, numa só semana, foram concedidas 241 indulgências canônicas. Contudo, os protocolos dos interrogatórios eram uma fonte de fichários muito precisos, nutrindo a opinião aterrorizante: «Eles sabem tudo». A história (não só medieval) ensina que a nação submetida aos métodos policiais se desmoraliza, se desintegra interiormente e perde a capacidade de resistência. Até a luta mais impiedosa dos homens se enfrentando corpo a corpo não é tão perniciosa como os sussurros, as escutas, o medo do vizinho e a traição que paira no ar.

Vale a pena comparar os procedimentos criminais de então com os métodos da Inquisição. O Código de Justiniano, em que se baseava o processo penal, assegurava ao acusado uma série de direitos, exigia provas do acusador e excluía testemunhas que pudessem ser suspeitas de parcialidade, bem como determinava a acareação do denunciante com o acusado. No país que viveu vinte anos de guerra e perseguições, os cidadãos adquiriam uma capacidade de mudar de pele conforme as circunstâncias, e não foi fácil encurralar os hereges com métodos legais. Para que sua perseguição fosse mais eficaz, foi preciso ampliar a cláusula de admissibilidade das testemunhas. A princípio, aceitava-se a defesa de um advogado, mas este automaticamente ficava exposto à acusação de heresia, de modo que na prática não podia ajudar em nada. Uma novidade em relação à habitual prática legal foi o interrogatório das testemunhas a portas fechadas, o que determinava os sucessos da Inquisição e destruía a confiança mesmo dentro dos mais coesos grupos sociais.

Precedido pelos boatos passados de boca em boca, um séquito considerável atravessa as portas da cidade, formado por homens com pena de ganso — tabeliões, secretários, escrivães e homens com ferro —, soldados, escudeiros e guardas de prisões, todos acompanhando o inquisidor. Eles se instalam no palácio episcopal ou no mosteiro, e é anunciado «o tempo de graça», que costuma durar uma semana. Aqueles que nesse tempo se apresentem de forma voluntária não podem ser condenados à morte, à prisão nem ao confisco dos bens, mas, em contrapartida, fornecem informações com as quais se tece a rede das suspeitas.

Os que naquele tempo se apresentavam aos inquisidores em geral confessavam delitos leves ou fictícios, como um moleiro de Belcaire que revelou não ter confiado na ajuda de são Martinho quando construía seu moinho.

Mas um homem que dizia disparates como este, de camisa colada de suor, sabia com certeza muito mais e, por exemplo, podia informar quem cumprimentara na rua um «perfeito» vinte anos atrás. Os nomes dos delatores são guardados em segredo e bastam declarações de duas testemunhas anônimas para que o inquérito comece. O inquisidor acumulava funções que, a princípio, num processo normal estavam separadas: era juiz de instrução criminal, procurador e juiz sentenciante. Nem os outros eclesiásticos que assistiam aos processos tinham direito à voz. A consciência de uma só pessoa decidia a culpabilidade do réu.

A intimação da Inquisição era entregue às mãos do suspeito. O interrogado não conhecia o ato de acusação, de modo que muitas vezes os acusados confessavam mais do que se esperava. Depois do interrogatório eram encarcerados ou lhes era concedida uma «liberdade vigiada». As prisões (é a época de um desenvolvimento considerável desse tipo de arquitetura) eram ferozes, como se pode ver visitando as celas de Carcassonne e de Toulouse: tocas escuras, abismais, onde não se podia deitar nem ficar de pé. A fome, a sede e as algemas derrubavam os mais resistentes.

Mas, se o suspeito fosse homem forte, então era torturado. Esse método de extrair confissões foi amplamente aplicado pela jurisdição secular no caso dos delitos graves; os tribunais eclesiásticos, porém, o evitavam, e pelo menos se respeitava o princípio de que as torturas não podiam provocar a mutilação nem o derramamento de sangue. Desde há muito foi praticado o método de açoite, com a destreza e o saber de como causar o sofrimento (nesse ramo havia especialistas reconhecidos). A bula de Inocêncio IV, de 15 de maio de 1252, finalmente legalizou a tortura.

A confissão da culpa era uma mera formalidade, uma vez que para condenar alguém bastava a denúncia de duas pessoas. Estas não tinham vida fácil. Um denunciante dos sete «perfeitos» foi assassinado em sua cama, e o sargento Doumenage, por um ato semelhante, foi enforcado numa árvore. Por isso, os denunciantes preferiam dar nomes de pessoas mortas ou daquelas que podiam se refugiar nas fortalezes inacessíveis de Montségur ou de Queribus.

As fogueiras, é preciso reconhecer, eram destinadas só aos «perfeitos» ou aos mais perseverantes da Igreja dos cátaros. Os outros recebiam castigos canônicos que nem por isso deixavam de ter graves consequências na vida dos condenados. O carregamento da cruz, reservado para aqueles que confessavam espontaneamente suas culpas, os tornava objeto de boicote em suas comunidades, onde predominava a heresia, e em suspeitos de espionar para a Inquisição. O dever de fazer uma peregrinação (eram escolhidos, de propósito, lugares distantes, o que representava um descalabro financeiro para toda a família) vigorava de alguns meses até cinco anos no caso dos cavaleiros enviados à Terra Santa ou Constantinopla. A tais penas podia ser condenado alguém que durante uma viagem marítima tivesse trocado algumas palavras com um herege ou quem, quando criança de onze anos, tivesse cumprimentado por ordem dos pais um «perfeito» na rua.

Quem pensa que os protocolos da Inquisição contêm relatos estremecedores, fáceis de explorar em termos literários, se engana. O diálogo — como se pode ver lendo uma extensa coletânea chamada *Collection Doat* — não abunda em violentas réplicas, raiva, ameaças, resistência e colapso, mas é de uma monotonia terrível. Contudo, a demonstração do verdadeiro horror está no inventário da sala de torturas.

O que encontramos nos protocolos? Nomes, datas, lugares e pouco mais. «Em Fanjeaux, durante o *consolamentum* concedido a Auger Isorn, estavam presentes Bec de Fanjeaux, Guilherme de La Ihle, Gaillard de Feste, Arnaud de Ovo, Jourdain de Roquefort...» «Atho Arnaud de Castelverdun solicitou o *consolamentum* na casa de seus parentes Covars em Mongradail», «os diáconos Bernard Coldefi e Arnaud Guiraud sempre moraram em Montréal e às suas reuniões vinham Raimundo de Sanchos, Peteria, a mulher de Mauro de Montréal...», e assim página após página.

Bernard Gui, um inquisidor de cem anos depois, no século XIV, escreveu uma obra esclarecedora intitulada

Libellum de Ordina Praedicatorum, um manual para os inquisidores que dá uma ideia de como eram os interrogatórios dos albigenses.

> Pergunta-se ao suspeito se viu ou conheceu em algum lugar um ou mais hereges; ... onde os viu, quantas vezes e quando...
>
> *idem*, se teve alguma relação com eles, onde, quando e por recomendação de quem;
>
> *idem*, se recebia em sua casa um ou mais hereges; de quem exatamente e quem os trazia; quanto tempo estiveram em sua casa, para onde iam depois, quem os visitava, se ouvia seus sermões e de que tratavam;
>
> *idem*, se rendia homenagem ou sabia de alguém que rendia homenagem aos hereges;
>
> *idem*, se comia o pão bento com eles e como eles benziam esse pão...
>
> *idem*, se cumprimentava ou via como outras pessoas cumprimentavam os hereges...
>
> *idem*, se acreditava que quem abraçar a fé herética pode ser salvo...

Outras perguntas se referiam às opiniões e ao futuro das pessoas com as quais o suspeito entrava em contato.

Só à primeira vista é que esse método de indagação parece pouco flexível, obtuso e como se não levasse a nada. Na realidade, essa lógica fria e impessoal dispensava o investigador de levar em consideração o jogo psicológico, de penetrar nos motivos e circunstâncias, enquanto o suspeito ficava paralisado pelo medo que surge sempre que nos encontramos não com um ser vivo, mas com uma crua necessidade. As duas ordens, a psicológico-moral e a dos fatos reais, são idealmente separadas uma da outra.

A poesia dos trovadores se torna objeto de uma ofensiva violenta, como se não bastasse o fato de que as cortes e os mecenas estivessem nas mãos dos soldados do Norte. «O mundo mudou tanto que já não o reconhecemos» — lamenta Bertran d'Alamanon. Os bispos e os dominicanos exortam a abandonar «as canções cheias de vaidade», e o legado pontifício recebe juramentos dos cavaleiros de que nunca mais voltarão a compor poemas. O lugar da lírica (um fenômeno conhecido também em outras épocas históricas) ocupa graves elucubrações ideológicas compostas por piedosos versejadores. Um dos poemas conservados é uma mera exposição do catecismo, e nem seria obra literária se a cada verdade citada não seguisse este refrão:

Se tu não crês, vê o fogo
em que ardem teus companheiros.
Responde com uma ou duas palavras —
te abraçarão as chamas ou voltarás aos amigos.

A poesia provençal é impregnada pela ideia do «amor pecaminoso» exposta em poemas enfadonhos. *Bréviaires d'amour*, do mestre Matfre Ermengau, tem 27.445 poemas. A escolástica começa a penetrar na poesia e a mencionada obra contém também um capítulo *Sobre a vileza do corpo.*

> O Satanás, querendo fazer sofrer o homem, inoculou-lhe o amor idólatra à mulher. Em vez de adorar com amor fervoroso, de todo o coração e de toda a força da mente o Criador, ele dá à mulher o que deveria dar a Deus. Saibam que quem adora uma mulher verdadeiramente adora o Satanás e faz do perverso demônio seu Deus.

Obviamente, existem ainda verdadeiros trovadores e talvez seus encontros e reuniões continuem na clandestinidade. O último deles, Guiraut Riquier, morre em 1280, ou seja, quase quarenta anos depois das fogueiras de Montségur. Sua voz é triste como o cri-cri de um grilo nas ruínas. Foi fiel à tradição e durante vinte anos amou platonicamente a esposa do visconde de Narbonne, e a delicadeza de seus sentimentos o dispõe entre os maiores representantes do gênero. Ao final de sua vida, rende-se à nova corrente e escreveu exclusivamente hinos marianos, em que a confusão do objeto de amor terreno e do celeste é preocupante demais.

> Até há pouco eu cantava o amor, mas, falando a verdade, não sabia o que era, tomava a vaidade e a loucura pelo sentimento, e só agora o amor verdadeiro me tem avassalado para que entregasse meu coração à dama que nunca poderia amar e adorar como ela merece... Não tenho inveja de ninguém

que deseja seu coração, e rezo por todos os seus adoradores para que o pedido de cada um seja ouvido.

A poesia decadente dos trovadores pode servir de um preparado anatômico para estudar o fenômeno de formalismo, entendido não como o excesso de adornos linguísticos e metáforas, mas como a situação em que os antigos meios de expressão procuram representar um novo ambiente histórico e sentimental. Por outro lado, seria ingênuo pensar que toda a poesia trovadoresca é um reflexo da pureza cristalina e do amor platônico. A história nos tem legado nomes de famosos poetas libertinos, conhecidos pelos escândalos provocados e por poemas bem liberais, como Sordel e Bertran d'Alamanon.

A poesia dos trovadores sempre foi uma mistura de fogo e azul-celeste, que talvez não seja das piores ligas poéticas. Todo o canto XXVI da *Divina comédia* tem a cor púrpura escura e o fulgor fresco. No purgatório, a alma do bom poeta Arnaut Daniel aguarda o dia da libertação. Dante erige um belo monumento ao seu mestre. O canto termina em língua provençal, o que tem o encanto da beleza que se desvanece.

Mas voltemos à história interrompida. Estamos situados depois do tratado de Meaux e do sínodo de Toulouse, que estendeu o poder da Inquisição sobre o país. Nem todo o país, porque nos castelos inacessíveis arde o irredentismo. Além disso, outros países, sobretudo a Lombardia, com quem os hereges do condado de Toulouse e da Provença sempre mantiveram relações próximas, há muito eram oásis de relativa paz e ajudavam a Igreja fraterna.

O que podiam fazer? A ação apostólica dos cátaros estava estigmatizada com todas as misérias da conspiração. As cidades eram inseguras, então os «perfeitos» se encontravam com os fiéis nas montanhas, nas clareiras dos bosques, perseguidos pelos espiões e entregues às mãos da Inquisição, mas seguiam impávidos sob o manto da noite, sob o olhar amigo ou rastejante, olhar indiferente por medo. Às vezes conseguiam se aninhar por um tempo em cima de um banco de sapateiro, com um gorro de padeiro na cabeça ou exercendo a profissão de médico, a preferida dos cátaros por ser condizente com a prática de atos de misericórdia.

Enquanto isso, Raimundo VII faz a política de submissão ao papa, sem esconder que seu desejo é se livrar dos inquisidores. Para mostrar sua boa vontade, ele provoca a prisão e a queima de vários albigenses, entre eles a do diácono Johan Cambitor e de seus companheiros refugiados em Montségur. A atividade dos inquisidores no condado fica suspensa por quatro anos, de 1237 a 1241. Parecia que a paz interna estava prestes a ser alcançada.

Mas de modo inesperado, com a velocidade de uma torrente montanhosa, no verão de 1240 desce o vingador, Raimundo Trencavel, filho do visconde de Béziers que morrera na prisão. Com ele vêm os deserdados pelos franceses senhores dos castelos ocupados e uma excelente cavalaria aragonesa. O exército avança rápido, tomando no caminho os castelos que não oferecem nenhuma resistência. Mas em vez de atacar logo a capital Carcassonne, o jovem comandante se contenta com vitórias insignificantes. O governador nomeado pelo rei da França organiza uma defesa, envia um mensageiro a Paris e pede ajuda ao conde de Toulouse, mas ele decididamente se recusa a ajudar. O jovem Trencavel ataca com fúria a capital, os muros tremem e se desmancham, mas o socorro de Jean de Beaumont, o senescal de Luís IX, obriga o jovem guerreiro a se retirar. Outro erro fatal dessa campanha foi Trencavel não ter se retirado para onde as montanhas e os aliados garantiriam condições de longa defesa, mas se dirigir a oeste, diretamente para as garras dos inimigos. Por isso, não é de estranhar que ele tenha sido obrigado a se encerrar em Montréal. Ali se defende com tanta valentia que lhe oferecem condições honrosas de capitulação (a permissão de se retirar para Aragão com o exército e todos os seus equipamentos). Os franceses começam a reconquistar os castelos perdidos e entram em ação, não tanto com as catapultas, mas sim com as negociações, embora aqui também não faltem crueldades nem violência.

O comportamento de Raimundo VII é enigmático. Sabe-se que apoiava Trencavel, mas ao mesmo tempo prometia a Luís VII a destruição da capital dos cátaros, Montségur. A adesão do conde de Toulouse à luta contra os franceses poderia mudar o curso dos acontecimentos, mas ele estava observando, resignado, a derrota de seu aliado, assim como seu pai assistira, apático, à derrota de Raimundo Roger. A história *Magistra vitae*? Se um dia alguém escrever um estudo psicanalítico das personagens históricas, valeria a pena dedicar a esses casos um capítulo à parte.

Como sentisse que desperdiçara uma oportunidade extraordinária, o conde de Toulouse se lança com ímpeto e destreza a um turbilhão de intrigas políticas que criam bases para uma sólida coalizão antifrancesa a unir os reis de Castela, Navarra, Aragão e até Henrique IV da Inglaterra. Convencido de que as alianças são suficientemente fortes, Raimundo VII denuncia o tratado de Meaux. O massacre de Avignonet acelera o curso dos acontecimentos.

Já dissemos que Raimundo VII conseguira do papa Gregório IX a suspensão da ação dos irmãos pregadores. Mas em abril de 1241 o bispo de Roma morre e os dominicanos retomam suas atividades. Em dezembro do mesmo ano já é acesa a grande fogueira dos hereges em Lavaur.

Em maio de 1242, os inquisidores chegam à pequena cidade de Avignonet, situada no centro da província de

Lauragais. Toda a companhia é composta de onze membros do tribunal, incluindo o trovador Raimon de Costiran, o cônego da catedral de São Estevão de Toulouse, tabeliões e contínuos. Ocupam acomodações no castelo de Ramon d'Alfaro. Nenhum dos inquisidores suspeita de que, apesar da boa recepção, caíram numa armadilha. O fato de não sentirmos grande simpatia em relação à instituição chamada Inquisição não deve diminuir nossa admiração pela coragem desses homens que, desarmados, apareceram no ninho da heresia em plena guerra.

Ramon d'Alfaro avisa a guarnição de Montségur e logo sessenta homens armados correm rumo a Avignonet. Os rebeldes param junto à porta da cidade, ao lado da casa dos leprosos, onde um enviado do castelão lhes entrega doze machados. Depois, o lúgubre cortejo, com Ramon d'Alfaro à frente, se dirige à sala em que dormem os inquisidores. Quando sob os golpes dos machados cai a porta, os sete monges acordados se ajoelham e começam a cantar o «Salve-rainha». O massacre é de uma fúria e crueldade inomináveis. As fontes dizem que um dos assassinos usava o crânio aberto do inquisidor Guilherme Arnaud como taça de vinho.

Os sucessos momentâneos do conde de Toulouse terminam quando o exército francês põe-se a caminho e elimina com uma velocidade incrível todos os aliados de Raimundo, inclusive Henrique III, que, derrotado em Taillebourg, recua a Bordeaux.

Abandonado pelos vassalos e aliados, o conde de Toulouse fica só e não tem outra opção senão se render mais uma vez à Igreja e ao rei da França. Em janeiro de 1243 é assinado o pacto definitivo em Lorris. Seis anos depois morre Raimundo VII, sem deixar um sucessor homem. Sua filha se casa — conforme o pacto — com Afonso de Poitiers, irmão de Luís IX. Desse modo, o Languedoc fica unido à Coroa francesa para sempre.

Os vencedores dirigem agora seu olhar para o Sul, a dois castelos ainda não conquistados, os últimos redutos dos albigenses.

Montségur, o lugar santo dos cátaros (hoje esse nome só designa um vazio), se encontra no meio de uma paisagem selvagem nas montanhas. O monte com as ruínas parece agora um formigueiro gigante. Do lado sul, a escarpa de pedra maciça desce abruptamente em direção ao vale. A localização de Montségur é misteriosa, porque o castelo «reina» sobre nada e não bloqueia nenhum caminho, como se seus construtores não tivessem levado em consideração nenhum aspecto prático. A própria forma das ruínas lembra mais um sarcófago retangular do que uma fortaleza. Os prodígios se multiplicam quando, por um caminho sinuoso, chegamos aos restos da construção. As muralhas são despidas e carecem de elementos estratégicos, como seteiras, almenaras e torres. E a construção misteriosa não ocupa a superfície inteira do topo. Mas as mais estranhas são duas portas largas não protegidas por nenhum dispositivo de fortificação, algo insólito na arquitetura defensiva medieval.

A todos esses enigmáticos detalhes é preciso acrescentar que o plano de Montségur é completamente excepcional. Hoje, as investigações sobre a simbologia da arte não se limitam ao estudo dos capitéis, dos tímpanos e outros pormenores ornamentais com que o pentágono de muros despidos pode revelar seu significado oculto. A metafísica da arquitetura está também no módulo, na proporção dos blocos, na disposição das janelas, na orientação do edifício e até no tipo de materiais e de argamassa. O castelo de Montségur, sua planta e sua projeção horizontal permitem definir com grande precisão a posição do sol nascente em diferentes épocas do ano. E é daí que vem a hipótese ousada de que Montségur não era um castelo de defesa, mas um templo dos cátaros, talvez um resíduo do culto maniqueísta.

Voltemos aos fatos. Estamos em maio de 1243. Hugues d'Arcis, o novo senescal real de Carcassonne, e seu exército de 10 mil homens plantam suas tendas em torno de Montségur, declarado «sinagoga de Satanás». Atrás da paliçada de madeira e do muro se encontram muitos diáconos, excelentes albigenses e «perfeitos», com Bertrand Marty à sua frente. A guarnição do castelo é composta de quinze cavaleiros e cem sargentos. Não mais de 150 homens armados. O exército francês rodeia Montségur em semicírculo; apenas a parte sul da montanha é livre dos atacantes (é aquele despenhadeiro rochoso, quase perpendicular, que desce ao abismo em que os defensores podem avistar a imagem de seu destino).

Como o sítio começara em maio, os atacantes acham que no verão o sol esvaziará as cisternas. Quando depois de seis meses a situação continua a mesma, deixam de contar com a ajuda do céu. As reservas de alimentos na fortaleza são suficientes, e o contato com o mundo é mantido durante todo esse tempo graças aos experientes guias que à noite descem na corda pela parede vertical. A diferença considerável de níveis não permite aos franceses usar as máquinas de assédio e tudo indica que o ninho dos cátaros não pode ser tomado de assalto, mas só com um estratagema.

Os defensores e os moradores de Montségur não podem esperar que um dia o poderoso exército francês desmonte as tendas e parta. Assim, quase quinhentas pessoas encerradas em fortaleza, as quais o destino comum transformou numa família, se preparam meses a fio para morrer.

Os franceses conseguem subornar os voluntários bascos, experientes montanheses que depois dos duros combates se posicionam numa estreita plataforma, a oitenta metros do castelo. Em novembro, o exército real recebe consideráveis reforços. De Albi, chega ao acampamento o bispo Durand. Trata-se mais de um reforço técnico do que espiritual, uma vez que o bispo é um excelente construtor de máquinas de assédio que logo entrarão em ação. A situação ainda não é desesperadora, porque à noite chega à fortaleza Bertrand de La Baccalaria, o engenheiro militar, como diríamos hoje, que consegue estabelecer um diálogo a partir das catapultas.

O inverno para os sitiados é muito duro; eles perdem muitos homens, e os raros reforços não substituem as perdas. Os apinhados no espaço pequeno de algumas centenas de metros quadrados sentem o cansaço do combate de tantos meses. Os comandantes da guarnição enviam ao conde de Toulouse vários mensageiros para indagar se as coisas vão bem. A resposta é afirmativa, mas não se sabe exatamente do que se trata, seja da preparação para o novo levante, seja da organização do socorro ou das negociações.

Agora é que entra na batalha a mais perigosa de todas as armas: a astúcia. Durante uma das longas noites de inverno, um grupo de voluntários armados, conduzidos por um guia basco que conhecia as passagens secretas, atravessa a inacessível aresta e, confundindo a guarnição com saudações amistosas, massacra os defensores da torre leste num ataque inesperado. A passagem é tão perigosa que no dia seguinte os franceses confessam que jamais se atreveriam a atravessá-la em plena luz do dia. A partir daí a situação torna-se muito grave para os sitiados, mesmo porque o bispo Durand monta uma nova máquina, próximo aos muros de Montségur, que lança sem cessar pedras de quarenta quilos. O comandante da guarnição, Pierre-Roger de Mirepoix, ordena que sejam protegidos os tesouros da Igreja cátara. Dois albigenses, Mateu e Pierre Bonnet, juntam ouro, prata e *pecuniam infinitam* e guardam-nos num lugar seguro.

Apesar da situação tão desesperada para os encerrados na fortaleza, o cerco continua e os defensores revidam os ataques dos franceses. O cronista dos cruzados, Guilherme de Puylaurens, escreve: «Não davam trégua aos sitiados nem de dia nem de noite». O comandante da guarnição tenta organizar uma ajuda externa. Corbario, chefe de 25 valentões aragoneses que no exército moderno equivaleriam a um grupo de comando, se compromete a atravessar as linhas dos sitiantes e recuperar a torre leste tomada pelos franceses, bem como destruir as máquinas de assédio. Porém, o anel do cerco é tão apertado que os aragoneses são obrigados a desistir da ação. Os comandantes da defesa decidem empreender uma desesperada expedição noturna. A luta é travada à beira do precipício em que muitos encontram a morte. Ao amanhecer, o combate se transfere até os muros da fortaleza em que, ao lado dos cavaleiros, lutam suas irmãs e filhas. O contra-ataque é violentamente repelido. Depois da noite cheia de gritos dos feridos, dos atropelados e dos que caíam dos muros de Montségur ao abismo, ouve-se o som da corneta. Raimundo de Perella e Pierre-Roger de Mirepoix se dirigem ao acampamento do inimigo para negociar. Montségur capitula depois de nove meses de cerco.

Os vencedores se acham tão esgotados que aceitam a maior parte das condições apresentadas, que no fim das contas acabariam sendo vantajosas. Os defensores permanecem em Montségur ainda por quinze dias, a fim de celebrar as festas dos albigenses que caem em meados de março. Foram perdoados à guarnição os erros do passado, inclusive os crimes de Avignonet. Os soldados se retirarão com as armas na mão e com seus bens, mas serão interrogados pela Inquisição, embora só penas leves poderão ser aplicadas a eles. Outras pessoas que se encontram na cidadela ficarão livres se renunciarem à heresia, caso contrário as espera a fogueira. A fortaleza será entregue ao rei da França.

Assim, no dia 2 de março de 1244, depois da assinatura do acordo, a paz tão desejada chega à cidade, os quinze dias de liberdade dados antes da morte; uma despedida de quinze dias dos que descerão ao vale, seguidos das rajadas de vento primaveril, com aqueles que serão engolidos pelas chamas da fogueira. Digno do maior respeito é que, durante o armistício que precedia a entrega da fortaleza, seis mulheres e onze homens abraçam a fé dos cátaros, o que significava escolher o martírio (os mártires das religiões destruídas não costumam ser canonizados).

Em 16 de março de 1244, soldados franceses, bispos e inquisidores entram em Montségur. Raimundo de Perella, um dos comandantes da defesa, se despede para sempre de sua esposa e de sua filha, que haviam escolhido o fogo. Não é a única despedida nas famílias dilaceradas.

Ao pé da montanha, no lugar hoje chamado de Cramaths (de *les crematz* — os queimados), os soldados erguem uma enorme fogueira. Nessa época do ano há pouca madeira seca, por isso, em vez de um andaime intercalado com ramos e estacas às quais se costumava prender condenados, os vencedores constroem uma paliçada ao redor de um monte de lenha. Para esse cercado macabro levam os albigenses acorrentados. As fontes falam de duzentas pessoas — homens e mulheres. Põem fogo em quatro lados da paliçada. Os feridos e os doentes são jogados em seu interior. O calor é tão intenso que as testemunhas precisam se afastar da fogueira. Os cantos dos sacerdotes e os gritos dos que morrem se misturam.

À noite, quando os corpos humanos ainda ardem na fogueira, numa corda, pela parede vertical do sul, fogem três albigenses, escondidos antes nos porões de Montségur. Levam o resto dos tesouros, livros sagrados e o testemunho do martírio.

Uma fumaça densa, nauseabunda, desce aos vales e se dissipa na história.

DEFESA DOS TEMPLÁRIOS

Excelso Tribunal!

Neste processo de seis séculos e meio, a tarefa da defesa não é fácil. Não podemos convocar de novo os acusadores, nem as testemunhas, nem os acusados, cujos corpos foram consumidos pelo fogo e suas cinzas, dissipadas pelos ventos. Ao que parece, tudo depõe contra eles. O acusador, Excelências, trouxe à mesa uma pilha de documentos que para um leitor desavisado podem servir para a reconstrução da imagem verdadeiramente sombria dos crimes e delitos dos acusados e servir de provas convincentes de sua culpa. Provas convincentes, pois ninguém senão eles mesmos apresentam uma acusação mais dura contra si. Nossa tarefa será invalidar a veracidade desses documentos e vos encorajar, senhores juízes, para que não os leiais ao pé da letra, a fim de entenderdes o pano de fundo, os mecanismos e os métodos da investigação. Por isso, somos obrigados a recorrer aos acontecimentos que precederam aquele crepúsculo frio em que foi acesa a fogueira. Nela foram queimados os dirigentes dos templários: Jacques de Molay e Geoffroy de Charney. O tempo e o lugar de execução: 18 de março de 1314, numa pequena ilha do Sena, em Paris.

A única graça concedida aos condenados foi a permissão de morrer de rosto voltado para as brancas torres da Notre-Dame. As últimas palavras: «Os corpos pertencem ao rei da França, mas as almas, a Deus».

Em geral, essas palavras finais despertam o ceticismo dos especialistas. Os historiadores questionam sua autenticidade. Mas seu valor como produto da consciência coletiva, bem como uma espécie de síntese e definição de seu destino, é inquestionável. Ao começar, Excelências, tenham em conta, por favor, também esse incerto testemunho.

Agora tentaremos reconstruir de forma reduzida a história da Ordem dos Templários.

Entre os cruzados que partiram para a Terra Santa em 1095 havia um nobre de meia-idade, de Champanhe, de quem falaremos mais adiante. Sabemos que a expedição culminou com a conquista de Jerusalém em 1099 e a fundação do reino. Mas foram poucos os cavaleiros ocidentais que ficaram na Palestina. A maioria, esgotada pelas brigas e fadigas da guerra, voltou para casa. O destino do jovem reino de Jerusalém, cercado por um mar de infiéis, era incerto. Para não perder essa ilha, foi preciso não só reforçar os muros das fortalezas, mas também criar uma nova sociedade. O velho método dos colonizadores gregos e romanos era apreciado pelo capelão de Balduíno I, Foucher de Chartres, que escreveu:

> Nós, que éramos homens do Ocidente, nos tornamos homens do Oriente... Os que moravam em Reims ou Chartres se tornaram agora moradores de Tiro e Antioquia; já esquecemos o lugar de nosso nascimento, e muitos nem o conhecem. Uns possuem neste país os servos e as casas que deixarão como herança aos seus filhos. Outros se casaram com as mulheres que não eram de sua terra, mas que são naturais da Síria ou da Armênia, ou até com uma sarracena que recebeu a graça do batismo. Um cultiva vinhedos; outro, seus campos. Falam línguas diferentes, já começam a se entender; quem era pobre em seu país, Deus o fez rico; aos que nem eram donos de uma granja, Deus deu a posse de uma cidade. Então, para que eles iriam voltar ao Ocidente, se têm uma vida tão boa no Oriente?

Texto muito significativo, mesmo que seja difícil não perceber seu componente propagandista.

A nova monarquia era mais democrática, por assim dizer, e mais republicana do que muitas monarquias ocidentais. O poder real era limitado pelo Parlamento, formado não só pelos barões, mas também pelos burgueses, e tinha voz decisiva em muitas questões vitais, como a questão dos impostos. Os camponeses eram livres. A liberdade religiosa também foi respeitada. Em vários templos existia um *simultaneum*, ou seja, o costume de celebrar ofícios em diferentes ritos e religiões. A Torá, o Corão e o Evangelho, com que se faziam juramentos nos tribunais, conviviam pela primeira vez, e talvez não só na prática judicial. Evidentemente, na realidade essa prática variava conforme os acontecimentos e as tensões sociais, e não era nada idílica. No entanto, não se pode esquecer um experimento tão relevante de criação de uma sociedade multirracial e multirreligiosa.

Voltemos à história do citado cavaleiro de Champanhe. Chamava-se Hugo de Payens e, como se disse, já não era jovem, embora muito valente e enérgico. Trocou as verdes colinas de seu país natal pela árida terra palestina, e não foi na expectativa das vantagens materiais com que se animava o reverendo padre Foucher. Com um punhado de companheiros, Payens fundou uma ordem com o objetivo de defender os peregrinos dos bandidos e sarracenos, bem como vigiar as cisternas. Portanto, uma espécie de polícia rodoviária. O rei Balduíno I lhes designou uma casa no lugar do antigo templo de Salomão e daí o nome da ordem: templários. Faziam votos de castidade e pobreza, o que é comprovado por um antigo carimbo com a imagem de dois cavaleiros montando um só cavalo. Se pudermos, Excelências, antecipar os acontecimentos, naqueles tempos da investigação o segundo cavaleiro era visto como Satanás, o maldito inspirador. Senhores, o invencionismo e a imaginação dos caluniadores é, de verdade, algo inesgotável.

Hugo de Payens vai para a França e a Inglaterra, onde a nova ordem é recebida com entusiasmo, tanto por parte dos leigos como do clero. Chovem benefícios e doações. Os príncipes e os barões ingressam nas fileiras da ordem. Em 1128, o Concílio de Troyes estabelece a regra dos Templários, cujo protetor espiritual será a maior autoridade moral da Europa, são Bernardo. Em sua célebre carta *De laude novae militiae ad Milites Templi*, encontramos a contraposição dos austeros e virtuosos templários com os cavaleiros do Ocidente, recém-enriquecidos, vaidosos e preguiçosos.

> Desconfiam de todos os excessos no comer e no vestir, e só se preocupam com o imprescindível. Vivem juntos, sem mulheres nem filhos [...] sempre repreendem insultos, atos dispensáveis, risadas sem freio, queixas e resmungos quando os descobrem.
>
> Detestam os jogos de xadrez e de dados; a caça os aborrece e nem sequer se entretêm com a perseguição tola às aves. Abominam e evitam mimos, magos e jograis, canções profanas e brincadeiras. Usam os cabelos curtos, sabendo da tradição apostólica de que a preocupação com a cabeleira desonra o homem. Nunca foram vistos penteando o cabelo, raramente se lavam e têm barbas ásperas, cheias de poeira, manchadas pelo sol e pela fadiga.

Em Jerusalém, os templários ocupam logo duas mesquitas com enormes porões destinados ao estábulo. Na verdade, seu templo fortificado era uma cidade dentro da cidade. Ali levavam uma vida autônoma, marcada pelo tom austero e a simplicidade. Comiam num grande refeitório, cujas paredes não eram decoradas; durante a refeição não se falava e cada cavaleiro-monge deixava uma parte de sua comida para os pobres. Quando um dos irmãos morria, suas porções eram dadas a um pobre durante catorze dias. Três vezes por semana se fazia jejum completo. O dia começava com a missa, celebrada duas horas antes da madrugada. Depois cada cavaleiro visitava o estábulo, verificava seu cavalo e conferia as armas. Ao amanhecer, assistiam a mais uma missa e ao longo do dia repetiam dezenas de orações estabelecidas. Almoço, e depois uma espécie de treino sob a supervisão do mestre. Vésperas, orações, jantar e silêncio até ao final do dia. A regra incluía também o código penal, com dez delitos que poderiam expulsar o cavaleiro da ordem ou até levá-lo à prisão perpétua. Os delitos eram: simonia na entrada para a ordem, revelação das conversas ocorridas no capítulo, roubo, fuga do campo de batalha, saque, assassinato de um cristão, sodomia, heresia (vale a pena lembrar este artigo, Excelências), mentira e abandono da ordem.

O elogio feito pelo monge são Bernardo de Clairvaux transformou os templários (oh, paradoxo da história) nos mais poderosos banqueiros da Idade Média. Durante a segunda cruzada os templários possuíam numerosos bens em quase toda Europa e os peregrinos que se dirigiam à Terra Santa, para evitar os riscos, depositavam seu dinheiro numa casa templária e recebiam o equivalente em Jerusalém. A prova do poder financeiro da ordem é o fato de que, em pouco tempo, não só o rei da Jerusalém, mas também os monarcas da Inglaterra e da França se tornaram seus credores. E foi esse, Excelências, o principal motivo de seu infortúnio, como tentaremos demonstrar.

A renda da ordem não enriquecia seus membros, pois a regra estabelecia que, se depois da morte de um irmão fosse encontrado algum dinheiro que guardava, ele seria sepultado na terra não consagrada.

Os templários, que de um punhado de monges-cavaleiros se transformaram em um poderoso exército de milhares de homens, eram conhecidos como excelentes guerreiros. Eis o testemunho, Excelências, de Luís VII, que assim escreveu ao abade Sugerius: «Não imaginamos como poderíamos nos manter neste país [Terra Santa] sem sua ajuda e sua presença. Por isso, vos pedimos que redobreis vossa simpatia para que percebam nossa intercessão por eles». Em seguida, há referência a uma enorme soma de 2 mil marcos emprestada ao rei, e um pedido para que o abade-regente devolva esse dinheiro à ordem na França. Até a primeira metade do século XII não encontramos nenhum documento em que, mencionando os templários, não se elogie a lealdade e outras virtudes dos cavaleiros.

E depois? É óbvio que cada organismo social e político tem seus lados luminosos e sombrios. Mas o acusador não mencionou em sua fala todos os fatos que poderiam ser favoráveis aos acusados. Ele omitiu todo o período heroico da ordem, mas destacou todos os momentos que mostram sua decadência e secularização, o abandono dos ideais, a soberba e as intrigas. A defesa não pretende fazer uma glorificação cega dos templários e não vamos polemizar com o acusador nos pontos em que os documentos e as fontes depõem contra a ordem. Contudo, demandamos que os fatos não sejam vistos como isolados, e sim que se considere seu contexto político e social.

A história do reino de Jerusalém faz parte de um dos mais intricados e obscuros capítulos da história universal. Estudar essa época é como se debruçar sobre um caldeirão fervente das paixões, intrigas, cobiça de poder e de lucro, ambições desnaturadas e complicadas maquinações político-dinásticas. Os templários, que se tornaram uma potência de mais de 10 mil homens armados, não podiam ficar de lado só observando os acontecimentos, dos quais dependiam não só seu prestígio e seus benefícios, como dizia o acusador, mas também sua vida. Foram obrigados a se inserir na grande política, mas é preciso acrescentar, Excelências, que não faltaram em nenhuma batalha decisiva e compartilharam com os cruzados todas as misérias dessa grande guerra secular: cativeiro, morte, longos assédios, travessias do deserto, feridas e doenças. Os cruzados vinham e partiam, mas os erros de suas incursões militares caíam nas costas dos que, como os templários, decidiram permanecer até o final naquele pedaço da terra conquistada. Trata-se de um comentário indispensável, Excelências, para entender a situação da ordem e de sua política.

Em 1187, Saladino toma Jerusalém dos cruzados. Desde então, e ao longo de muitos anos, o reino fica sem capital. Dois anos depois começa a Terceira Cruzada. Os três grandes soberanos podiam alterar o curso de acontecimentos tão desastrosos, mas não foi o que aconteceu. Frederico Barbarossa foi eliminado da luta por um acidente: a morte nas correntezas do rio. Ricardo Coração de Leão desde o início rivaliza com Filipe Augusto. Sabendo que o rei da França paga aos seus cavaleiros três peças de ouro, Ricardo vende o Chipre aos templários e anuncia que cada um que seguir seu estandarte receberá quatro peças de ouro.

Resultado: Filipe Augusto se retira da expedição e, o que é pior, apesar da intervenção de Saladino por intermédio da ordem (fatos como este servirão depois para acusar os templários de terem boas relações e até conspirarem com os muçulmanos), manda assassinar 2,7 mil prisioneiros de guerra, o que provoca o massacre de prisioneiros francos. Mesmo assim, os templários são a vanguarda dessa infeliz expedição, da qual Ricardo se retira de repente ao saber que João sem Terra usurpara seu trono. Ele deixa a Palestina num dos barcos da ordem do Templo, vestindo um hábito templário.

Na segunda década do século XIII, a invasão dos mongóis agrava a já difícil situação do reino de Jerusalém. O papa Honório III incentiva o casamento do imperador alemão Frederico II com a herdeira do trono de Jerusalém, Isabela, filha de Jean de Brienne. O imperador pega com avidez o fruto oferecido, obriga o rei a fugir e começa a pactuar com o sultão egípcio, o que resulta em sua excomunhão.

Vale lembrar também que a política dos templários se baseava em premissas completamente opostas, ou seja, eles achavam que era preciso manter as melhores relações possíveis com o sultão de Damasco, o que dava bons resultados e estava de acordo com um princípio de aproveitamento das disputas no campo dos adversários. Em virtude dos pactos imperiais é possível recuperar Jerusalém, cidade da qual Frederico se proclama rei de modo ilegal e usurpador. Por fim, a capital estava nas mãos dos cristãos, o que deveria ser motivo de orgulho e alegria; porém, conforme o pacto entre o imperador e o sultão — que era secreto —, Jerusalém não podia ser fortificada nem defendida. Todo o bairro dos templários, que desde o início demonstravam má vontade em relação ao monarca excomungado, passou às mãos dos muçulmanos, a quem o imperador ofereceu o que não era dele, ou seja, as fortalezas da ordem: Safed, Toron, Gaza, Darum, Krak e Montréal. E ainda não era tudo. O próprio Frederico tomou o castelo da ordem, Château-Pélerin.

Não é de espantar, Excelências, que os templários tenham ficado furiosos. Comunicaram ao imperador que, se não abandonasse a Palestina, eles «o colocariam num lugar do qual não sairia mais». Alarmado pelo levante dos guelfos, Frederico vai para a Europa, deixando o poder e confiando o reino aos cavaleiros teutões, inimigos dos templários bem conhecidos na Polônia. Logo que saiu da cidade, desencadeou-se uma campanha de calúnias contra a ordem que ousara desafiar sua vontade. Para desacreditar os templários aos olhos dos cristãos, repete-se uma velha e já testada acusação: diz-se que eles conspiram com os infiéis. Mas o próprio Frederico, cínico como era, adota os costumes orientais e mantém boas relações com o sultão de Damasco. Em sua corte recebe os embaixadores do sultão do Egito, e até um representante da seita ismaelita dos assassinos que, com toda a probabilidade, matou, por encomenda dele, o adversário do imperador, o duque Luís da Baviera.

Finalmente, em 1248 começa a cruzada dirigida por Luís IX. Dessa vez a cooperação harmoniosa dos cruzados com os cavaleiros locais parecia possível, considerando a imparcialidade do chefe da expedição e suas boas relações com os templários. Porém, os planos militares foram elaborados na Europa, sem levar em conta as condições locais. De novo, à revelia dos conselhos dos templários foi iniciada uma expedição contra o Egito.

Apesar da oposição da ordem, seus cavaleiros estão à frente do exército dirigido pelo irmão do rei, Robert d'Artois. O Nilo dividiu o exército em duas partes. Desconsiderando a persuasão dos experientes templários, Robert não espera o resto do exército e, depois de uma vitória sobre os turcos numa batalha relâmpago, avança para o interior do país. Mas nas ruas estreitas da cidade de Mansourah o emir Baybars, com seus mamelucos, aguarda os cruzados, que recebem uma chuva de projéteis lançados dos telhados e das barricadas. Encurralados, espetados pelas flechas feito ouriços, os cruzados sofrem uma derrota esmagadora. O contra-ataque do emir torna a situação do exército real desesperadora: o escorbuto, a fome e os fossos cheios de cadáveres obrigam Luís IX a depor as armas. Depois o cativeiro, do qual o chefe da expedição é resgatado pelo preço exorbitante de 500 mil libras.

Cientes dos erros políticos cometidos, porém sem assumirem a culpa, os templários negociam com Damasco. Ao saber disso, Luís IX toma medidas disciplinares severas, como a destituição do grão-mestre da ordem e o banimento dos que tentassem fazer acordo sem seu conhecimento, dentre outras resoluções.

Excelso Tribunal, esses três episódios mencionados devem ilustrar com bastante clareza o estado de ameaça permanente dos templários, com crescentes desentendimentos, numerosas humilhações e a teia das intrigas tecida sempre de novo, em que se enredavam cada vez mais desesperadamente.

Seu único consolo era o de que sempre contavam com a benevolência dos papas, que em sucessivas disputas intervinham a seu favor. Mas acabam perdendo também esse apoio.

Em 1263, o marechal dos templários, Étienne de Sissey, é chamado a Roma e destituído de suas funções. Se acreditarmos no cronista Gérard de Montréal, dessa vez se tratou de um escândalo amoroso, uma famosa e comprometedora disputa pelos favores de uma bela dama de Acre.

O último ato do drama começou no dia 5 de abril de 1291, justamente nessa cidade. Acre é uma cidade portuária e se defende ao longo de dois meses e meio. A situação dos cruzados é desesperadora. Embora pudessem facilmente abandonar a fortaleza, uma parte dos monges-cavaleiros, junto com o grão-mestre da ordem, Guilherme de Beaujeu, mantém-se na posição perdida, defendendo-a até o fim. Acre afunda sob a pressão dos atacantes. O reino dos cruzados deixa de existir.

Excelso Tribunal! Depois dessa longa, porém necessária introdução, a defesa passa à questão principal, ou seja, ao processo instruído contra os templários (à frente dos quais estava então o grão-mestre Jacques de Molay) pelo neto de Luís IX, o rei da França, Filipe o Belo.

Seu governo de mão de ferro se assemelha ao estatismo moderno, e aos olhos dos historiadores ele representa, com toda razão, o protótipo do autocrata europeu. As numerosas guerras que trava esvaziam o tesouro do Estado. Seu reinado é marcado por uma série de profundas crises econômicas. Quase imediatamente depois de sua ascensão ao trono, Filipe entra numa disputa ferrenha com o papado, que, como sabemos, leva ao cativeiro do papa em Avignon. Esses elementos de sua política desempenharam um papel decisivo no processo dos templários.

O processo foi instruído, Excelências, para eliminar uma força autônoma, independente do Estado. Foi instruído para a pilhagem (não hesitamos em usar essa palavra) dos bens da ordem. Foi instruído, por último, para impedir que os templários — que eram o terceiro poder e, ainda por cima, tinham uma força internacional — desempenhassem um papel de aliado do Vaticano na disputa do rei com o papa. Tentaremos demonstrar que as acusações de natureza religiosa, moral e ideológica foram apenas uma cortina de fumaça para encobrir os motivos políticos daquela operação.

Apesar da perda de suas possessões no reino de Jerusalém, a ordem continuava uma potência que nenhum soberano pragmático podia desconsiderar. Vinte mil templários armados representavam uma força capaz de decidir não só o resultado de uma batalha, mas também da guerra. Suas possessões e castelos se encontravam não apenas na França, mas em países como Itália, Sicília, Portugal, Castela, Aragão, Inglaterra, Alemanha, Boêmia, Hungria e até Polônia, onde mantiveram dois batalhões e prestaram ajuda ao duque Henrique o Piedoso, numa batalha de Legnica. Mas dois centros tiveram uma importância especial: Chipre, o centro estratégico e a base das expedições para o Oriente; e Paris, o centro político.

Na capital francesa o bairro dos templários, cercado de muros, era uma verdadeira cidade dentro da cidade, com sua própria jurisdição, administração e direito de asilo. A atitude de Filipe o Belo, em relação ao papado, é clara e inescrupulosa. Ele observava as bulas que voavam por cima da cabeça de «nosso querido filho», aquelas «*Ausculta fili*» cheias de persuasão, como pássaros estranhos de uma época distante. O único efeito do ultimato do Concílio de Roma de 1302 é que, a partir de então, será o rei a convocar os Estados Gerais que aprovarão sua política «em nome do povo». O que significaria a teoria das duas espadas para quem só confiava em uma, a que segura na mão? Sua resposta à excomunhão de Bonifácio VIII foi enviar à Itália seu homem de confiança, Guilherme Nogaret, com a ordem de trazer o papa para a França à força.

E como foi a relação entre os templários e Filipe? O acusador disse que não faltam provas de que os oficiais aposentados (assim se pode definir a situação da ordem depois da queda do reino de Jerusalém) gostam de conspirar. Entretanto, os fatos atestam uma verdadeira lealdade ao monarca francês e um apoio, pelo menos financeiro, mas bem significante, aos seus empreendimentos. Nada anuncia o conflito, nenhum sinal de advertência, mas no círculo dos mais próximos conselheiros do rei amadurece o plano de ataque. No mesmo ano em que o rei declara «nossa sincera e particular afeição» à ordem, surge a ocasião de encontrar um pretexto necessário para desencadear um escândalo. As Excelências devem saber que falamos de uma denúncia secreta.

No início de 1305, um tal Noffo Dei, florentino (e para completar um criminoso), em seu depoimento na prisão acusa os templários de apostasia e maus costumes. Além disso, o rei colhe febrilmente informações dos irmãos afastados da ordem. Um exército de espiões invade os castelos e as casas dos templários.

Ao mesmo tempo, mas sem nenhuma relação com as denúncias, o novo papa Clemente v propõe a fusão da ordem dos templários com a dos hospitaleiros, a fim de unir forças para uma nova cruzada que estava demorando a sair e acabou não se concretizando. O grão-mestre Jacques de Molay rejeita a proposta. Não é difícil de intuir que o motivo decisivo não foi o orgulho, mas a dificuldade de conciliar as duas regras. Foi um passo de consequências trágicas.

Ao refletir sobre o processo contra os templários, podemos perceber, Excelências, que Filipe o Belo, não se guiava apenas por um cálculo frio, mas que em sua relação com a ordem houve componentes de uma autêntica paixão. Trata-se de um momento psicológico, é verdade, mas relevante. Tentaremos explicar.

No início de 1306, depois da terceira desvalorização, *le petit peuple* de Paris se revolta. As manifestações chegam a tal ponto que o rei, sentindo-se ameaçado, foge com sua família para a fortaleza dos templários, a famosa Tour du Temple, onde vive um humilhante assédio da «ralé». Embora poucos dias depois os dirigentes da sublevação pendessem enforcados nos portões da cidade, o sabor da derrota foi amargo, pois para um monarca não existe coisa mais humilhante do que ser objeto de gratidão daqueles que logo depois serão tachados de criminosos. No mesmo ano Filipe dirige uma operação que foi uma espécie de exercício antes do processo dos templários. O objeto da operação foi uma nação indefesa — os judeus, cujas propriedades foram confiscadas, eles mesmos cruelmente torturados e, por fim, banidos.

Filipe o Belo, bem sabia que, em ações de grande porte, a polícia política deveria agir com pressa, garantindo a eliminação dos elementos de resistência. O trovão deve cair antes que os ameaçados possam ver a luz do relâmpago.

Na quinta-feira, 12 de outubro de 1307, Jacques de Molay marcha ao lado do rei no cortejo fúnebre da esposa de Carlos de Valois. Na sexta-feira, 13 de outubro, ou seja, no dia seguinte, de madrugada, todos os templários da França são presos. Devemos, Excelso Tribunal, inclinar a cabeça em sinal de triste reconhecimento diante da extraordinária, para aqueles tempos, perfeição da máquina policial.

O acusador disse que a prisão dos templários não surpreendeu ninguém, que as acusações contra eles já haviam sido levantadas inúmeras vezes, que era como se estivessem pairando no ar. Disse também que Filipe o Belo, discutia sobre o assunto com o papa Clemente v, porém mais uma vez omitiu as circunstâncias daquelas conversas. Sabe-se que o objeto das negociações era uma nova cruzada. O papa queria enviar como seu líder aquele perigoso sequestrador dos papas, Nogaret, sobre quem pesava um anátema, e acreditava que assim arruinaria sua carreira política e o reconduziria ao caminho da virtude. Para Filipe, no entanto, a ideia de uma cruzada era completamente estranha, de modo que ele apresentou dificuldades, argumentando que as coisas não iam bem na ordem dos templários, os quais, é claro, deveriam encabeçar o exército rumo ao Oriente. O acusador omitiu também outro fato relevante, ou seja, que o próprio grão-mestre da ordem, Jacques de Molay, se dirigiu ao papa solicitando a abertura de uma investigação a fim de se eximir das acusações imputadas, desprovidas de precisão e clareza. Em seguida, Clemente v, sem encontrar provas fidedignas da culpa dos templários, em setembro de 1307 se dirige a Filipe o Belo, solicitando os resultados das investigações. É óbvio, Excelências, que o rei não podia se desmoralizar tornando públicos os depoimentos dos malfeitores ou dos subornados irmãos expulsos da ordem. Portanto, era preciso arrancar com um ferro abrasado as autoacusações dos que atualmente pertenciam à ordem.

O mandado de prisão, encaminhado aos barões, prelados e representantes do poder real na província, é uma obra-prima da retórica:

> Eis aqui um caso amargo, um caso lamentável, um caso verdadeiramente horrível se pensarmos nele, e horrendo, ao chegar aos nossos ouvidos; um crime hediondo, um delito nojento, um ato abominável, uma infâmia apavorante, práticas totalmente desumanas chegaram aos nossos ouvidos, causando uma grande estupefação e uma repugnância violenta...

Excelências, façam o favor de contar os adjetivos dessa primeira frase. Eles são inseparáveis não só da poesia ruim, mas também constituem um ingrediente indispensável das acusações, quando carecem de provas. Porque no restante do texto citado só há o borbulhar da raiva.

A investigação começou imediatamente depois das prisões e foi conduzida pelo poder secular. A instrução para os comissários recomenda «apurar a verdade com cuidado e, se preciso for, com o uso de torturas». Os acusados são colocados diante de uma alternativa: ou se reconhecem culpados e serão perdoados, ou morrerão na fogueira.

O progresso da civilização, Excelências, consiste, entre outras coisas, em que os simples instrumentos para quebrar crânios substituíram as palavras-machadinhas, que ainda têm a vantagem de golpear psiquicamente o oponente. São palavras como: «corruptor das mentes», «bruxa», «herege». É óbvio que os templários foram acusados de heresia, e foi sobretudo para impedir que o papa interviesse a favor deles. Aliás, desde início a luta foi muito difícil. Filipe o Belo tinha a força, a Santa Sé contava apenas com a diplomacia.

Agora vem a parte mais difícil para a defesa, e não é de estranhar que o acusador tenha dado maior ênfase a esse ponto. De fato, Jacques de Molay confessou em público, diante dos representantes da Igreja, da teologia e da Universidade de Paris, que havia um bom tempo se praticava na ordem um costume: que durante a cerimônia de ingresso dos novos cavaleiros-monges, eles renegassem Cristo e cuspissem na cruz. Outro dignitário da ordem, Geoffroy de Charney, confessou algo parecido, mas com a ressalva de que ele mesmo nunca praticou esse método de admissão à ordem como incompatível com os princípios da fé. Cabe acrescentar que ambos os depoimentos foram dados apenas doze dias depois da prisão, o que parece indicar que eram espontâneos. No entanto, lembremos, Excelências, que durante a investigação o tempo dos acusados é contado por horas, e que o aparato de investigação trabalhava conforme a instrução real, ou seja, «cuidadosamente».

É mais do que provável que ao grão-mestre, um político muito ingênuo, como se percebe do processo, tenha sido prometido que sua confissão pública de culpa preservaria a existência da ordem em sua integridade. Aliás, o próprio ato de cuspir na cruz não deve ser uma prova de apostasia, mas talvez, o que é confirmado pelos especialistas, seja uma manifestação do caráter dialético, por assim dizer, do rito de iniciação. Basta evocar o conhecido rito de ordenação do cavaleiro, em que a simbólica bofetada é a única que ele pode receber sem devolver. Quanto ao próprio fato, os depoimentos de vários templários se contradizem. Alguns declaram que se cuspia ao lado, e não na cruz, outros negam com veemência que algo semelhante fosse praticado. Geoffroy de Gonneville explica que esse costume foi introduzido por um mau mestre que, preso pelos sarracenos, recuperou a liberdade depois de renegar Cristo. No entanto, o mesmo acusado não soube dizer quem foi esse mau mestre. Frei Gérard de Passaggio disse:

> Para quem ingressava na ordem, mostrava-se uma cruz de madeira e se perguntava se era Deus. O interrogado respondia que era a imagem do Crucificado. Então, o frei que recebia o novato dizia: «Não acredites nisso, é só um pedaço de madeira. O Nosso Senhor está nos Céus».

Esse depoimento contradiz a prática de idolatria de que os templários eram acusados e comprova um alto grau de espiritualização de sua fé. Resumindo, Excelências, os depoimentos são contraditórios, tanto no que tange à forma como à gênese do costume. E o mais importante é que nenhuma fonte escrita e, sobretudo, nem a conservada regra da ordem comprova a existência de semelhante rito.

Algo parecido ocorreu com aquele ídolo supostamente venerado pelos templários que, mesmo que tivesse sido um anjo, iria se converter num diabo. O inquisidor Guilherme de Paris, em suas diretrizes para os órgãos de investigação, exige que se faça uma pergunta sobre a estátua de cabeça humana e uma grande barba. Mas também aqui as respostas dos acusados são contraditórias e confusas. Para alguns se tratava de uma figura de madeira, para outros, de prata e couro; feminina ou masculina; sem barba e com barba; parecida com um gato ou um porco; com uma, duas ou três cabeças. Mesmo com o confisco de todos os objetos de culto, não conseguiram encontrar nenhum que correspondesse a tais descrições.

Excelso Tribunal, temos aqui um exemplo clássico de persuasão coletiva. E nós que conhecemos a lógica do medo, a psicopatologia do hostilizado, a teoria de comportamento dos grupos em face do extermínio, não podemos dar crédito a tais imputações. Lembremos também como a imaginação medieval foi atormentada pelo diabo. Quem senão o diabo poderia explicar melhor aos torturados, no fundo das masmorras, o sentido de seu destino?

Faltou ainda dizer, Excelências, o nome daquele demônio. Perdurou até os nossos tempos como objeto de reflexão de muitos especialistas. Mas a única prova material nesse caso não é o objeto, e sim o nome. Pronunciemos, então, este nome: Baphomet.

Segundo um estudioso alemão, o orientalista Hammer-Purgstall, o nome do demônio deriva da palavra Bahumid, que devia significar boi e, por conseguinte, se relacionava ao culto do Bezerro de Ouro, que era também imputado aos templários. Foi uma tese insustentável e depois o próprio autor chegou a substituí-la por outra, igualmente insustentável. O grande historiador Victor Emile Michelet, estudioso dos templários, enxergava no nome a abreviação de uma fórmula que, em consonância com os princípios cabalísticos, devia ser lida da direita para a esquerda. *TEMpli Omnium Hominum Pacis ABbas.* Dizia também que o nome pode derivar de Bapho, o porto cipriota ocupado pelos templários, onde na Antiguidade se encontrava um templo consagrado a Astarté — Vênus e Lua, Virgem e Mãe —, a quem eram oferecidos sacrifícios de crianças. Foi a hipótese apresentada pelo acusador, que deu crédito às mais fantásticas imputações feitas à ordem, dentre elas a do canibalismo.

Parece bastante provável, pelo menos do ponto de vista filológico, a explicação do eminente arabista do início do século XIX, Silvestre de Sacy, segundo o qual o nome do demônio deriva do nome de Maomé transfigurado. É o que confirma um fragmento do poema do templário Olivier, escrito em *langue d'oc*, intitulado «*E Bafonet obra de son poder*»: «E Maomé brilhou com seu poder». Isso de modo algum é uma prova, como quer o acusador, da infiltração do islã na doutrina esotérica dos templários. Embora tenham sido influenciados, em certo grau, pelas religiões do Oriente, nenhum documento comprova que formaram uma seita religiosa. Decerto em suas mentes deve ter ocorrido uma ampliação dos horizontes da fé. Aquilo que significava um axioma para cada nobre franco que partia para a cruzada, ou seja, que o cristianismo era a única religião digna desse nome, ficou fragilizado com os novos contatos e as novas experiências. O Corão, que reconhece Jesus como um dos profetas, sem dúvida facilitou esse processo.

Mas agora voltemos do Oriente, que naquela época já não passava de uma recordação e um eco, para a França, onde está em jogo a vida e a honra da Ordem do Templo.

Filipe o Belo, como convinha a um governante moderno, sabia usar a propaganda com habilidade. Enquanto nas masmorras de toda a França se ouve os gemidos dos torturados, o rei escreve uma carta a todos os soberanos da Europa, denunciando «os crimes» dos templários. No entanto, nem todos acreditam nas acusações e, por exemplo, o rei da Inglaterra, Eduardo II, as considera uma rajada de calúnias e comunica aos reis de Portugal, de Castela, de Aragão e da Sicília, bem com ao papa, sua atitude favorável aos templários. Assim, é fácil inferir que a tal má opinião generalizada sobre os templários não foi tão generalizada como quis convencer o acusador.

Depois daquela fatal e forçada primeira confissão da culpabilidade do grão-mestre, havia só uma esperança para os templários: a de serem transferidos para a jurisdição da Igreja, quer dizer, julgados pelo próprio papa. E realmente, no final de 1307, o rei autoriza a transferência dos presos a Clemente V. Com essa notícia, os templários em massa retiram suas declarações. Conta a tradição que Jacques de Molay fez isso diante da multidão reunida na igreja, mostrando seu corpo dilacerado pelas torturas.

Filipe o Belo, ao ver que os fios da intriga lhe escapam das mãos, aperta a mola da propaganda, dessa vez interna. Em Paris começam a circular folhetos dizendo que o papa foi comprado pelos templários, e nada melhor que argumentos pecuniários para acender as paixões. Depois de exaltar as multidões, Filipe o Belo se dirige ao Parlamento e à Universidade de Paris exigindo apoio para sua política antipapista e o pronunciamento a respeito da questão templária. Mas a universidade responde que os casos de heresia devem ser julgados pelo tribunal eclesiástico. Mais uma prova, Excelências, de que nem toda a opinião da época se pronunciava contra a ordem.

Os intelectuais se opõem, como de costume, mas em compensação o Parlamento, reunido em maio de 1308 em Tours (incompleto, é verdade, pois muitos nobres preferiram justificar sua ausência a fazer parte de uma farsa), depois de conhecer os depoimentos forçados, declara que os templários merecem a pena de morte. Reforçado assim pela opinião do povo, Filipe o Belo se dirige a Poitiers para um encontro com o papa.

Clemente v faz uma jogada de mestre, desviando a conversa para questões da cruzada e diplomaticamente mantendo silêncio sobre o processo instaurado contra os templários. A Filipe o Belo não resta senão recorrer aos dignitários da Igreja que lhe são fiéis, os arcebispos de Narbonne e de Bourges, que na reunião encenada junto com os confidentes do rei atacam a ordem, a indiferença do poder eclesiástico, sem poupar insultos contra o papa. Clemente v permanece firme em sua posição. Diz até que algumas declarações dos templários não lhe parecem críveis e, para ganhar tempo, anuncia que no próximo ano o Concílio de Vienne tratará da questão da ordem. Também exige uma entrevista com os principais acusados.

Estes seguem escoltados de Paris a Poitiers. A viagem é interrompida de repente em Chinon, sob a alegação de uma doença que acometia os acusados. Excelências, sem dúvida foi um plano traçado de antemão. Chinon, cujas ruínas assombrosas se conservaram até nossos dias, era um lugar perfeito para essa parada, por causa de seus enormes subterrâneos. Quando os enviados do papa, acompanhados de Nogaret e Plaisians, inimigos ferrenhos dos templários, chegam a esse novo lugar de suplício, os acusados ficam calados ou reconhecem sua culpa. De volta à masmorra, podem escrever nos muros seu testamento.

Ao examinar as atas do processo, percebe-se facilmente a frequência com que os acusados retiram seus depoimentos, e alguns dias depois confessam de novo os crimes mais horrendos. Isso só pode ser explicado pelo uso do fogo, da caldeira, da estrapada, dos sapatos de ferro e dos colares sufocantes pelos interrogadores.

A defesa se permite citar fragmentos de alguns dos depoimentos.

> Ponsard de Gizy, 29 de novembro de 1309:
>
> Perguntado se fora submetido às torturas, respondeu que há três meses, quando prestou depoimento diante do bispo de Paris, foi jogado num fosso estreito com as mãos atadas por trás, com tanta força que o sangue saía das unhas, e então disse que, se continuassem a torturá-lo, negaria todas as declarações anteriores e diria tudo que quisessem. Estava

> disposto a tudo só para que o suplício fosse breve, decapitação, fogueira, caldeiras de água fervendo, a tal ponto não pôde suportar os longos tormentos que sofria há mais de dois anos na prisão.

Frei Bernardo de Albi: «Fui tão torturado, interrogado e mantido no fogo por tanto tempo que meus pés ficaram queimados, e senti meus ossos se quebrando dentro de mim».

Frei Aimery de Villiers-le-Duc, 13 de maio de 1310:

> O protocolo diz que o acusado estava pálido e assustado. Jura com a mão no altar que os crimes imputados à ordem são pura invenção. «Se estou mentindo, que o inferno devore meu corpo e minha alma neste exato instante.» Quando leram para ele suas declarações anteriores, respondeu: «Sim, confessei uma série de erros, mas foi por causa dos suplícios que me infligiam os cavaleiros do rei, G. de Marcilly e Hugues de la Celle, durante os interrogatórios. Ontem vi meus 54 irmãos levados em carros para serem queimados vivos... Ah, se devo ser queimado na fogueira, confesso que tenho medo da morte, que não a suportarei, que me dobrarei... Confessarei sob o juramento diante de vós, diante de quem quiserdes, todos os crimes que imputais à ordem; confessarei que matei Deus, se é isso que será exigido de mim.

Queria chamar a atenção do Excelso Tribunal para o aspecto psicológico da morte na fogueira. O medo atroz do fogo surge do conhecimento instintivo de que o sofrimento que inflige ao corpo é o mais doloroso que existe. Que forças espirituais são necessárias para conservar a fé de que conseguiremos, desse elemento incrivelmente destruidor, salvar pelo menos a mais ínfima parte de nosso ser. Para os homens medievais, o gosto da cinza não era o gosto do nada. A morte no fogo era a antecâmara do inferno, daquela inextinguível fogueira em que sofrem os corpos nunca queimados até o fim. O fogo físico se confundia com o fogo espiritual. O suplício atual anunciava o sofrimento eterno. O Céu — morada dos eleitos, frias e silenciosas massas de ar — era, aos olhos dos agonizantes, longínquo e inalcançável.

No início de 1309, o inquérito é reaberto. O que distingue essa nova fase do processo é que, por um lado, os parafusos da máquina de extorsão das confissões são cada vez mais apertados (só em Paris 36 templários morrem durante os interrogatórios); por outro, algo que parece inexplicável: o aumento incomum até então da resistência dos prisioneiros, que desistiram de todo tipo de subterfúgios e da política. Jacques de Molay declara que vai defender a ordem, mas só na presença do papa. Outros irmãos fazem declarações semelhantes. No dia 2 de maio, o número dos templários dispostos a defender a ordem aumenta para 563. A resposta a essa resistência em massa é a fogueira, em que ardem 54 templários. O antigo método romano de dizimação volta a triunfar.

Em junho de 1311, o processo investigatório foi encerrado e suas atas foram enviadas ao papa. O Concílio de Vienne não trouxe a ajuda esperada pela ordem. Lembremo-nos de que era época do cativeiro de Avignon e que o papa considerava a causa definitivamente perdida. A bula *Vox Clamantis*, de 3 de abril de 1312, dissolvia a ordem, embora sem a condenação dos templários. Seus bens deveriam ser entregues à Ordem dos Hospitalários. Assim, o sangue dos irmãos da Ordem do Templo não se converteu em ouro para Filipe o Belo.

No entanto, as prisões da França estão cheias e é preciso fazer algo, sobretudo com os dignitários da ordem que querem se defender diante do tribunal, sozinhos, «porque não temos nem cinco tostões para pagar outra defesa». E não param de exigir sua apresentação diante do tribunal papal.

Mas a investigação já foi concluída, e os enviados de Clemente v assistem passivos ao pronunciamento das sentenças. Os dirigentes dos templários correm o risco de serem condenados à prisão perpétua.

A sentença que condenava Jacques de Molay e Geoffroy de Charney foi lida na catedral de Notre-Dame. Uma enorme multidão a ouvia em silêncio, mas, antes que a leitura terminasse, os dois chefes (talvez sob a influência do exaltado gótico de Notre-Dame) se dirigiram ao povo, exclamando que as acusações dos crimes e da heresia contra a ordem eram falsas e que a regra dos templários «sempre foi santa, justa e cristã». A mão pesada do guarda cai sobre a boca do Mestre para abafar as últimas palavras dos condenados. Os cardeais entregam os recalcitrantes às mãos do tribunal de Paris. Filipe o Belo ordena que sejam queimados na fogueira ainda naquele mesmo dia. Para aplacar sua ira, ele entrega às chamas mais 36 irmãos intransigentes.

Excelso Tribunal, aqui aparentemente termina o drama dos cavaleiros da Ordem do Templo. Os estudiosos vasculham os túmulos em busca da chave do mistério. Às vezes conseguem encontrar uma cadeia de éons, em outras descobrem a fascinante careta do suposto Baphomet num portal. A defesa empreendeu uma tarefa modesta: investigar os instrumentos.

Na história, nada se encerra definitivamente. Os métodos usados na luta contra os templários entraram no repertório do poder. Por isso, não podemos entregar esse caso distante apenas aos pálidos dedos dos arquivistas.

PIERO DELLA FRANCESCA

A Jarosław Iwaszkiewicz

Alguns amigos me dizem: bem, você esteve lá, visitou muitos lugares, gostou de Duccio e das colunas dóricas, dos vitrais de Chartres e dos touros de Lascaux — mas me conte: qual foi o seu escolhido, quem é seu pintor favorito, aquele que você não trocaria por nenhum outro? Uma pergunta bastante razoável, pois cada amor, se for verdadeiro, deve destruir o anterior, aniquilar o homem por completo, tiranizar e exigir exclusividade. Então penso um pouco e respondo: Piero della Francesca.

Nosso primeiro encontro foi em Londres, na National Gallery. É um dia nublado, uma névoa asfixiante paira sobre a cidade. Embora eu não tivesse nenhuma intenção de visitar o museu naquele dia, tive de encontrar um abrigo para me proteger da umidade sufocante. Já na primeira sala, percebi que esse museu londrino supera em muito o do Louvre. Eu nunca havia visto tantas obras-primas juntas. Talvez não seja o melhor método de se familiarizar com a arte. Num programa de concertos, sempre é bom incluir, além de Scarlatti, Bach ou

Mozart, alguns compositores menores, não por espírito de contradição, mas de conhecimento.

Onde mais me demorei foi junto ao pintor cujo nome eu conhecia apenas de livros. O título do quadro é *A Natividade*, uma extraordinária composição cheia de luz e de uma alegria grave que imediatamente salta aos nossos olhos. Tive a mesma sensação quando vi Van Eyck pela primeira vez. Não é fácil definir esse tipo de impacto estético. O quadro paralisa, não deixa que você se afaste nem se aproxime, como no caso das pinturas contemporâneas, para cheirar a tinta e espiar o tratamento da tela. O fundo de *A Natividade* mostra um pobre estábulo que na verdade é um muro de tijolos desmoronando, coberto por um pequeno telhado inclinado. Em primeiro plano, na relva gasta como um tapete velho, está deitado o Recém-Nascido. Atrás dele, um coro de cinco anjos descalços, com o rosto virado para o espectador, fortes como pilastras e muito terrenos. Suas faces grosseiras contrastam com o rosto iluminado (como em Baldovinetti) da Madona, ajoelhada à direita em adoração silenciosa. Suas belas mãos ardem como velas frágeis. Ao fundo, vemos o dorso maciço de um boi, um jumento, dois pastores, talvez flamengos, e São José que está de perfil para o espectador. Duas paisagens, uma de cada lado, como janelas pelas quais entra uma luz cintilante. Apesar da deterioração do quadro, as cores são puras e ressonantes como as de um vitral. O quadro pintado nos últimos anos da vida do artista é, como disse alguém acertadamente, a oração vespertina de Piero à infância e à madrugada.

Na parede oposta, *O batismo de Cristo*. A mesma solenidade arquitetônica da composição, embora o quadro seja anterior à obra *A Natividade* e uma das primeiras telas de Piero a serem resgatadas. A solidez corporal das figuras contrasta com a paisagem leve, melodiosa e pura. Há uma finalidade na disposição das folhas lançadas ao céu; o instante se transforma em eternidade.

A sábia máxima de Goethe, «*Wer den Dichter will verstehen, muss in Dichters Lande gehen*», se traduz na pintura como: os quadros, como fruto da luz, devem ser contemplados sob o sol nativo do artista. Realmente, não parece que Sassetta, mesmo disposto num dos melhores museus americanos, esteja no lugar mais apropriado. Decidi, então, peregrinar à terra de Piero della Francesca, mas, como os meios eram escassos, tive de me deixar levar pelo azar e pela aventura. Por isso, minha história não segue uma cronologia, algo que é tão caro aos historiadores.

Primeiro fui a Perúgia. Essa cidade sombria, talvez a mais tenebrosa de todas as cidades italianas, repousa em meio à paisagem verde e dourada da Úmbria, até hoje aprisionada entre as muralhas. Está suspensa numa grande rocha sobre o Tibre e já foi comparada à mão de um gigante. Essa cidade etrusca, romana e gótica, é marcada por uma história cruel e violenta. Seu símbolo é o Palazzo dei Priori, um edifício poderoso com ornamentos de metal e uma parede inclinada como uma barra de ferro fundido. Atrás de uma praça ocupada por elegantes hotéis, onde se localizava o Palazzo Baglioni, hoje em ruínas, há um fantástico labirinto de ruelas, escadas, travessas e subsolos, um equivalente arquitetônico do espírito inquieto dos moradores de Perúgia.

«*I perugini sono angeli o demoni*», disse Aretino. No escudo da cidade há um grifo com a boca aberta e garras de ave de rapina. Em sua época de esplendor, a república de Perúgia dominava a Úmbria, e vinte castelos defendiam seu território. O temperamento de seus cidadãos é muito bem representado pela poderosa família Baglioni, em que poucos morreram de forma natural. Eram vingativos, cruéis, e nas belas noites de verão organizavam com sutileza artística os massacres de seus inimigos. As primeiras «pinturas» da escola de Perúgia são os estandartes militares. Aqui as igrejas têm caráter de bastiões, e a bela fonte de Giovanni Pisano foi concebida nem tanto como um objeto de contemplação estética, mas como um depósito de água para os defensores durante os numerosos assédios. Depois das intermináveis lutas internas, a cidade caiu no domínio dos papas, que para domá-la definitivamente construíram uma cidadela *ad coercendam Perusinorum audaciam.*

De manhã tomei café num pequeno bistrô, respirando a frescura das caves. À minha frente estava sentado um homem grisalho, de barba por fazer, os olhos estreitos e a postura de um boxeador aposentado. Lembrou-me de um retrato de Hemingway que eu havia visto. Mas era o próprio Ezra Pound (contou-me com orgulho o dono do local). A pessoa certa no lugar certo. Um homem impetuoso que se sentiria muito bem na companhia dos Baglioni.

Em meados do século XV, Piero della Francesca, na época um artista já maduro e, como seus colegas, «um prestidigitador errante», se dirige a Roma, onde pinta os afrescos dos aposentos de Pio II, que infelizmente sucumbiram à destruição. A caminho da corte papal, Piero se detém em Perúgia.

A pinacoteca local possui seu políptico *Madona com o menino, rodeados pelos santos*. O fundo dourado em pleno Quattrocento é impressionante! O contrato com o mosteiro de Santo Antônio resolve o enigma. Simplesmente, os frades que encomendaram a pintura a Piero tinham um gosto conservador e desejavam que os santos estivessem enquadrados numa glória celestial abstrata, e não dentro de uma paisagem. Embora não seja o melhor trabalho de Piero, ele tem a vitalidade própria do artista, em sua representação das figuras com cabeças robustas e braços semelhantes a copas de árvores.

Mas o mais impressionante é a predela desse políptico, que representa São Francisco ao receber os estigmas. O mestre renascentista faz aqui uma referência direta à tradição de Giotto. As figuras de dois monges numa paisagem desértica, numa terra árida, friccionada com cinzas, ambos sobrevoados por um pássaro bizantino — Cristo.

A meio caminho entre Perúgia e Florença encontra-se Arezzo, uma cidade presa a uma colina encimada por uma fortaleza. Aqui nasceu o filho de um refugiado florentino, Petrarca, que anos depois descobriu a pátria dos exilados, a filosofia, e também Aretino, «cuja língua feria os vivos e os mortos e que só de Deus não falava mal, explicando que não o conhecia».

A igreja de São Francisco é austera e sombria. É preciso atravessar todo um enorme vestíbulo de trevas para alcançar o coro e o maior milagre da pintura de todos os tempos. Ali se observa o ciclo de catorze afrescos denominado *A lenda da Cruz Verdadeira*, que Piero pintou entre 1452 e 1466, portanto na idade madura. O tema vem do Evangelho apócrifo de Nicodemo e da *Lenda dourada* de Tiago de Voragine. Tentaremos (certos de que será um empreendimento fadado ao insucesso) descrever o afresco.

A morte de Adão. Segundo a lenda, a Árvore da Cruz cresceu da semente colocada debaixo da língua do moribundo Pai da Espécie. Adão desnudo agoniza nos braços da velha Eva. As figuras dos anciãos de Piero não têm nada em comum com o homem arruinado que Rembrandt gostava tanto de representar. Elas possuem o páthos e a sabedoria dos animais no momento da morte. Eva pede a Set que vá ao Paraíso e traga o azeite que curará Adão. À esquerda do afresco, Set conversa com um anjo diante do portão do Paraíso. No centro, debaixo de uma árvore desesperadamente nua, jaz Adão, todo rígido, a quem Set põe na boca uma semente. Algumas figuras baixam a cabeça sobre o morto. Uma mulher, de braços abertos, lança um grito mudo, mas nesse grito não há pavor, só profecia. A cena toda é patética, simples e helênica como os versículos do Novo Testamento escritos aqui por Ésquilo.

Encontro entre a rainha de Sabá e o rei Salomão. Segundo uma narrativa medieval, a Árvore da Cruz perdurou até os tempos de Salomão. O rei mandou cortá-la para ser usada na construção da ponte sobre o rio Siloé. Nesse mesmo lugar, a rainha de Sabá tem uma visão e cai de joelhos, rodeada de espantadas damas da corte. É um jardim repleto de beleza feminina. Piero criou o homem como só os maiores entre os maiores conseguem. Os traços de suas figuras são facilmente reconhecíveis; vistas uma vez, nunca serão esquecidas, assim como é impossível confundir as mulheres de Botticelli com as mulheres de qualquer outro mestre. Os modelos de Piero têm as cabeças ovais, assentadas em longos e cálidos pescoços, e os braços roliços, bem acentuados. A forma da cabeça é realçada por cabelos lisos grudados no crânio. Os rostos são desnudos, completamente dominados pelo olhar, as feições retesadas e concentradas. Os olhos de pálpebras amendoadas quase nunca se encontram com o olhar do observador. Essa é uma das características da pintura de Piero que se afasta do psicologismo barato que transformou a pintura num teatro de gestos e caretas. E quando quer expressar o drama (como por exemplo neste caso, pois a rainha de Sabá está sozinha em sua experiência mística), rodeia sua protagonista por um grupo de moças surpresas e, para aumentar o contraste, acrescenta ainda cavalos embaixo de uma árvore e dois escudeiros, moços simples e bonitos, que preferem os cascos e o pelo dos cavalos a milagres. Como em muitas outras obras de Piero, a hora é indefinida: pode ser madrugada ou meio-dia.

A cena se estende e o mestre continua sua narração, mantendo a unidade da perspectiva, como que a unidade convencional de lugar do teatro clássico. Debaixo de um pórtico coríntio, pintado com a precisão de um arquiteto, agora ocorre o encontro entre a rainha de Sabá e o rei Salomão. Dois mundos: a corte feminina da rainha, cheia de cores e muito teatral, e os dignitários de Salomão, um estudo de severa sabedoria política e solenidade. A riqueza renascentista do vestuário, mas sem os adornos e os detalhes de Pisanello. Os dignitários de

Salomão estão firmemente de pé no chão de pedra, e seu calçado alongado lembra as pinturas egípcias.

Em consequência da visita, a ponte é desmontada. Esse é o tema da cena seguinte, em que três operários carregam um pesado bloco de madeira. É como se fosse uma antecipação do caminho de Jesus ao Gólgota. Porém, esse fragmento é bastante pesado e — talvez excetuando a figura central — pintado com ingenuidade, de modo que os historiadores apenas pressentem a mão dos discípulos de Piero.

A Anunciação está inserida dentro da arquitetura de Alberti, de perfeito equilíbrio e perspectiva infalível.

O sonho de Constantino. Agora Piero abandona os pórticos de pedra e pinta o interior da tenda marrom-dourada de Constantino, um dos primeiros claro-escuros noturnos de que se tem notícia da pintura italiana. A luz das tochas molda suavemente as figuras de dois guardas e, no primeiro plano, aparecem um cortesão sentado e o imperador dormindo.

A vitória de Constantino lembra ao mesmo tempo Uccello e Velázquez, com a ressalva de que Piero desenvolve seu tema com a simplicidade e a sublimidade próprias da Antiguidade. Até o caos da cavalgada é organizado. Conhecendo perfeitamente o princípio de abreviação, nunca o utiliza para fins de expressão, nunca rompe a harmonia do plano. As lanças erguidas sustentam o céu, a paisagem está embebida de luz.

Tortura do judeu trata do homem chamado Judas, que conhecia o lugar onde foi escondida a Árvore da Cruz; como não quis revelar o segredo, por ordem de Helena, mãe do imperador, foi jogado num poço seco. A cena apresenta o momento em que dois homens do imperador tiram Judas do poço, arrependido, por meio de uma tábua e uma corda, pendurados num andaime triangular. O senescal Bonifácio o segura com força pelos cabelos. O assunto sugere um estudo da crueldade, mas a linguagem usada por Piero é objetiva e indiferente. Os rostos das personas do drama são imóveis, desprovidos de qualquer emoção. Se existe algo apavorante nessa cena é aquele andaime triangular com a corda e a plataforma. Mais uma vez, a geometria absorve a paixão.

A descoberta e a prova da Verdadeira Cruz. O afresco se divide em duas partes interligadas pelo tema e pela composição. Na primeira cena, a mãe de Constantino observa três trabalhadores que puxam três cruzes. Ao longe, numa colina, vê-se uma cidade medieval cheia de torres, de telhados íngremes, muros cor-de-rosa e amarelos.

Na segunda cena, um homem seminu ressuscita dos mortos ao tocar a cruz. A mãe do imperador e suas damas da corte se prostram diante daquela cena. A arquitetura que constitui o pano de fundo é como um comentário ao acontecimento apresentado. Não se trata, como no afresco anterior, de uma cidade fantasma medieval, mas de uma composição harmoniosa de triângulos de mármore, quadrados e círculos, uma sabedoria renascentista madura. Aqui, a arquitetura desempenha um papel de verificação definitiva e racional do milagre.

Trezentos anos depois da descoberta da Cruz, o rei persa Chosroes se apodera de Jerusalém e da relíquia mais valiosa da cristandade, mas é derrotado pelo imperador Heráclio. A batalha é narrada com desenvoltura. Um emaranhado de homens, cavalos e ferramentas de guerra só aparentemente lembra as famosas batalhas de Uccello. O que surpreende o espectador é a enorme tranquilidade que emana dos afrescos de Piero. As batalhas de Uccello são barulhentas; seus cavalos de cobre batem as ancas, a algazarra do massacre e o tropel de cavalos sobem até a linha do céu e caem com força na terra. Em Piero, os gestos são lentos e solenes. A narração é epicamente desapaixonada, e os assassinados e assassinos cumprem seu sangrento rito com a mesma seriedade de lenhadores ao derrubar uma floresta. O céu sobre a cabeça dos guerreiros é transparente. Os estandartes que tremulam ao vento «se inclinam de cima com suas asas caídas como dragões, lagartos e aves trespassados com lanças».

Finalmente, o vencedor Heráclio, à frente da procissão solene, carrega descalço a Cruz até Jerusalém. O séquito do imperador é composto de sacerdotes armênios e gregos, que usam chapéus coloridos bastante estranhos. Os historiadores da arte se perguntam onde Piero encontrava trajes tão fantásticos assim. Mas pode ser que o fator decisivo tenha sido apenas o aspecto composicional. De acordo com seu gosto pela monumentalidade, Piero coroa a cabeça de seus personagens como o arquiteto adorna os capitéis das colunas. A marcha de Heráclio, o final da lenda dourada, soa solene e cristalina.

A umidade e a incompetência dos restauradores danificaram seriamente a obra-prima de Piero. As cores estão apagadas, como se tivessem sido friccionadas com farinha, e a precária iluminação do coro não permite contemplar os afrescos em sua plenitude. Mas se salvasse só uma figura dessa lenda, uma só árvore, um só pedaço de céu, seria possível, a partir dessas migalhas, como dos fragmentos de um templo grego, reconstruir o conjunto completo.

Procurando a chave do segredo de Piero, observou-se que ele foi um dos mais impessoais e supraindividuais artistas de todos os tempos. Berenson o compara com o escultor anônimo do Partenon e com Velázquez. Suas figuras humanas encenam o drama patético de semideuses, heróis e gigantes. A ausência de expressão psicológica permite apreciar melhor valores puramente artísticos, que se escondem na forma, no movimento dos blocos e na luz. «A expressão facial é uma coisa tão dispensável e, muitas vezes, tão constrangedora que eu geralmente prefiro uma estátua sem cabeça», confessa Berenson. Assim também Malraux, que considera o autor de *A lenda da Cruz Verdadeira* o inventor da indiferença como uma expressão dominante das figuras de Piero: «A multidão de suas esculturas só se anima na hora da dança sacra... o que reflete o princípio da sensibilidade moderna, a qual exige que a expressão do pintor derive da própria pintura, e não das figuras que apresenta».

Acima da luta de sombras, das convulsões, do barulho e da raiva, Piero della Francesca construiu *lucidus ordo*, uma ordem perpétua da luz e do equilíbrio.

Pensei em abrir mão de Monterchi, um pequeno povoado a 25 quilômetros de Arezzo, que parece uma lagoa de pedra coberta de lemna e ciprestes. Mas fui encorajado pela carta de um amigo. Ele escreveu:

> O cemitério e a capela de Monterchi ficam numa colina, um pouco fora do caminho, a uns cem metros da aldeia, na qual o aparecimento de um carro de fora causa uma agitação. Chega-se por uma avenida de oliveiras que se interpõe aos vinhedos. A capela e a casinha do vigia do cemitério ficam paralelas aos necrotérios e, graças às exuberantes vinhas ao redor, criam uma imagem idílica. As moças e as mães com crianças vêm passear aqui ao entardecer.

Por fora, a capela é amarela; seu interior é branco calcário; talvez ela seja barroca, mas na verdade carece de qualquer estilo. É muito pequena, a *mensa* do altar se situa no nicho, e lá dentro há lugar apenas para um caixão e algumas pessoas. As paredes são nuas, o único adorno é precisamente um quadro, um afresco emoldurado, bastante danificado nas partes laterais e inferior. Em sua peregrinação ao longo dos séculos, os anjos perderam as sandálias e um restaurador desajeitado tentou consertá-las.

É com certeza uma das mais provocantes Madonas que qualquer artista ousou pintar. Humana, rústica e carnal. Os cabelos colados ao rosto deixam suas grandes orelhas descobertas. Ela tem um pescoço sensual e os braços roliços. O nariz reto, os lábios carnudos e cerrados, as pálpebras caídas que escondem pupilas negras fixadas em seu próprio corpo. Um vestido simples de corte alto, aberto dos seios até os joelhos. Sua mão esquerda está encostada no quadril, num gesto de camponesa, e a direita toca o ventre, sem nenhuma conotação de vulgaridade, assim como se toca um mistério. Para os camponeses de Monterchi, Piero pintou o que ao longo dos séculos será um comovente segredo de todas as mães. Ao lado, dois anjos afastam vigorosamente os dois lados de uma cortina.

Por sorte, Piero não nasceu em Florença nem em Roma, mas no pequeno Borgo Sansepolcro, longe dos tumultos da história, em meio a campos silenciosos e árvores delicadas. O mestre voltava com frequência e de bom grado à sua cidade natal, onde ocupava cargos municipais e veio a morrer.

O Palazzo Municipale guarda duas obras de seu filho mais ilustre. Uma é o políptico *Madona da Misericórdia*, que Focillon considera a primeira obra independente de Piero. A parte superior representa a crucificação. Cristo é pintado de modo patético e austero, mas as duas figuras aos pés da Cruz, a Madona e São João, têm uma força expressiva que já não encontramos nas obras posteriores de Francesca. O gesto de seus braços e de suas mãos abertas expressam um grande desespero, como se Piero ainda não tivesse elaborado sua poética de contenção e silêncio. Mas o quadro principal, a Madona protegendo com seu manto os fiéis, já tem traços de seu estilo futuro. A figura central é alta, poderosa e impessoal como um elemento natural. Seu manto cinza-esverdeado desce como uma chuva cálida sobre as cabeças dos fiéis ajoelhados.

A ressurreição de Cristo. Piero pintou com a mão segura do homem que está na casa dos quarenta. A figura de Cristo se apresenta firme, tendo como pano de fundo uma paisagem melancólica da Toscana. É a figura de um vencedor. Na mão direita, ele segura com força uma bandeira. Com a esquerda, pega o sudário como se fosse uma toga romana. Tem o rosto sábio e selvagem, com os olhos abismais de Dionísio. O pé direito está apoiado na borda do sepulcro, como alguém que esmaga o pescoço de um adversário vencido em duelo. No primeiro plano há quatro sentinelas romanos, abatidos pelo sono. O contraste desses dois estados — o de repentino despertar e o da letargia pesada dos homens transformados em objetos — é arrebatador. A luz realça o céu e Cristo; os vigilantes e a paisagem no fundo estão imbuídos de sombra. Embora todo o grupo pareça estático, Piero demonstra de forma genial, como se fosse um físico, o problema da inércia e do movimento, da energia viva e do entorpecimento, enfim, todo o drama da vida e da morte expresso com as medidas da inércia.

A comuna de Urbino já foi comparada a uma grande dama sentada num trono negro, coberta por um manto verde. Aquela dama é o palácio que domina a pequena cidade, assim como os donos do palácio, os príncipes de Montefeltro, dominaram sua história.

No princípio, os Montefeltro eram cavaleiros bandidos. Dante, a suprema autoridade em questões escatológicas, coloca um deles, Guido, no círculo do inferno onde gemem os semeadores de discórdia. Porém, com o passar do tempo, os temperamentos se acalmaram e as personalidades ficaram mais refinadas. Frederico, que chegou ao poder em 1444, foi um exemplo de general humanista. Se entrava em guerra — como com o aventureiro Malatesta de Rimini, assassino de suas duas esposas, retratado por Piero numa pose piedosa, ajoelhado diante de São Sigismundo —, ostentava uma aversão manifesta aos espetáculos sangrentos. Era tão corajoso quanto prudente e, graças ao serviço de *condottiere* prestado aos Sforza, aos aragoneses e ao papa, triplicou suas propriedades. Gostava de passear pela capital do principado sozinho, vestido com roupas modestas, vermelhas, sem escolta (naquele tempo esse truque de propaganda já era conhecido), e conversar com seus súditos como se fossem pessoas iguais a ele. E mesmo que durante essas amistosas conversas os súditos se ajoelhassem beijando-lhe as mãos, naqueles tempos ele era conhecido como um soberano bastante liberal.

Sua corte, em que reinava uma *sanitas* de costumes incomum para a época, era um oásis para os humanistas, e Castiglione a tomou como modelo para sua obra *O cortesão*. O príncipe colecionava antiguidades, artistas e sábios. Frequentavam sua corte, onde trabalhavam ou com quem Frederico, pelo menos, manteve estreitas relações, homens como Alberti, o arquiteto mais célebre da época, o escultor Bernardo Rossellini, os mestres Joos van Gent, Piero della Francesca, Melozzo da Forli, dentre outros. Há um retrato pintado por este último. Frederico está sentado em sua biblioteca, de armadura completa (embora todo esse ferro seja aqui só um ornamento do poder), segurando um enorme livro apoiado num púlpito. Pois o príncipe de Urbino foi também um grande bibliófilo. Depois da batalha de Volterra não quis cavalos nem ouro como espólio, mas a Bíblia em hebraico. Sua biblioteca era, com certeza, mais rica do que seu arsenal, e ele possuía raros manuscritos de teólogos e humanistas.

Falamos tanto sobre Frederico de Montefeltro porque durante um bom tempo ele foi amigo e protetor de Piero della Francesca, o que representa um importante título para sua fama póstuma. É possível que, na corte de Frederico, nosso artista tenha passado os anos mais felizes de sua vida. Segundo Vasari, uma fonte inestimável para saber quantas obras-primas foram perdidas, o mestre pintou em Urbino uma série de quadros em formato pequeno que o príncipe apreciava muito, mas que, infelizmente, se perderam nas guerras que assolaram o país.

Não é em Urbino, mas em Florença, na Galleria degli Uffizzi, que se guarda e díptico de Piero que mostra Frederico e sua esposa Battista Sforza. O contraste dessas duas figuras é impressionante. A tez de Battista é cérea, sem uma gota de sangue (daí as suposições de que o quadro foi pintado depois da morte da princesa). Em compensação, o rosto bronzeado do príncipe exala energia. O perfil é de abutre, a cabeça se assenta numa nuca leonina e num tronco poderoso. A cabeça é coberta por um capuz vermelho, a veste da mesma cor, o cabelo espesso é de um negro corvino. O busto do príncipe de Montefeltro se eleva como uma rocha solitária no fundo de uma paisagem fantasiosa, longínqua e muito delicada. Para atravessar a distância entre a figura e a paisagem, o olhar precisa desabar no abismo sem passar por nenhum plano intermediário, sem avistar qualquer continuidade de espaço ou de perspectiva.

A figura do príncipe cai, do céu de leveza inefável, no primeiro plano como um meteoro ardente.

As duas cenas alegóricas no reverso dos retratos transbordam a poesia da corte. São os cortejos triunfais, tão apreciados na pintura renascentista. O carro da princesa, rodeada de quatro virtudes teologais, é atrelado com dois unicórnios. A paisagem cinzenta, terrosa e apagada só se ilumina no limite do horizonte. Decerto é uma alusão à morte. O carro triunfal do príncipe é atrelado com dois corcéis brancos. O príncipe é acompanhado por Justiça, Força e Moderação. A vista fantástica das montanhas está repleta de luz. A auréola azul se reflete no espelho-d'água. A inscrição da alegoria proclama:

> Clarus insigni vehitur triumpho
> Quem parem summis ducibus perennis
> Fama virtutum celebrat decenter
> Sceptra tenentem

A Galeria de Urbino possui duas obras-primas de Francesca, de duas épocas diferentes de sua vida. A primeira é a Madona com dois anjos, chamada *Sinigalia* por causa da igreja em que antes se encontrava. Mesmo sem documentos comprobatórios, é considerada uma das últimas obras do mestre. Alguns veem nela sintomas de decadência senil. É difícil de concordar com essa opinião. Melhor dar razão àqueles que veem na obra uma tentativa de renovação do estilo.

A nova luz veio do Norte. Em nenhuma outra obra se pode ver melhor o confronto dramático da imaginação do mestre italiano com a força poderosa de Van Eyck, que o influenciou na juventude. Essas suspeitas de influência são comprovadas pela paixão pelo detalhe, ausente em outras obras de Piero. As mãos dos anjos, da Madona, do Menino Jesus são pintadas com a paixão pelo detalhe, considerada bem flamenga. Toda a cena, simples e estática, ocorre no interior. Não se trata de uma arquitetura renascentista como nos afrescos de Arezzo, mas — algo inédito na obra de Piero — um interior íntimo, o fragmento de uma sala cinza-azulada com um corredor que se abre à direita. A perspectiva do corredor não é concluída, mas interrompida por uma parede diagonal com janelas, de onde entra a luz necessária para iluminar as figuras do primeiro plano. É um estudo sobre o claro-escuro. A disposição das figuras é concisa e monumental, a Madona tem o rosto comum das amas de leite dos reis. O pequeno Menino Jesus levanta a mão num gesto imperioso e, olhando à frente com olhar sábio e severo, parece uma miniatura de um futuro imperador ciente de seu poder e de seu destino.

A segunda obra, *A flagelação de Cristo*, surpreende por sua absoluta originalidade no tratamento do tema e com uma harmonia de composição plena. Aqui se deu uma síntese da pintura e da arquitetura, impossível de ser encontrada na pintura europeia. Repetimos várias vezes a palavra «monumentalidade», realçando a importância da arquitetura na obra de Francesca. É hora de examinar de perto essa questão. Aliás, ela não se refere a uma época apenas, porque na extinção do sentido de arquitetura — a arte suprema de organização do que é visível — reside a crise da pintura contemporânea.

O homem que influenciou Piero mais do que qualquer pintor vivo ou morto (Domenico Veneziano, Sassetta, Van Eyck, os perspectivistas de sua época: Uccello e Masaccio) foi o arquiteto Leon Battista Alberti.

Nascido por volta de 1400, era filho de uma eminente família florentina expulsa de sua cidade natal. Para se ter ideia do que os Alberti representavam para Florença, basta considerar uma cifra, ou seja, a do altíssimo prêmio oferecido pelos triunfantes e vingativos Alzzi a quem matasse um dos membros dessa família. Leon Batista estudou em Bolonha e teve uma excelente formação renascentista, mesmo em condições de pobreza, uma vez que naquele tempo morreu seu pai. Fez doutorado em direito, mas estudou também grego, matemática, música e arquitetura. As viagens que fazia como homem relacionado com o papado completaram seus estudos. Sua roda da fortuna era inconstante e a sorte lhe sorriu apenas quando seu amigo, o humanista Tommaso da Sarzana, se tornou o papa Nicolau v. Alberti era uma pessoa valorizada tanto por sua beleza quanto por seus dotes intelectuais, como um modelo de atleta e enciclopedista da Renascença. «Um homem de mente brilhante, juízo perspicaz e conhecimentos profundos.» Angelo Poliziano assim o apresenta a Lorenzo de Médici:

> Não eram desconhecidos a este homem os livros mais antigos nem as habilidades mais insólitas. Não se sabe se foi mais dotado para a retórica ou para a poesia, se seu estilo é mais sério ou requintado. Chegou a estudar as ruínas das construções antigas, a ponto de conhecê-las por completo e apontá-las como modelo. Inventou não só máquinas e autômatos, mas também muitos edifícios bonitos e, além disso, foi considerado um excelente pintor e escultor. Os últimos anos de sua vida (morreu em 1472) foram iluminados pela fama. Comparavam-no a Sócrates. Foi amigo de poderosos como os Gonzaga e os Médici.

Deixou cerca de cinquenta obras, estudos, tratados, diálogos e pequenos ensaios morais, sem falar das cartas e dos apócrifos. Sua fama póstuma se deve às suas obras sobre escultura, pintura e arquitetura. Seu tratado principal, *De re aedificatoria*, não é nenhum manual de engenharia (nem ao menos como o tratado de Vitrúvio), mas um livro erudito e encantador para os mecenas da arte e humanistas. Apesar da composição clássica do conteúdo, as questões profissionais se mesclam com anedotas e coisas aparentemente sem importância. O texto trata dos alicerces e também de qual é o lugar mais apropriado para erigir um edifício, sobre a técnica de construir, as maçanetas, as rodas, os eixos, as gruas, as picaretas e «sobre como exterminar e acabar com serpentes, mosquitos, percevejos, moscas, ratos, pulgas, traças e outros répteis noturnos». A obra de Alberti que influenciou Piero diretamente foi o tratado sobre a pintura, escrito em 1436. O autor adverte no prólogo que não vai contar histórias sobre os pintores, mas que tentará construir *ab ovo* a arte da pintura.

Conforme a ideia generalizada sobre o Renascimento, os artistas daquela época se limitavam a imitar os antigos e a natureza. Os escritos de Alberti mostram que a questão não é tão simples como apresentada pelas enciclopédias e os manuais. Ele diz que o artista é o construtor do mundo em grau superior ao do filósofo. Obviamente, ele capta da natureza certas dependências, proporções e leis, mas por meio da percepção visual, e não da especulação matemática. «O que não pode ser captado com a vista, não interessa absolutamente ao pintor.» A imagem que se forma no olho é uma combinação de raios que correm como fios, do objeto ao observador, construindo uma pirâmide. A pintura é um corte daquela pirâmide visual.

Daí resulta uma sequência de determinadas operações baseadas na lógica da visão. Assim, primeiro é preciso averiguar o lugar do objeto no espaço. Em seguida, esboçar seus contornos lineares. Depois se enxerga uma série de superfícies dos objetos que é preciso harmonizar entre si, e é o que se chama de arte da composição por meio da cor.

As diferenças entre as cores vêm das diferenças da iluminação. Antes de Alberti, o pintor brincava com as cores (os teóricos renascentistas reclamavam, muitas vezes, do caos cromático da Idade Média); depois dele, com a luz. A acentuação da cor faz que a forma não possa ser definida com um contorno intenso. Piero entendeu muito bem essa lição e a desenvolveu de modo particular. A atenção do pintor se concentra não nos limites do objeto, mas em seu interior. O nu de Set e a cabeça da rainha de Sabá têm contornos luminosos como as bordas das nuvens. Esse contorno é uma aplicação prática da teoria de Alberti.

A composição é um método por meio do qual os objetos e os elementos do espaço se configuram no quadro como uma totalidade. A narração pode ser reduzida às figuras, as figuras se decompõem em membros, os membros em superfícies que entram em contato consigo mesmas como os lados de um diamante, contudo sem a frieza da geometria. Venturi observou, com toda razão, que a composição de Piero, suas formas, têm aspiração geométrica, mas param diante das portas do paraíso platônico dos cones, esferas e cubos. Se eu puder usar um anacronismo, diria que ele é um pintor figurativo que passou pela escola do cubismo.

Alberti dedica muito espaço à pintura narrativa, mas adverte que o quadro deve falar por si só e encantar o espectador, independentemente se ele entenda a história contada ou não. A emoção deve emanar da obra não por meio das caretas, mas dos corpos em movimento, ou seja, das formas. Ele aponta os riscos de um tumulto exagerado, do excesso e dos detalhes. Dessa advertência, Piero deduz as duas leis que regem as mais perfeitas de suas composições: o princípio do fundo em harmonia e a lei da tranquilidade.

Em seus melhores quadros (*O nascimento de Jesus*, *Retrato do duque de Urbino*, *O batismo de Cristo*, *A vitória de Constantino*), o fundo longínquo, abismal, é tão significativo e expressivo como as figuras. O contraste das figuras maciças, em geral vistas de baixo, com a paisagem delicada acentua e intensifica o drama do homem no espaço. As paisagens costumam ser desertas, habitadas geralmente pelos elementos, a água, o verde e a luz. Uma vibração silenciosa do ar e dos grandes planos é como um coro, em cujo fundo os personagens de Piero se calam.

O princípio da tranquilidade consiste não só num equilíbrio arquitetônico do bloco. É um princípio de ordem interior. Piero entendia que o excesso de movimento e de expressão não só desintegra o espaço pictórico, como também encurta o tempo do quadro a uma única cena, a um clarão do ser. Os protagonistas estoicos de suas narrativas estão concentrados e indiferentes; as folhas estáticas das árvores, a cor da primeira aurora terrestre, a hora em que nenhum relógio toca conferem às coisas criadas por Piero uma indestrutibilidade antológica.

Voltemos ao quadro *A flagelação de Cristo*: a mais albertiana obra de Piero. Todos os fios da composição são frios, equilibrados e tensos. Cada figura, como um bloco de gelo, se encontra num espaço construído de forma racional. À primeira vista, parece que o demônio da perspectiva tem um poder absoluto.

A cena está dividida em duas partes. O verdadeiro drama ocorre do lado esquerdo, sob um pórtico de mármore sustentado por colunas coríntias, por onde poderia passear a pura inteligência. Os retângulos do piso conduzem o olhar até a figura de Cristo, meio desnudo, apoiado numa coluna na qual Piero colocou um símbolo de pedra: a estátua de um herói grego com o braço estendido. Os dois algozes levantam ao mesmo tempo a mão com as varas. Seus golpes serão regulares e indiferentes como o tique-taque de um relógio. O silêncio é absoluto, não se ouve nenhum gemido da vítima nem o arquejo odioso dos verdugos. Mais dois observadores, um de costas para o espectador, outro sentado de perfil, à esquerda. Se se tivesse conservado apenas essa parte do quadro, seria uma cena como que enfiada numa caixa, um modelo afogado no vidro, a realidade domesticada.

Piero nunca colocava os acontecimentos importantes em perspectiva, ao contrário de Bruegel (ver *A paisagem com a queda de Ícaro*), sabendo que a geometria devora a paixão. Os personagens importantes de seus dramas estão sempre em primeiro plano, como que à beira da rampa do palco. A explicação desse misterioso quadro se achava, então, no significado e no sentido simbólico dos três homens situados à direita, em primeiro plano, e de costas para a cena do martírio.

Berenson e Malraux só se interessavam por sua função compositiva. «Para tornar esta cena ainda mais grave e cruelmente impessoal, o artista introduz em seu quadro três formas extraordinárias que ficam em primeiro plano como as rochas sempiternas.» Mas a tradição relaciona essa obra com um acontecimento histórico contemporâneo, ou seja, com a morte violenta de Guidantonio de Montefeltro, aqui cercado por dois conspiradores. Às suas costas se cumpre o plano de assassinato, simbolizado pela cena de flagelação. Suarès solta as rédeas de sua imaginação e se aventura numa interpretação arriscada. Para ele, aqueles três homens misteriosos são o grande sacerdote do templo de Jerusalém, o procônsul de Roma e um fariseu. Ainda que dando as costas ao acontecimento que estremecerá a história do mundo, em suas mentes eles pesam seu significado e suas consequências. Suarès vê em seus rostos cifrados a representação de três estados diferentes: o ódio contido do fariseu, a segurança obtusa do burocrata romano e a cínica tranquilidade do sacerdote. Mas, seja qual for a chave explicativa, parece que a *Flagelação* permanecerá para sempre um dos quadros mais resistentes à interpretação. Nós o observamos através de uma fina vidraça de gelo, atônitos, inertes como num sonho.

Segundo os estudiosos da difícil cronologia das obras de Piero, seu último quadro é *Madona com menino*, ambos cercados por anjos e santos. Atualmente se encontra na Galeria Brera de Milão, e durante muito tempo sua autoria foi objeto de extensas discussões, até que a obra foi definitivamente atribuída ao autor de *A lenda da Cruz Verdadeira*. Dez figuras rodeiam a Madona num semicírculo, dez colunas de corpo e sangue, e atrás deles a arquitetura repete o mesmo ritmo. A cena tem lugar numa abside sobre a qual se abre um arco pleno e uma abóbada em forma de concha. Do cume da abóbada, numa corda fina, pende um ovo. Embora essa descrição possa parecer algo trivial, o inesperado acento formal é aqui surpreendentemente lógico e acertado. O quadro é o testamento de Piero. E o ovo, como se sabe, simbolizava o mistério da vida. Debaixo da abóbada madura de sua arte arquitetônica, o pêndulo imóvel numa corda reta tocará para Piero della Francesca a hora da imortalidade.

Será que a grandeza de sua obra era tão óbvia para os seus contemporâneos e descendentes como é para nós?

Sem dúvida, Piero foi um artista reconhecido e não lhe faltavam convites. Contudo, trabalhava com muita lentidão e sua carreira não foi tão brilhante como a de seus colegas de Florença. Aliás, era apreciado, sobretudo, por seus dois trabalhos teóricos, escritos ao final da vida. Não é de estranhar, então, que fosse mais citado pelos arquitetos do que pelos pintores e poetas. E mesmo que Cilleno lhe dedique um soneto, o pai de Rafael — Giovanni Santi — o mencione em sua crônica em verso, e outro poeta se refira, num poema, ao seu retrato de Frederico Montefeltro, não era nada de mais.

Vasari, nascido dezenove anos depois da morte de Piero, acrescenta apenas alguns pormenores biográficos a seu respeito. Destaca sua expressividade, o realismo e a paixão pelos detalhes, o que é um grande equívoco. E depois só encontramos um monótono e desapaixonado balbucio dos cronistas e historiadores da arte que o citam.

Nos séculos XVII e XVIII, a fama de Piero se apaga e seu nome afunda na areia do esquecimento, talvez porque as viagens artísticas seguissem a rota de Florença a Roma, passando longe de Arezzo, sem falar da pequena Borgo. Não se sabe se é aos bons copos do vinho ou aos gostos da época que se deve uma menção nada elogiosa em *Italienische Forschungen*, do filólogo e esteta Von Rumohr, dizendo que não vale a pena se ocupar de um pintor chamado Piero della Francesca. Só em meados do século XIX começa a reabilitação do artista apagado pela história cega da lista dos grandes. Stendhal (e não é o primeiro caso de um escritor que antecipa as descobertas dos historiadores da arte) tira Piero do esquecimento, comparando-o a Uccello, destacando a perfeição da perspectiva do artista e sua síntese de arquitetura e pintura, mas, como se influenciado pela opinião de Vasari, diz: «*Toute la beauté est dans l'expression*». A *History of Painting in Italy*, de Cavalcaselle e Crove, publicada em inglês de 1864 a 1866, restitui a obra do autor de *A lenda da Cruz Verdadeira* ao devido lugar entre os maiores pintores europeus. Depois surgem numerosos estudos e contribuições, desde Berenson até o excelente monógrafo de Piero, Roberto Longhi. Malraux diz que o século XX fez justiça a quatro artistas: Georges de la Tour, Vermeer, El Greco e Piero.

O que sabemos de sua vida? Nada ou quase nada. Até a data de seu nascimento é incerta, e os historiadores acrescentam uma interrogação depois de 1410-1420. Era filho do artesão Benedetto dei Franceschi e de Romana di Perino da Monterchi. Sua academia de pintura foi o ateliê de Domenico Veneziano, em Florença. Mas não criou raízes nessa cidade. Era a pequena Borgo Sansepolcro o lugar em que provavelmente se sentia melhor. Trabalhou sucessivamente em Ferrara, Rimini, Roma, Arezzo e Urbino. Em 1450 foge da praga em Bastia; compra uma casa com jardim em Rimini; em 1486 faz um testamento com assinatura de seu próprio punho.

Transmitia suas experiências pictóricas não só aos seus alunos, mas deixou também dois tratados teóricos: *De quinque corporibus regularibus* e *De prospectiva pingendi*, em que aborda os problemas da ótica e da perspectiva, empregando um método estritamente científico. Morreu em 1º de outubro de 1492.

É impossível escrever um romance sobre ele. Piero se esconde tão bem atrás de seus quadros e afrescos que é impossível conjecturar sobre sua vida privada, seus amores e amizades, suas ambições, iras e tristezas. Mereceu a graça suprema com que a história distraída, ao perder documentos e apagar vestígios da vida, presenteia os artistas. E se ele permanece, não é graças à anedota sobre infortúnios, loucuras, altos e baixos de sua vida. Ele foi totalmente absorvido pela sua.

Eu o imagino caminhando pela rua estreita de Sansepolcro, de capote preto sobre os ombros, rumo à porta da cidade, além da qual só há o cemitério e as colinas da Úmbria. É baixo, segue com passo firme de camponês. Aos cumprimentos, responde com o silêncio.

A tradição diz que ao final da vida ficou cego. Um tal Marco di Longara contou a Berto degli Alberti que, quando menino, ele andava pelas ruas de Borgo Sansepolcro com um pintor velho e cego que se chamava Piero della Francesca.

O pequeno Marco não devia saber que sua mão estava conduzindo a luz.

RECORDAÇÕES DE VALOIS

Adieu Paris. Nous cherchons l'amour, le bonheur, l'innocence.
Nous ne serons jamais assez loin de toi.

Não sei por que os poloneses — um povo viajante e bastante encorajado pela história, com certo exagero, a deslocamentos —, ao chegar a Paris, entram numa espécie de contemplação entorpecente. A cidade é bela, é verdade, mas creio que têm razão aqueles que dizem que a França verdadeira se transfere cada vez mais para além de suas portas.

Vale a pena, então, além de uma excursão tradicional a Chartres e a Versailles, perambular pelas encantadoras cidades menos conhecidas, dispersas ao redor da capital num raio de cem quilômetros, onde se pode chegar, num carrinho igual ao do sr. Hulot, em uma hora e meia. Eis a chave das mais belas catedrais góticas. Morienval, Saint-Loup-de-Naud, para aqueles que querem saber o que é a romanidade sem ir a Borgonha ou Provença. As ruínas de Les Andelys. Os palácios em Compiègne, Fontainebleau, Rambouille. E bosques e mais bosques, magníficos bosques onde ainda se ouve a corneta da história.

Ao norte de Paris se localiza Valois, a França mais antiga. A terra herdada de um pequeno rei dos francos, Clóvis. Com o tempo, torna-se o mais relevante condado e ducado. Duas vezes foi domínio dos irmãos do rei, e duas vezes os príncipes de Valois ocuparam o trono. Uma terra onde, como diz o poeta, durante mil anos batia o coração da França.

Chantilly

No meio dos bosques, à margem de um rio que tem nome de menina de conto de fadas — Nonette —, se encontra Chantilly, uma pequena e abastada cidade com um palácio, casarões da classe alta e um famoso hipódromo. É a terceira vez que venho aqui. Agora para visitar Sassetta. Para vê-lo, é preciso atravessar toda a cidade.

As casas são limpas e abastadas. Brilham que nem um cartão de visita de cobre, do qual emana a opulência do senhor tabelião. Ainda é de manhãzinha, as venezianas estão fechadas, as portas também. Os jardins são separados uns dos outros com uma precisão de causar inveja, como nos principados feudais. Justamente agora se vê, do outro lado de um muro baixo, um vassalo de calça azul cortando a grama de seu senhor com uma máquina.

A palavra que mais chama a atenção por aqui é o adjetivo «privado»: caminho privado, propriedade privada, poços privados, passagem privada, prado privado. Num desses prados, bem cercado e com a grama bem cortada, ocorre uma cena de Degas. Quatro senhores e quatro damas a cavalo fazem uma série de evoluções acrobáticas ao ritmo de valsa. Não, nada de circo, tudo é muito elegante e, por isso, enfadonho: um par atrás do outro, depois em fila, senhora à direita, senhor à esquerda e uma roda. O que posso saber daqueles prazeres, se meu contato com o lombo de um cavalo durou apenas poucos minutos, durante uma festa popular? De qualquer modo, antes de chegar ao palácio de Chantilly, tive a sensação de saborear uma época bem remota.

No caminho, passa-se ao lado dos Grandes Estábulos, de estilo Luís XV, uma obra-prima da arquitetura do século XVIII. Um edifício enorme em forma de ferradura que nos bons velhos tempos abrigava duzentos cavalos e 420 cães de caça, sem contar todo o exército de moços de estábulo, cavalariços, cuidadores de cães e veterinários. Depois de ver esse estábulo, o palácio não causa grande impressão. É construído em «estilo renascentista» e tem uma capela «gótica» acoplada que de longe cheira a falsificação.

Há 2 mil anos, neste lugar se encontrava uma fortaleza galo-romana chamada Cantilius. Nos tempos medievais era sede do *bouteiller de France*, que de adegueiro real passou a conselheiro da Coroa. No século XIV, o chanceler Orgemont constrói aqui um castelo que, por meio de sucessivos casamentos, passa a ser propriedade dos barões Montmorency, caudilhos, guerreiros, conselheiros do monarca, aparentados com a casa real. Um deles, em particular, passou à história: Anne de Montmorency, figura vigorosa de cavaleiro, diplomata e conselheiro de seis reis consecutivos da França, desde Luís XIII até Carlos IX. Possuía mais de cem castelos, uma fortuna astronômica, enormes influências e um corpo titânico, pois quando estava com 75 anos, numa batalha de Saint-Denis contra os protestantes, foram necessários cinco golpes de sabre, duas marteladas na cabeça e um tiro de arcabuz para derrubá-lo e, ao cair, ainda quebrou o pomo de sua espada com a maxila.

Na história sentimental da França, Chantilly ocupa também um lugar de destaque, porque foi aqui que Vert-Galant, ou seja, Henrique IV, viveu seu último grande amor. Ele se apaixonou por Carolina de Montmorency, filha de um amigo. A encantadora Lola estava com a idade de Lolita, enquanto o rei tinha 54 anos, mas, como era um político exímio, fez que Carolina se casasse com Henrique II de Bourbon-Condé, que era modesto, desajeitado e considerado inapto, ou seja, completamente oposto a Vert-Galant. Uma armação evidente. Mas o destino tomou outros rumos, porque o jovem casal fugiu de Chantilly e se refugiou em Bruxelas, sob a proteção do rei da Espanha. Henrique IV se enfureceu, a ponto de se dirigir ao papa e pedir a intervenção nesse assunto tão mundano. Pouco tempo depois, o punhal de Ravaillac acalmou o coração do rei.

Embora o palácio atual não seja uma imitação bem-sucedida, os arredores compensam as falhas de sua arquitetura: um parque, um bosque, um amplo fosso verde em que nadam carpas vorazes. A vista de suas bocas abertas pode despertar o apetite até de um asceta. É verdade que na França não há muitos ascetas gastronômicos, e Chantilly está relacionada a Vatel, que entrou na hagiografia dos gulosos e comilões da seguinte maneira: em 23 de abril de 1671, Luís XIV chegou com toda a sua corte a Chantilly, que naquele tempo pertencia ao Grande Condé. Uma enorme assembleia, de 5 mil pessoas, necessitava de um verdadeiro exército de serventes e cozinheiros, que eram dirigidos pelo *contrôleur général de la Bouche de Monsieur le Prince*, chamado Vatel. No início tudo corria bem, mas um dia faltou assado para duas mesas (no total eram sessenta). Pobre Vatel, não pôde suportar a infâmia e se trespassou com a espada. É o que Madame de Sévigné conta, entre deliciada e comovida.

A Galeria de Chantilly é digna do Louvre, mesmo que as escolas e as épocas sejam tão misturadas que à primeira vista fica difícil se orientar. Além disso, os príncipes colecionadores (certamente por distração) puseram entre as obras-primas os incríveis *kitsch* do século XIX. Contudo, sem essa coleção nosso conhecimento sobre a pintura francesa dos séculos XV e XVI seria incompleto.

Mencionemos apenas os retratos de Corneille de Lyon, uma rica coleção de desenhos e pinturas de Jean e François de Clouet, *O Livro de Horas de Étienne Chevalier*, iluminado por Jean Fouquet, e um dos mais belos e extraordinários manuscritos ilustrados do mundo, *Les très riches heures du duc de Berry*.

A contemplação das miniaturas exige disposição e capacidades especiais. É preciso penetrar num mundo fechado hermeticamente como uma esfera de vidro. Estamos, de certo modo, na mesma situação de Alice no País das Maravilhas, que com uma chave de ouro abre a porta e avista um jardim, talvez o mais belo do mundo, porém pequeno demais para entrar. «Ah, como eu gostaria de poder me fechar como um telescópio.» A contemplação das miniaturas é destinada àqueles que consigam se fechar como um telescópio.

A história só nos transmitiu os nomes dos iluminadores dos manuscritos, Paul, Jean e Herman. Sabemos que procediam de Limburgo, quer dizer, de Flandres, que no século XV pertencia aos príncipes de Borgonha, muito poderosos e totalmente dedicados à arte.

Dissemos que *Les très riches heures du duc de Berry* são miniaturas, o que é exato em termos de catalogação, mas do ponto de vista artístico a questão é bem diferente. Aqui tocamos num ponto essencial para compreender o momento em que a pintura abandona as folhas dos manuscritos e nasce o quadro de cavalete.

Para que isso ocorra, não basta arrancar as folhas do livro e pendurá-las na parede. Tal gesto deve ser precedido por um desenvolvimento «interior» da miniatura. Ela deve ganhar a intensidade da cor numa escala que permita expressar toda a matéria variável do mundo. É preciso que ela irradie a própria luz, não importa o que a rodeie; e, enfim, que delimite suas fronteiras e ganhe profundidade. Portanto, que se revista de corpo e, do nível de seres simples, passe ao nível superior de estruturas desenvolvidas. As miniaturas dos irmãos de Limburgo anunciam essa transição. A perspectiva linear é ingênua e cativante com sua inaptidão, mas a construção do espaço com a cor é tão convincente que o olho passa ao fundo da pintura sem tropeçar.

Julho. No primeiro plano: verde suculento, tosquia das ovelhas. O olhar percorre um retângulo amarelo de trigo, pula um riacho e se choca com um muro sólido, nacarado, de um castelo com telhado azul. Atrás das montanhas cônicas, vê-se o azul do céu — o olho do infinito.

A paisagem é adicionada às cenas de gênero não como elemento decorativo, mas como parceira, como uma persona dramática. É impressionante a paixão pelo detalhe dos irmãos de Limburgo. A semeação perdura sob o signo de Escorpião e Libra. As leiras são separadas com precisão e entrelaçadas como tranças. Nos sulcos, os pássaros bicam as sementes.

E como o quadro cabe na palma da mão e foi preciso que coubesse nele o castelo com todas as suas torres, já não era possível mostrar as sementes e os vermes, o que deve ter preocupado muito o pintor, pois sua fome de verdade era bem flamenga.

E Sassetta? Onde está Sassetta? Pois vim aqui por causa de Sassetta. Que prazer encontrar o «nosso» quadro no lugar certo! É pequeno e quase apagado pelas telas que o rodeiam. Seu título: *Casamento místico de São Francisco com a pobreza*. Dois monges (são Francisco pode ser reconhecido pela auréola) estão diante de três moças esbeltas: cinza, verde e purpúrea. Da mão do santo à mão da figura do centro há um movimento sutil como a fiação de um fio delgado. À esquerda, as três jovens místicas voam ao céu, com naturalidade e sem gestos abruptos, e apenas os pés dobrados para trás, como as patas dos pássaros, sugerem o voo. O castelo branco de pedra à direita é tão leve que poderia ser carregado por uma borboleta. A paisagem toscana é verde-acinzentada, pois começa a entardecer. As copas das árvores descansam na paisagem, separadas como notas musicais. O céu desce em faixas como nos quadros dos pintores orientais; na parte superior há o frescor do azul, mas sobre a linha das colinas, suavemente moduladas, já aparece uma claridade luminosa, sem peso e sem fim.

Se uma obra pode ser avaliada em função de sua contribuição para o «avanço» da arte, o quadro de Sassetta é escandalosamente anacrônico e demonstra a cegueira do artista para o «novo». Ele vive em meados do Quattrocento e pinta como se estivesse no século XIII. O corpo é construído de fibras vegetais, e não de carne e osso, como era de se esperar nos tempos de Masaccio e Donatello. Seu desprezo pelas leis de gravitação é absoluto, e seu linearismo delicado o aproxima mais dos bizantinos do que de qualquer pintor de Florença ou Veneza. Mesmo assim, é difícil se afastar de Sassetta, cujos quadros não chocam o olhar, mas exalam um encanto irresistível. Felizmente, a história da arte difere dos manuais de geometria e cede espaço também a artistas encantadores, como Sano di Pietro de Siena, Baldovinetti de Florença ou o veneziano Carpaccio.

Do palácio, descemos pelas enormes escadas até um ordenado jardim francês que se estende até a Avenida dos Filósofos, por onde passeavam os hóspedes do príncipe: Bossuet (seu discurso fúnebre dedicado ao Grande Condé até hoje tira o sono dos colegiais, mas que maravilha de retórica!), Fénelon, Bourdalou, La Bruyère (professor do neto do príncipe), Molière (que devia ao príncipe a encenação de *Tartufo*), Boileau, Racine, La Fontaine, as damas De La Fayette e De Sévigné; resumindo, uma antologia da literatura francesa do século XVII. Atrás da Avenida dos Filósofos, à direita e à esquerda, se estende um exuberante parque inglês: trilhas sinuosas, moitas, um desrespeito absoluto pelas regras clássicas, mas, em compensação, alegram o coração as cascatas, as ilhas de amor e as aldeias em miniatura com moinhos e choupanas, onde pessoas refinadas, travestidas de camponeses, digeriam copiosas refeições.

Antes que o ônibus para Senlis mergulhe no bosque, na porta do parque se vê mais uma vez o palácio refletido na água. Ele aparece subitamente, como num clarão de relâmpago.

Senlis

«Quem projetou este abismo
e o lançou para cima?»
Julian Przyboś

«Demain, les archers de Senlis
doivent rendre le bouquet à ceux de Loisy.»
Gérard de Nerval, *Sylvie*

Senlis é uma cidade pela qual passou a História, que habitou dentro de seus muros por alguns séculos e depois foi embora. O que restou foi uma arena coberta de mato, um anel rompido das muralhas galo-romanas sitiadas pela videira selvagem, os restos do palácio real, a abadia de São Vitor transformada num barulhento internato e a catedral, uma das mais antigas do grande conjunto das catedrais góticas de Île-de-France.

Mas Senlis não é uma cidade triste, não é uma cidade desesperadamente triste como uma coroa tirada de um túmulo. Ela é como uma moeda de prata com a imagem de um imperador, outrora terrível, mas que agora podemos rodar sem medo entre os dedos, como uma noz. Fica localizada em cima de uma pequena colina circundada pelo rio Nonette, em companhia de bosques eternos.

Dissemos que a catedral de Senlis é uma das mais antigas catedrais góticas, o que exige um esclarecimento, pois as cronologias neste caso são duvidosas e confusas. O iniciador do gótico — se assim se pode dizer — foi Suger, ministro e regente do reino. Nomeado abade da catedral da coroação de Saint-Denis (agora no subúrbio industrial de Paris, enegrecida pela fumaça das fábricas), começou a reconstrução da antiga igreja carolíngia ampliando os portais, o coro e elevando a abóbada. Para tanto, recorreu às ogivas e à abóbada de cruzeta, o que para alguns estudiosos representa a essência do estilo gótico. Em 19 de janeiro de 1143, sobre a cidade passou um furacão muito forte, derrubando as árvores e destruindo as casas. A catedral, ainda em construção, ficou intacta, o que os fiéis devotos consideraram um milagre e os arquitetos, uma prova da durabilidade do novo tipo de abóbada. A nova época da arquitetura foi inaugurada.

Porém, discute-se se os arcos em forma de letra «X» na abóbada de cruzeta (cuja invenção, aliás, foi atribuída erroneamente aos construtores das catedrais) têm uma importância funcional e construtiva tão relevante como sustentavam Viollet-le-Duc, Choisy ou Lasterrie. As pesquisas mais recentes do engenheiro Sabouret e do arquiteto Pol Abraham resultaram numa tese reveladora de que esse método de construção de abóbadas tem função decorativa. Tal conclusão foi baseada na observação das catedrais bombardeadas em 1914 e nos exames de laboratório da resistência dos materiais da época. A questão não é tão simples como poderia parecer à primeira vista. Além disso, os historiadores da arte de orientação esteticista dão mais importância ao estilo — ou seja, ao sistema de proporções inédito do gótico — do que à construção.

Conforme uma crença generalizada, um novo estilo artístico aparece quando o velho desflora. Essa teoria botânica não se sustenta no caso da passagem do românico ao gótico. Em meados do século XII, quando o gótico aparece, o estilo românico de modo algum apresenta sinais de declínio. Nem a vontade de construir templos maiores justificava seu abandono, uma vez que a catedral de Vézelay não é muito menor do que Notre-Dame de Paris, e tampouco o plano das catedrais sofria maiores alterações. Alguns relacionam o nascimento do gótico com a expansão política dos Capeto, com a luta do espírito do Norte com o espírito do Sul, o que teve sua expressão sangrenta na cruzada contra os albigenses. Não há dúvida de que o aparecimento do novo estilo tinha a ver com a nova atitude espiritual.

As contemplativas e retraídas catedrais românicas foram confrontadas com construções dinâmicas e impetuosas, em que a luz, «uma essência da divindade», começou a desempenhar uma função dominante e coincidiu com o gosto de Suger pelo esplendor, pela riqueza dos interiores e dos vitrais, aquelas constelações de pedras preciosas com mil velas acesas.

Suger é uma figura cheia de vida e fascinante. Filho de um servo, amigo de reis, político, organizador e construtor, que por baixo de sua veste eclesiástica escondia poderosas paixões. Seu amor pelo luxo irritava muitos de seus contemporâneos. Quando escreve sobre o ouro, os cristais, as ametistas, os rubis e as esmeraldas que inesperadamente lhe entregam os três abades para que possa incrustar com eles um crucifixo, percebe-se como seus olhos brilham com um fulgor bem secular. E a modéstia pessoal não foi o seu forte. Na programação das despesas da abadia chega a incluir os custos de sua homenagem após a morte, até então um privilégio reservado aos reis. Mandou colocar na catedral treze inscrições que destacassem seus méritos. Num dos vitrais, podemos vê-lo aos pés da Virgem Maria. Suas pernas estão dobradas piedosamente, mas as mãos se mostram cheias de vitalidade. Para completar, seu nome está escrito em letras do mesmo tamanho que o nome da Virgem.

Suger foi um escritor refinado e uma mente perspicaz, e sua relação com o neoplatonismo é indiscutível.

Sua conduta escandalizava ao extremo são Bernardo, representante dos cistercienses, ramo mais austero dos beneditinos, e a disputa entre esses dois homens poderosos da Igreja é tão apaixonante como a querela entre clássicos e românticos.

Aliás, a reconstrução da abadia de Saint-Denis foi não só questão da ambição e dos gostos estéticos de Suger, mas também de uma necessidade. Eis como ele descreve, com o vigor de um prosador do século XIX, o dia festivo na basílica:

> Muitas vezes sucedia coisa revoltante, uma tal pressão de massa humana compacta empurrando para trás aqueles que tentavam entrar para venerar e beijar as santas relíquias, o Prego e a Coroa de Nosso Senhor, que nenhuma das milhares de pessoas podia sequer mover a perna, assim todos ficavam apinhados. Não lhes restava outra coisa a fazer senão permanecer no lugar como as estátuas de mármore e gritar muito. O medo das mulheres era tremendo e insuportável; sufocadas como numa prensa pela massa de homens fortes, seus rostos pareciam signos exangues da morte; lançavam gritos terríveis, como se estivessem em trabalho de parto; algumas eram lastimosamente pisoteadas, outras carregadas por cima das cabeças dos homens que as ajudavam por compaixão; muitos, quase sem fôlego, conseguiam chegar ao jardim do mosteiro, ofegantes, desistindo de tudo. Às vezes, os frades que exibiam os instrumentos de martírio de Jesus Cristo, perdendo a paciência com a ira e as brigas da multidão, fugiam com as relíquias pela janela.

A cerimônia de consagração do novo coro de Saint-Denis teve lugar no segundo domingo de junho de 1144. Foi não só um grande dia para Suger, como também uma data crucial na história da arquitetura. Da solenidade participaram o rei Luís VII, a rainha, os senhores, os arcebispos e os bispos. Estes últimos certamente não conseguiram dormir tranquilos depois de regressarem às suas igrejas escuras em Chartres, Soissons, Reims, Beauvais e Senlis.

Já em 1153 o bispo de Senlis, Thibault, recebe uma carta enviada pelo rei aos tesoureiros, com a ordem de percorrerem a França coletando os meios necessários para o começo da construção. Os trabalhos avançam lentamente e a consagração solene tem lugar em 1191. Mas a obra ainda não estava concluída.

Em meados do século XIII, acrescentou-se uma nave transversal, e na torre sul se dispôs uma esplêndida agulha. É a parte mais bela da catedral. O voo da torre de oitenta metros é de tirar o fôlego. A fachada é esbelta, austera e despojada. A agulha de Senlis balança nas nuvens como uma árvore. Os construtores anônimos tocaram aqui o mistério da arquitetura orgânica.

Um incêndio abriu o caminho para uma restauração lamentável. A fachada sul, um emaranhado de linhas enredadas do gótico flamejante, contrasta escandalosamente com a fronte da catedral. Nada pode competir com a simplicidade da arquitetura do grande século XIII, e os gestos rebuscados do gótico do século XIV anunciam um esgotamento mortal. Três portais levam ao interior; os dois tímpanos laterais apresentam um raro motivo arquitetônico (colunas com arcos, ou seja, a abstração e não a anedota), o tímpano sobre a entrada principal abre uma nova época na história da iconografia. No lugar do Juízo Final românico com o poderoso Cristo em majestade e a multidão de apóstolos e santos, com os salvos subindo pesadamente ao céu e os condenados sendo empurrados aos abismos infernais, aparece pela primeira vez, justamente em Senlis, o tema de Maria, retomado depois pelas catedrais de Chartres, Notre-Dame de Paris, Reims e outras.

Os iconógrafos evitam hipóteses arriscadas, mas tudo indica que o aparecimento repentino de Maria na monumental escultura gótica foi uma resposta à poesia de amor dos trovadores, ao culto da mulher e à teoria do amor cortês que a Igreja considerava pertinente sublimar.

A morte, a ressurreição e o triunfo de Maria são narrados com simplicidade e vigor. A mais bela é a *Ressurreição*. Seis anjos levantam Maria da cama, envolta num casulo de textura áspera. Os anjos são bochechudos, jovens e desempenham seu papel com tanto esmero e desenvoltura que é como se estivessem com mochilas, e não com asas nas costas.

O chamado do gótico é tão irresistível quanto o chamado das montanhas, e não há como ficar apenas observando passivamente por muito tempo. Não se trata de igrejas românicas, onde de saliências em forma de barril pingam gotas de consolação. A catedral gótica apela não só aos olhos, mas também aos músculos. A vertigem se mistura à exaltação estética.

Subo à torre. No início a escada tem os degraus ainda bem definidos, como um caminho de pedra. Logo entro numa ampla plataforma de trifólio. É como se passasse por aqui uma avalanche de pedra: mascarões, gárgulas, cabeças arrancadas dos santos espalhados em desordem. Um lance de olhar para cima e para baixo. Estou entre a abóbada de pedra e o piso da nave.

Agora a subida da torre fica mais difícil. Os degraus estão gastos e às vezes é preciso procurar algo para se segurar. Finalmente alcanço uma nova plataforma, uma pequena galeria, perpendicular ao portal principal. De ambos os lados há cumes — duas torres com agulhas esguias. Atrás, o telhado cobre a nave principal como uma imponente cabana de pinheiros.

Oito séculos transformaram essa construção num ente quase natural: os barretes de musgo, a erva entre as pedras e as flores, de um amarelo gritante, brotando das fendas. A catedral é como uma montanha, e nenhum outro estilo de épocas posteriores, nem o Renascimento nem o Classicismo, iria suportar essa simbiose da arquitetura com a vegetação. O gótico é natural.

Os animais também estão aqui. Por trás de uma saliência rochosa, uma enorme lagartixa de olhos arregalados me observa. Monstros de cabeça de cão tomam sol nas inacessíveis prateleiras de pedra que ficam mais acima. Todo esse jardim zoológico agora está dormindo. Mas certamente um dia (talvez no dia do Juízo) descerão as escadas de pedra rumo à cidade.

Quatro esculturas enfeitam a pequena galeria. Adão, Eva e dois santos têm o encanto das esculturas populares. A mais formosa é Eva. Tosca, de olhos bovinos, atarracada. Uma mecha de cabelos espessos e pesados cai sobre seus ombros largos e quentes.

É preciso continuar a escalada. A parte fácil do caminho termina e começa a subida para o topo. É como uma chaminé vertical. Às vezes tudo fica escuro, sigo às cegas, agarrando-me com as duas mãos à parede. Em vários trechos os degraus se transformam num pedregal. Paro cada vez mais para tomar ar. De vez em quando, do muro de pedra irrompem pequenas janelas por onde entra uma luz forte, que por um instante me cega. Num intervalo da escuridão é possível ver as nuvens e o céu. Estou no alto de uma garganta de pedra, aberta para o espaço.

Agora a escada termina. À minha frente há uma parede em que é preciso achar pontos de apoio. Se fosse mais inclinada, seria um típico beiral. É preciso escalar verticalmente, balançando o corpo. Por fim, uma plataforma aberta e o final da escalada. O sangue palpita em minhas têmporas. Agarro-me a um pequeno nicho de pedra. Lá embaixo há um precipício de cerca de oitenta metros. Os campos longínquos respiram suavemente, e surgem aos meus olhos como a bonança.

> Com a trolha na mão, o pedreiro Abraão Knupfer canta, canta suspenso no ar num andaime muito alto. Lendo poemas góticos sobre o grande sino, tem sob os pés uma igreja de trinta arcos altivos e a cidade de trinta igrejas.
>
> Vê como as gárgulas vomitam torrentes de xisto num intrincado abismo de galerias, janelas, varandas, campanários, torres, telhados, vigas de madeira em que se depositou uma mancha cinzenta da asa despenada e inerte de um gavião.

A descida é longa, como a descida aos infernos. Finalmente, saio numa rua estreita, com as asas dobradas e a memória do voo.

Diante da catedral, as ruínas do palácio real encostado na imponente muralha galo-romana. O palácio foi frequentemente visitado pelos reis das duas primeiras dinastias, antes que seus gostos mudassem e eles se transferissem para Compiègne e Fontainebleau. As pedras se sobrepõem como as camadas geológicas: a base romana da coluna, os vestígios da construção merovíngia, o arco românico e gótico.

Ao lado, o Musée de la Vénerie (caça), que o guia elogia como o único da Europa e recomenda com veemência a visitação. Na verdade, é um triste armazém de trombas, cornos, animais empalhados, cascos fixados nas pranchas de madeira junto com a pele arrancada e entrançada, e os retratos de príncipes, viscondes e cães. Tudo está disposto de modo bastante sistemático, e tendo o cuidado de abarcar o conhecimento completo sobre a caça, como um ciclo de desenhos que apresentam diferentes quedas de cavalo (de cabeça, de costas etc.) e as etapas de caça de cervo. Daí eu soube que a bela palavra *hallali* significa simplesmente o momento final da matança do animal. Num palacete encantador situado bem perto dali, ao qual se desce por ruelas sinuosas, se localiza um museu de arqueologia e escultura.

Há um bosque próximo, denominado Halatte, que nos tempos dos romanos era uma espécie de sanatório sagrado. Os homens de pedra nos ex-votos levantam camisas de pedra e expõem suas partes íntimas. Não sei se aqueles baixos-relevos foram examinados pelos historiadores de ciência, sobretudo da medicina, mas representam um material científico valioso. Na gliptoteca de Dijon se encontram pulmões de pedra, oferecidos a Deus por um tuberculoso da Antiguidade. À primeira vista, as cabeças esculpidas parecem retratos de pessoas saudáveis. Mas é preciso se debruçar sobre elas e olhá-las com atenção. Sim. São caras de idiotas, melancólicos, deficientes mentais, e o escultor, que não era artista, mas uma espécie de pedreiro, diagnosticava a doença com a precisão de um psiquiatra.

No primeiro andar do museu, onde se encontra uma monumental escultura gótica, chama a atenção a cabeça de um *Louco*. Provavelmente ela veio da catedral e era de alguém que, na escala das criaturas, ocupava um lugar próximo aos répteis. Não é um louco, mas um tolo inofensivo, a chacota do povo, que anda de capuz vermelho e canta que nem galo. Tem os olhos vazios como a casca de um ovo de galinha, a boca aberta num sorriso como se pedisse desculpas. A seu lado, uma das obras-primas do baixo gótico, a chamada cabeça do *Profeta*, um estudo da nobre sabedoria e da dignidade humana. Os escultores góticos tinham consciência da escala do humano.

Ponho o bloco de desenho e a borracha no bolso, e assim começa a mais agradável parte do programa: a flanância, ou seja:

vadiar sem plano, conforme as perspectivas e não os guias;

observar oficinas e lojas exóticas: a serralheria, a agência de viagem, a funerária;

embasbacar-se;

pegar seixos;

atirar seixos;

tomar vinho nos becos mais escuros: Chez Jean, Petit Vatel;

conversar com as pessoas;

sorrir para as moças;

encostar o rosto nos muros para sentir seu cheiro;

fazer perguntas convencionais só para ver se a gentileza humana não se exauriu;

olhar as pessoas ironicamente, mas com amor;

assistir a um jogo de dados;

entrar nos antiquários e perguntar quanto custa uma caixinha de música de ébano, e se é possível escutá-la tocando; depois sair sem a caixinha de ébano;

estudar o menu dos restaurantes requintados, geralmente expostos do lado de fora, e entregar-se a fantasias voluptuosas: lagosta ou ostras como entrada, que geralmente acaba com a visita à proprietária do estabelecimento Au Bon Coin; é simpática, padece do coração e oferece uma bebida chamada Ricard, de repugnante sabor de anis que só se consegue engolir por respeito aos gostos locais;

ler cuidadosamente o programa da festa, com os prêmios que se pode ganhar no bingo para os soldados;

e todos os outros anúncios, sobretudo os escritos à mão.

Uma sombra avança no mostrador de um relógio solar. No ar espesso de outono, Senlis dorme como uma lagoa coberta de verde.

É preciso seguir viagem. A caminho da estação, passo ao lado da igreja de São Pedro e a de São Frambourg. Começaram a ser construídas no limiar dos séculos XI e XII. Hoje estão fechadas.

A primeira é um mercado; a outra, uma garagem. Gente rica esses franceses.

Chaalis

> *«Este antigo refúgio de imperadores não oferece nada digno de admiração, a não ser as ruínas de um mosteiro de arcadas bizantinas, cuja última fileira ainda se olhava no espelho das lagoas.»*
>
> Sylvie

Da estação de Senlis, ao lado do memorial de guerra, obra-prima de patética feiura, sai um ônibus desmantelado para Chaalis. Por esse caminho chocalhou a carruagem que levava Gérard de Nerval e o irmão de Sylvie a uma apresentação em que o poeta veria pela última vez Adrienne, vestida de anjo.

Na geografia literária do Romantismo francês, Valois ocupa um lugar tão importante como a Escócia na cultura dos ingleses. Gérard de Nerval dedicou a essa região *Sylvie*, uma novela escrita dois anos antes de sua morte, quando as luzes do Oriente se apagavam e, depois de uma época de entusiasmo e amor, ele entrava na era do desespero. Suas viagens ficaram restritas aos arredores de Paris, às pequenas cidades abandonadas, pobres que nem pombais de aldeia, onde, por trás de venezianas verdes, adornadas com rosas e videiras, balançava uma gaiola com toutinegras. Nada mais tranquilizante do que a noite provinciana sob a imagem de São João numa sala com antigos adornos de tapeçaria e janelas de vidro. À tardinha, moças vestidas de branco cantavam e faziam guirlandas, e à noite barcos com bandeirinhas levavam os jovens a Citera. Nos bosques úmidos de Valois, entre as ruínas dos mosteiros e castelos, «Werther sem revólver» caça quimeras.

Os pintores e os poetas românticos louvavam as ruínas da abadia com toda a dedicação. É pena que tão pouco tenha sido preservado até os dias atuais, uma vez que a igreja de Chaalis foi uma das primeiras construções góticas dos cistercienses. Seu tamanho era impressionante, 81 por 27 metros, e ambos os braços do monumental transepto terminaram com cinco capelas radiantes. Foram preservados os caules das colunas com capitéis tão limpos como as notas musicais. A abadia parece um ninho abandonado sob a enorme abóbada celeste. Os arcos bem afivelados, os contrafortes e as pilastras livres do peso das pedras resistem à pressão do infinito.

À esquerda das ruínas há um palácio do século xv, construído por Jean Aubert, o mesmo que erigiu os grandes estábulos de Chantilly. Lá dentro há uma coleção com o nome de Jacquemart-André. Essa família de grandes méritos para a arte possuía também um palácio e uma coleção em Paris, no bulevar Haussmann (hoje um excelente museu). Um pintor que frequentava casas aristocráticas me contou que, nos tempos em que o atual museu era ainda uma residência, participou de um almoço no qual a dona da casa repreendeu seu marido por ter demorado a retirar da sala de jantar «aquele horrível Ticiano».

A coleção de Chaalis não se compara com a de Paris, é um típico *bric à brac*, encantador mas um pouco irritante. Há um antigo busto grego do século XVIII, naturezas-mortas holandesas, pesadas como os odores de cozinha, jarros, barômetros, um biombo com macacos, samovares, uma cópia do trono de mármore do Grão-Mogol e um Giotto. Já à primeira vista não simpatizei com aquele Giotto. Tratava-se de dois ressecados e convencionais *panneaux* de uma cor apagada. Confessei minhas dúvidas a um dos sentinelas do museu, de uniforme azul com botões prateados. Estava encostado na parede, e, como todos os vigias, levava uma vida misteriosa a meio caminho entre coisa e gente. Levantou com lentidão suas pálpebras de serpente, escutou minhas observações e depois sibilou que no museu de Jacquemart-André não há falsificações. Não houve, não há e não haverá. Deixei-o em paz encostado à parede. Quando secar por completo, será trocado por uma alabarda ou uma cadeira.

Em duas pequenas salas do primeiro andar há uma exposição das lembranças de Jean-Jacques Rousseau.

Alguns retratos imaginários, um dos quais apresenta um jovem dormindo num banco de parque. («*J.-J. sans argent, sans asile, à Lyon et pourtant sans soucis sur l'avenir, passé souvent la nuit à la belle étoile*», diz o comentário). Numa vitrine há um colarinho. Há também um chapéu, uma pena e a poltrona em que o autor das *Confissões* deu o último suspiro. A poltrona é hipotética, mas como até agora não foi encontrada uma contrapoltrona, esse móvel continua sendo objeto de homenagens. Na parede, uma gravura apresenta os últimos instantes de Jean-Jacques. O ilustrador colocou também as últimas palavras, supostamente autênticas, do filósofo, em que ele elogia o verde, a natureza, a luz e Deus, e fala de sua saudade da paz eterna. É uma ária longa e fingida como a da ópera.

As raridades da natureza se encontram a pouca distância do palácio e têm nomes romanticamente exagerados: o Mar de Areia e o Deserto. O mar não deve ter nem um quilômetro de diâmetro sequer. É como se no meio do bosque houvesse caído um meteoro e queimado a terra. O bosque é belo e espesso, constituído de bétulas, carvalhos e faias; portanto, com uma vegetação rasteira acobreada. É uma parte selvagem do parque Ermenonville. Uma estrada asfaltada atravessa o parque. Os carros passam um atrás do outro. Sou o único pedestre. Alguns carros desaceleram e me olham com atenção.

Ermenonville

A literatura francesa era toda indiferente ao verde e só Rousseau iria revelá-lo a nós. Deste ponto de vista, podemos dizer que ele foi o primeiro a introduzir o verde em nossa literatura.»
Saint-Beuve

Eu continuava recitando os fragmentos de Nova Heloísa, *enquanto Sylvie colhia morangos silvestres.*
Sylvie

A teoria dos jardins é mais indispensável para entender o Classicismo e o pré-Romantismo do que a teoria da poesia. Um passeio por Ermenonville revela mais do que a leitura de Delille. Aliás, o *jardin paysager* do século XVIII, também chamado jardim inglês, é uma verdadeira poética, um catálogo de figuras e tropos. Só que explicados por meio de uma cascata, uma pequena ponte, um grupo de árvores ou as ruínas artificiais. Havia tudo de que os corações sensíveis precisavam: «uma gruta para encontros secretos», «um banco para a mãe fatigada», «um túmulo de um amante infeliz». A história foi cruel com as mudas do sentimentalismo. Tanto mais vale a pena ver Ermenonville, um dos mais bem preservados jardins do século XVIII.

É uma obra do marques René de Girardin retratado por Greuze. Um homem não muito bonito, com um grande rosto pálido e olhos de galgo. Vestido, segundo o biógrafo, «*avec une élégance naturelle et très aristocratique*», com trajes de Werther: um casaco de pano, um lenço branco amarrado com inventividade e uma calça de couro atada debaixo dos joelhos. Começou a carreira sob o signo de Marte, mais pelo respeito à tradição do que pela vocação. Foi capitão na corte do duque de Lorena, Estanislau Leszczyński, depois de cuja morte ele dedicou uma boa parte da vida à organização de sua herança, sobretudo à criação de um parque nos terrenos desérticos e pantanosos das imediações. Onze anos depois apresentou o fruto de suas experiências no livro *De la composition des paysages sur le terrain ou des moyens d'embellir la nature prés des habitations en y joignant l'utile à l'agréable* (1777). Sobre a obra do marquês paira o espírito de Jean-Jacques, a quem ele admirava, e algumas das páginas da *Nova Heloísa* devem ainda ecoar no farfalhar das folhas das árvores de Ermenonville. Na educação de seus filhos ele seguia os princípios de *Emílio*, complementando-os com suas próprias ideias; por exemplo: colocava um cesto com a comida no topo de um poste e mandava os meninos escalarem para alcançá-lo. Mesmo assim, seus filhos cresceram normais e até chegaram a ter cargos elevados.

O marquês viajava muito; na juventude visitou a Alemanha, a Itália, e também fez uma viagem à Inglaterra muito importante para a formação de suas ideias, uma vez que o país vivia então uma epidemia de jardins. William Kent fez um projeto do parque ao lado do castelo que se tornaria um modelo muito imitado. Cobham, um famoso *dandy*, esbanja uma fortuna nos empreendimentos de jardinagem. A obra de William Shenstone — um jardim enfeitado com cascatas, ruínas e rochas — foi o que influenciou mais a estética de Girardin.

Essas iniciativas coincidem com o renascimento literário de Hesíodo, Teócrito e Virgílio, seguidos pelos poetas novos: Thomson, Gessner, Young e Gray. A literatura bucólica na França se desenvolve sob os auspícios do longevo Fénelon. «Entre os álamos e os salgueiros, cujo verde delicado e fresco cobre inúmeros ninhos de pássaros que cantam dia e noite», corre o rio Xanthe.

> Todas as planícies são revestidas de trigo dourado, as colinas se vergam sob o peso dos vinhedos e sobre as árvores frutíferas, com seu desempenho anfiteatral. Aqui toda a natureza sorria e cativava, e o céu era doce e sereno; a terra estava prestes a jorrar novas riquezas de seu seio, em troca do trabalho do agricultor.

A paisagem sentimental é uma decoração da economia sentimental e não deve ser um exagero dizer que na Arcádia brotavam as fontes do socialismo utópico. Aqui Virgílio passeava com Proudhon. A camponesa Proxinoé

> fazia bolos muito gostosos. Criava abelhas que davam o mel mais doce, aquele que na Idade de Ouro da humanidade escorria pelos troncos dos carvalhos. As vacas vinham oferecer jorros de leite... A filha seguia o exemplo da mãe e com o maior prazer cantava trabalhando, indo levar suas ovelhas ao pasto. Ao ritmo dessa cantiga, os ternos cordeiros dançavam no gramado.

Ao lado dos terrenos consagrados à contemplação filosófica e à comoção do marquês e de seus convidados, uma parte do parque foi destinada aos «queridos camponeses». Ali havia um lugar para atirar com arco e flecha (desde os tempos imemoráveis esse esporte era muito venerado em Valois), e um terreiro debaixo do carvalho para dançar, ao som da banda popular, as tradicionais *guillot, saute e perrette.*

> *Des habitants de l'heureuse Arcadie,*
> *Si vous avez les nobles moeurs,*
> *Restez ici, goûtez-y les douceurs*
> *Et les plaisirs d'une inocente vie...*

É o que o marquês mandou gravar numa pedra, pois também escrevia poemas, e o fato de ter preenchido com eles o parque de Ermenonville mostra que nutria certas ilusões quanto a seu talento.

Os concertos para as altas esferas aconteciam geralmente na Ilha dos Álamos do parque. E foi justamente o interesse pela música que fez o marquês se encontrar com o autor de *O adivinho da aldeia*. Jean-Jacques foi a Ermenonville em 20 de maio de 1778 e se instalou num dos pavilhões do parque com sua inseparável Thérèse Levasseur. Foram os últimos dias do filósofo. Vagava pelos arredores («preciso manter o corpo em movimento para estimular minha mente»), com os bolsos cheios de grãos para os pássaros. Brincava com as crianças e lhes narrava contos de fadas. Planejava escrever uma obra que complementasse o *Emílio* e teve projetos musicais. Mas, sobretudo, passeava no parque, como convinha ao autor de *Os devaneios do viajante solitário*, herborizava e suspirava por sua planta preferida — a pervinca. «Essas seis semanas não contam na biografia literária de Rousseau; nem uma só linha de sua obra tem a data de sua estadia em Ermenonville.» Viveu no parque do marquês como no coração de um sonho que se tornou realidade.

Por graça da natureza, teve uma morte tranquila, mas, por ser tão repentina, desperta suspeitas. Dois dias depois do óbito, em 4 de julho de 1778, à noite, à luz das tochas, seu corpo descansou no lugar mais belo do parque, na Ilha dos Álamos. Na lápide de seu túmulo lê-se: «*Ici repose l'homme de la nature et de la verité*». Além do lado romântico do enterro havia um aspecto prático. Cinco semanas antes, o clero negara o enterro religioso a Voltaire.

No túmulo decorado com um baixo-relevo de Le Sueur repousa o corpo de Rousseau. De acordo com a decisão da Convenção (com a notável contribuição de Thérèse Levasseur), ele foi trasladado para o Panteão. Porém, o espírito de Jean-Jacques permaneceu em Ermenonville, que desde então se tornou um lugar de peregrinações literárias e filosóficas, e até imperiais e reais. Aqui, se acreditarmos na tradição, foi onde Napoleão teria pronunciado sua famosa frase: «*L'avenir dira s'il n'eût pas mieux valu, pour le repos de la Terre, que ni Rousseau ni moi n'eussions existé*».

O ar no parque é verde e sufocante, cheio de sentimentos mortos. As trilhas são destinadas àqueles que vagam sem rumo, atravessando as pontes pendentes sobre as margens das águas artificiais até o Altar dos Sonhos. Já ninguém apoia nele sua testa quente. Também o Templo dos Filósofos (dedicado a Montaigne e propositalmente inconcluso) já não desperta reflexões insinuadas, a não ser a de que não se deve construir ruínas. A história sabe produzi-las em excesso. Algumas colunas se desprenderam do templo. Raízes pacientes as introduzem cada vez mais profundamente na terra.

O túmulo de Rousseau é a única pedra que leva a pensar na transitoriedade. Na margem esquerda, alta, do riacho Aunette que as pontes fantasiosas têm de saltar, se encontra o Túmulo do Desconhecido. No verão de 1791, um neurastênico de trinta anos cometeu um suicídio pitoresco. «*Victime de l'Amour*», como se apresentou na carta dirigida ao marquês Girardin, em que pedia que o enterrassem *«sous quelque épais feuillage»*.

As águas da lagoa caem em cascata. Junto à cascata, obviamente, fica a Gruta das Náiades. Ali perto há um banco de rainha, em que, sentada, Maria Antonieta contemplava o túmulo do filósofo, refletido na imobilidade das águas. Um retângulo de pedra de nobres proporções se apaga no meio das ervas exuberantes. Os álamos são muito altos. Quando sopra o vento, as ressecadas chamas verdes parecem anjos de Tintoretto.

Ermenonville — um sutil instrumento de reflexão e emoções — foi gravemente danificado pelo tempo. Muitas de suas construções viraram pó. Já não existe o Altar da Amizade, nem o Obelisco da Musa Pastoril, nem a Pirâmide em homenagem aos poetas bucólicos, desde Teócrito até Gessner.

Agora o parque é propriedade de um Touring Club. Chegam excursões e seus rebanhos percorrem as trilhas marcadas no guia. O Túmulo de Rousseau — *et voilà*. A Cascata — *tiens, tiens, tiens*. O Altar dos Sonhos — *c'est à droite*. O ar está cheio de umidade e suspiros, o espírito do marquês de Girardin cobre os olhos e chora. Por isso, deve-se ir a Ermenonville no início da primavera ou no final do outono. As Náiades dormem, a Cascata se cala e ao redor da Ilha dos Álamos o lago esvaziado parece um espelho de lama.

Regresso

Os encantos da província: a ausência do senso da simetria, a perda da noção do tempo e a aversão às regras obtusas.

É preciso muita arte para saber em que lugar para o ônibus que vai de Ermenonville a Paris. *On ne sait jamais*, porque às vezes para ao lado da ponte, às vezes perto de tabacaria. Apostei na tabacaria e acertei. Viajamos de noite.

Uma parada em Senlis. Ali, um soldado e uma moça, abraçados com força, fundidos um no outro, se beijam. O motorista pigarreia. Depois buzina, liga a luz alta e, em seguida, se vira para os passageiros sorrindo. Por fim dá a partida. Vai bem devagar para que o soldado possa se desprender o menos abruptamente possível e, na esquina, saltar para dentro do ônibus. No rádio (ou na jukebox), Edith Piaf se queixa:

> La fille de joie est belle
> Au coin de la rue là-bas
> Elle a une clientèle
> Qui lui remplit son bas

Quando eu voltar, daqui a 25 anos, Piaf já será uma estrela morta, como Mistinguette. Mas com as pessoas de minha geração, sobreviventes das mesmas guerras, irei me entender ao pronunciar, por acaso ou não, seu nome.

Daqui a 25 anos, quantas gerações de carpas tombarão no lodo da lagoa perto do palácio de Chantilly? Somente Sassetta será o mesmo, assim como a virtude subindo ao céu, como uma flecha paralisada de Eleata. Graças a Sassetta entrarei duas vezes no mesmo rio e o tempo, este «menino que brinca com seixos», por um instante será benevolente comigo.

Estou em movimento de novo. Sigo rumo à morte. Diante de meus olhos — Paris —, a algazarra das luzes.

BIOGRAFIA

Zbigniew Herbert (Lviv, 1924 - Varsóvia, 1998) pertence à geração de europeus que viram sua pátria reduzida a escombros. Fez parte da resistência polonesa durante a Segunda Guerra Mundial e foi uma das lideranças intelectuais do movimento anticomunista na Polônia.

Talvez o poeta mais filosófico e intelectual dos Três Grandes poloneses, juntamente com Czeslaw Milosz e Wisława Szymborska. Seu trabalho foi traduzido em quase todas as línguas europeias; ganhou inúmeros prêmios, incluindo o Prêmio Jerusalém e o Prêmio T. S. Eliot.

> "Se a chave para a poesia contemporânea é a experiência coletiva das últimas décadas, Herbert talvez tenha sido o mais hábil em expressá-la."
>
> *Czeslaw Milosz*

Das Andere

1 *Kurt Wolff,* **Memórias de um editor**
2 *Tomas Tranströmer,* **Mares do Leste**
3 *Alberto Manguel,* **Com Borges**
4 *Jerzy Ficowski,* **A leitura das cinzas**
5 *Paul Valéry,* **Lições de poética**
6 *Joseph Czapski,* **Proust contra a degradação**
7 *Joseph Brodsky,* **A musa em exílio**
8 *Abbas Kiarostami,* **Nuvens de algodão**
9 *Zbigniew Herbert,* **Um bárbaro no jardim**

DIRETOR EDITORIAL
Pedro Fonseca

CONSELHEIRO EDITORIAL
Simone Cristoforetti

COORDENAÇÃO EDITORIAL
André Bezamat

PRODUÇÃO
Zuane Fabbris editor

IMAGEM DA CAPA
Julia Geiser

PROJETO GRÁFICO
ernésto

EDITORA ÂYINÉ
Praça Carlos Chagas, 49 2° andar
CEP 30170-140 Belo Horizonte
+55 (31) 32914164
www.ayine.com.br
info@ayine.com.br

TÍTULO ORIGINAL:
Barbarzynca w ogrodzie

1ª edição outubro 2018

BOOK INSTITUTE ©POLAND

This publication has been supported by the ©POLAND Translation Program
Este livro foi publicado com o apoio do ©POLAND Translation Program

ISBN 978-85-92649-40-1

PAPEL: **Polen Bold 90 g**
IMPRESSÃO: **Artes Gráficas Formato**